賢妻不簡單

1

文創風
488

簡尋歡 著

風 文創
488

目錄

序

簡尋歡

一開始寫這本書的時候，翻來覆去想了好久。

一個老實本分，對妻子一心一意、愛入骨髓，對親情、對家人敢於承擔的男子漢大丈夫，躍然於心。

馬不停蹄就寫了開篇，越看越喜歡。

二郎那麼窮，窮得飯都吃不起，為了姪子借了二兩銀子買了個媳婦。一路從貧窮到富有，真真正正做到了不離不棄，恩愛不渝。

我是喜歡我家男主角周二郎的，也喜歡阿嬌軟軟喚一句——「二郎哥。」

二郎，兒郎，本就該頂天立地。

這是一本勵志的故事，二郎也好，阿嬌也罷，都是善良的人，不會主動算計誰，但真算計起來，也不是怕事的人。

他們攜手走過貧窮，踏上富貴，不變的只有最初的心，善。

這是一個溫暖的故事，也是一個讓人感動的故事。

最讓我感動的還是聞人飛揚的成全和離去，那一段寫得真是淚流滿面。

唯深愛才能如此，肝腸寸斷，亦要成全。

當然，最感謝的還是出版社給了我這個機會出版，能將自己的書推薦給大家，也希望大家能夠喜歡這本《賢妻不簡單》，若有不足，正在努力，也希望以後能用更多文字來演繹一段段愛情、親情、友情。

願所有讀者也能如文中的阿嬌一般，尋得自己的二郎哥，愛著、寵著、呵護著自己一生。

最後，祝讀者們萬事順心。

第一章

昏暗不見天日的地窖，一個披頭散髮的人蜷縮在角落。門被打開，一道刺眼的光透進來，角落的人抬頭看著走進來的人，雙眸狠狠瞪過去。

「周家二郎，人就在這兒了，一會兒你給了銀子就把人領走吧！」

「徐家嬸子，三兩銀子太多，我根本拿不出來，若是二兩銀子，我就把人帶走了。」

「唉，二兩的確有點少，不過看在我們兩家的交情上，賣給你了。」

只二兩銀子，角落裡的人被賣了，卻在到周二郎家後，直接撞牆，撞得頭破血流，兩眼一閉，昏死過去。

淩嬌睜開眼，有些不敢相信她還能見到光明。

一個穿著補丁衣裳的男人進了屋子，看著淩嬌。「妳別怕，我沒有惡意，把妳從徐嬸子家買來是為了照顧阿寶，我知道妳不願意，可我家窮，實在娶不起媳婦，妳放心，我以後定不會餓著妳。」

淩嬌看著面前這個長得高瘦、臉色蠟黃的男人，深吸一口氣，倒回床上。

周二郎看了淩嬌一眼，嘆息一聲，出了屋子，看著門口的男孩。「你跟我來。」

男孩跟在周二郎身後。「二叔，嬸嬸會留下來嗎？」

周二郎看著家裡低矮的茅草屋，呼出一口氣。「不知道，阿寶希望嬸嬸留下來嗎？」

阿寶重重點頭，周二郎摸摸阿寶亂糟糟的頭髮。「那一會兒把粥給嬸嬸送去，嬸嬸見阿寶這麼乖，肯定願意留下來的。」

一聽粥，阿寶嚥了嚥口水，他已經連著吃了三頓紅薯湯，二叔說家裡米不多了，要省著吃，如今有了嬸嬸，要給嬸嬸吃。

他端著粥走進屋子，小心翼翼走到床邊。「嬸嬸，起來吃粥了。」

凌嬌聞言，深吸一口氣。哪裡來的姪兒？她閉著眼，一動不動。

阿寶把碗放在床頭邊的櫃子上，趴在床邊，看著凌嬌。「嬸嬸，妳留下來吧，阿寶沒有爹娘，也沒有爺爺、奶奶，只有二叔一個人，村裡的小孩子都欺負、嘲笑阿寶，說阿寶是野孩子。嬸嬸，妳要是留下來，阿寶就有嬸嬸了。」

童言稚語聽得凌嬌頭疼，微微睜開眼睛，看著面前面黃肌瘦的小臉，又再次閉上了眼睛。她受不了被人買回家做媳婦……

「嬸嬸，是不是不喜歡阿寶啊？」

凌嬌深深吸了口氣，睜開眼看著面前的孩子。「你別說話好嗎，我聽著頭疼。」

阿寶忙捂住自己的嘴，淚眼汪汪地看著凌嬌。

凌嬌也仔細打量著阿寶，亂糟糟的頭髮，面黃肌瘦的臉，眼睛是挺大，身上衣服都是補丁，針腳還特別粗，手腕很細，一看就是營養不良。

見凌嬌打量自己，阿寶怯怯地喚了聲。「嬸嬸，阿寶聽話。」

淩嬌心想，聽話不聽話跟我有什麼關係？

阿寶見淩嬌不理會他，急得快要哭出來，伸出小手緊緊抓住淩嬌的手。「嬸嬸，妳留下來吧，阿寶真的會聽話的。」

見阿寶就要哭出聲，淩嬌開口。「不許哭，去叫那誰……你叔叔進來。」

周二郎聽到淩嬌的話，連忙進了屋子。「我、我在呢！」

淩嬌盯著他打量。「你叫什麼？」

「周二郎。」周二郎說著，蠟黃的臉有些發紅。

「幾歲了？」

「二十有四。」

「成親了？」

周二郎微窘。「家窮，娶不起媳婦。」

家窮？還能拿得出二兩銀子？淩嬌雖然不知道二兩銀子能買多少東西，但買她一個活人，實在是難以接受；可看著這虛弱身子，想要離開，目前有點難度，心思微轉之後，她決定暫時留下來，先養好身體。

淩嬌端起一邊的粥，小口小口喝著。阿寶看著淩嬌喝一口，嚥一下口水。

淩嬌看向叔侄兩人。「你們吃了嗎？」

「吃了。」

「沒有。」

叔姪倆面面相覷。

淩嬌皺眉。「到底吃了沒？」

周二郎看向阿寶。「阿寶吃了嗎？」

阿寶愣了愣。「我吃了。」說完，又問周二郎。「二叔，你吃了嗎？」

「我也吃了。」

淩嬌頓時無語，看著這破舊的屋子，屋子裡的東西少得可憐，一張床，一個缺了一腿用塊石頭撐住的衣櫃，一個用一塊木板、四根木棍拼起來的床頭櫃，沒了。

心知這叔姪倆肯定沒吃，他們把粥給自己吃了，他們吃什麼？大的，淩嬌不管，可這小的……她把碗遞給阿寶。「你吃。」

阿寶忙搖頭。「不，嬸嬸，我不餓，我吃過了。」肚子卻不爭氣地咕嚕叫了起來，聲音還特別大，淩嬌聽得清清楚楚，心裡微微嘆息。這叔姪倆想把她留下來，還真是捨得下重本。

「阿寶，你過來。」淩嬌把阿寶喚到跟前，拉住阿寶的手，把碗放在他手裡。「聽話，吃吧！」

「嬸嬸，妳不餓嗎？」阿寶猶豫地問，看著碗裡的粥，深深吸了幾口氣，聞到香噴噴的米香。

淩嬌笑。「快吃吧！」

「嬸嬸，我真的吃了哦！」阿寶說著看向淩嬌，只要淩嬌開口讓他吃，他就真的吃了。

「吃吧！」

「謝謝嬸嬸。」阿寶說著，雙手捧粥，小口小口喝著。

周二郎本想讓淩嬌喝粥，希望她感動於他的心意願意留下來，但阿寶連著吃了幾天的番薯，一口米粥都沒吃過，便默許讓阿寶吃了。

想到米缸裡只剩下一碗米，他決定明兒進山，希望運氣好，獵到些野物，賣了好買米。晚飯又是一碗粥，阿寶小心翼翼端進來。「嬸嬸，妳快吃，二叔給阿寶也留了一碗。」

淩嬌點了點頭，實在是餓壞了，一碗粥吃了個乾乾淨淨。阿寶瞧著，咚咚咚跑出去，不一會兒端了碗又走進來。「嬸嬸，阿寶這碗也給妳吃。」

淩嬌看著阿寶。「你幾歲了？」

「六歲。」阿寶說著，笑了起來，露出一口小白牙。

六歲，該上學的年齡，卻因為爹死了、娘跑了，沒有爺爺、奶奶，跟著二叔挨窮。她沒來由地心疼這個孩子，想了想。「阿寶真希望我留下來？」

「嬸嬸願意嗎？」

「只要阿寶乖乖聽話，把粥喝了，我就留下來。」

「以後都不走了？」阿寶著急地問。

走？走去哪裡？對這個世道人生地不熟，能聽得懂這叔姪倆的話，淩嬌就謝天謝地了。再說她本來也不是什麼女強人，一家子都是道道地地的莊稼人，眼看村裡的人都進城找工作，爸媽一計劃便也帶著她進了城，開了一間飯館，生意還不錯，才有錢供她讀大學；大學畢業後找了工作，閒暇就在飯館裡幫忙洗碗炒菜、擦桌掃地，是一個全能打雜的。

不過，留下來可以，得跟周二郎把話說清楚。

周二郎站著，有些侷促，心裡犯嘀咕，不知道淩嬌要跟他說什麼？

淩嬌也不知道這身體的原主是幹麼的、多大年紀、從哪裡來？腦海裡只有模糊的記憶……原主被賣到地主徐家，給徐家有殘疾的兒子徐冬青做媳婦，卻在洞房那一夜把徐冬青咬得血肉淋漓，被徐地主關在地窖裡，最後用二兩銀子賣給了周二郎；至於被賣之前的事，她丁點兒印象都沒有。

「你想要我留下來？」

周二郎點頭。

「你什麼都聽我的？」

周二郎又點頭。

「我去哪裡你會不會跟？」

「妳會不會跑？」周二郎忙問。

他怕淩嬌跑了，他沒處去尋，還白白損失了二兩銀子；但見淩嬌冷冷地看著自己，周二郎嚥了嚥口水。「我、我知道我窮，妳要是想走也可以，把二兩銀子還我，妳就可以走了……」說著，又有些洩氣。

「你如果事事都聽我的，我就不走，不管什麼事，如果我不願意，你不能強迫我。」

「真的？只要我什麼都聽妳的，妳真的不走？」周二郎欣喜地問。

「嗯，什麼事都依我，包括生孩子的事，你也不能聽著村裡人的閒言碎語就強迫我；沒有得到我的允許，你不能跟我在同一間屋子、同一張床睡，能不能答應？」

周二郎聞言愣了愣，這算是自己的媳婦嗎？「可妳是我媳婦啊，我不跟媳婦睡，跟誰去睡？」

「那你是不想答應了？」淩嬌冷著臉繼續說道：「還說事事都依我，哼，都是騙人的。」

「不是，我……」周二郎想要解釋，可他嘴笨，急得滿頭大汗，就是說不出個所以然來，最後才道：「那讓阿寶跟妳睡，成不？」

淩嬌卻誤以為周二郎還是不相信她，哼了一聲，倒在床上睡了。

阿寶站在床前，小聲嘀咕道：「嬸嬸，阿寶跟妳睡好不好？阿寶只需要小小的地方，保證不打呼，不踢被子也不亂動。」

他見淩嬌不語，小心翼翼爬到床上，輕手輕腳給淩嬌攏了攏被子，窩在淩嬌身後，幸福地睡去。

淩嬌半夜尿急，但頭昏沈沈地無力，勉強支撐著開門，卻不知道要去哪裡方便。

周二郎聽到聲響，嚇得跳了起來，忙朝淩嬌所在的屋子跑，只見淩嬌立在門口，以為她要走，心口劇烈起伏，盯著淩嬌硬是說不出一句罵人的話，好一會兒才說道：「妳如果要走，等天亮了再走吧，天這麼黑，山路不好走。」說完，轉身就朝灶邊走去。

淩嬌愣了愣，隨即明白這周二郎怕是以為她要摸黑走吧？她呼出一口氣。「周二郎，你等等，我只是想去廁……茅廁。」說完，還是個大姑娘的淩嬌紅了臉。
周二郎聞言欣喜，忙轉身問淩嬌。「妳不離開？」
「我只是尿急，想去茅房，你帶我去茅房吧！」
周二郎不答，大步走到淩嬌面前，攔腰打橫抱起淩嬌，朝屋子外走去，嚇得淩嬌尖叫一聲。「啊！」
「莫怕莫怕，我只是想著妳病了，沒什麼力氣，怕妳走路摔著；妳放心，我保證不亂來，真的，保證不敢有非分之想。」周二郎一邊說，抱著淩嬌走得飛快，出了屋子、拐了個彎，把淩嬌放在茅房邊，羞紅著臉，粗著嗓子。「妳慢點，我、我去一邊等妳，妳好了叫我。」
淩嬌憋得不行，方便之後實在不敢叫周二郎，窸窸窣窣地摸索著往回走。周二郎聽見聲音，走到淩嬌身邊，二話不說，攔腰打橫抱起淩嬌就往屋子走去。
兩個人挨得太緊，淩嬌微微掙扎。「你放我下來，我能走。」
「沒事，我力氣大。跟妳說，我能單手舉起兩百斤。」
淩嬌羞窘。她想說的壓根兒不是這個，可這二愣子到底是真不知道，還是假不知道？男女授受不親，他這麼抱著她，真的好嗎？
「你先放我下來，我不想回屋子去。」
「啊……」周二郎愣了愣，放下淩嬌，關心問：「妳是餓了嗎？」
淩嬌搖頭，周二郎只得放下她。

黑暗中，淩嬌也分不清東南西北，就是感覺這個家空蕩蕩的，冷清得厲害，也沒那麼多講究，坐在臺階上，看著夜空。

也不知道這個夜空，和那一個是不是一樣的？她現在看夜空想爸媽、想家，不知道爸媽是不是也在看夜空想她？

周二郎立在一邊，小心翼翼看著淩嬌，不敢說話。

「周二郎，你家這麼窮，哪裡來的二兩銀子？」

周二郎搔搔頭。「我問村長借的。」

借的？「我問你，一兩銀子能買些啥啊？」

周二郎仔細算了算。

淩嬌不知道該笑還是氣，她就值六百斤大米、一千斤玉米、四千斤番薯？村長也滿大方的，這麼窮的人都敢借他二兩銀子。

「那你用什麼來還村長銀子？」

周二郎憨憨一笑。「去幫村長家幹活，村長家還管飯的。」

「幹活抵債還管飯？」淩嬌問。

周二郎點頭。

淩嬌無語。周二郎這種身材，去鎮上或者縣城工作，一個月能賺不少吧，村長倒是好算計。

「那如果我跑了呢？」

周二郎聞言，激動的心瞬間一涼，坐到離淩嬌有些遠的地方，深吸幾口氣。「妳身子不好，養幾天再走吧，以後多長心眼，別輕易相信別人，又被人賣了。」

淩嬌無語，還真是一個忠厚到愚蠢的。

「周二郎。」

「嗯。」

「你怎麼不去鎮上做工？窩在這小山村裡過窮日子？」

「鎮上的人太精明了，我不去。」

這是什麼理由？淩嬌呼出一口氣。「你遇到過鎮上的人？」

「嗯，鎮上的人把我嫂子騙走了……」

第二章

天亮的時候，周二郎早早洗鍋煮飯，粥給淩嬌吃，他和阿寶吃番薯。

淩嬌打量著周二郎的家，兩間屋，一間倒了，剩一間給她住，她不讓周二郎靠近，周二郎沒地方去，只能睡廚房。說是廚房，也就是用幾根木頭撐著搭了個棚，棚子下只有一個灶臺、一口鍋、一個水缸、一個葫蘆挖的水瓢，真應了那句話，一窮二白，連賊都不惦記。

淩嬌肚子也餓了，見周二郎粗手粗腳地忙活，走過去。「早上吃什麼？」

「妳吃粥，我和阿寶吃番薯。」

淩嬌無語。「你就天天吃番薯？你吃也罷了，阿寶那麼個孩子也跟著吃？」

「不是，我去村長家幹活的時候，阿寶是一起的，我們都在村長家吃。」

「村長待你挺好啊！」

「是啊，村長的確是不錯，就是嬸子，老是跟我動手動腳的……」

淩嬌聞言，愣了愣，八卦道：「怎麼個動手動腳的？」

周二郎臉一紅，支支吾吾。「就是老捏我屁股和……」

噗哧，淩嬌笑了起來，誰說只有男人好色的，老女人一樣好色。

周二郎被淩嬌笑得臉脹紅，恨不得挖個坑把自己埋起來。

淩嬌笑夠了，肚子也餓了，想到濃稠甘甜、益氣健脾暖胃、老少皆宜的番薯粥更餓了，恨不得立即來一碗。「番薯呢？」

「做什麼？」

「做早飯啊！」

周二郎忙道：「不了，我來做吧，妳身體不好，去歇著。」

「囉嗦，快把番薯拿來，家裡的米呢？」

周二郎看著凌嬌，頓時覺得這個貧窮的房子，有點家的感覺了。

凌嬌看向周二郎，見他傻愣愣地看著自己。「看我做什麼？去喊阿寶起來洗臉吃飯。」

周二郎用力掐了自己的大腿，好痛，忙應聲。「好！」飛快跑進屋子，喊阿寶起床。

凌嬌翻找著櫃子，只有兩個有缺口的碗，兩雙烏漆抹黑的筷子，深吸一口氣，把碗筷拿出來，再舀了清水仔細洗一遍，甩乾水，把粥裝進去。鍋裡還有一些，為了不讓粥煮乾，凌嬌舀在陶盆裡。看著破敗、一無所有的屋子，她想著，都是可憐人，將就著先過吧！

「嬸嬸……」阿寶眼睛亮亮地看著凌嬌。

凌嬌伸手摸摸阿寶的臉。「阿寶起來了？快去洗漱就可以吃早飯了。」

「嬸嬸。」阿寶低喚，拉住凌嬌的手，放在心口處。「嬸嬸，阿寶會努力長大，以後都對嬸嬸好，嬸嬸，妳別走，留下來好不好？」

凌嬌瞧著五、六歲的孩子，還未長大就強迫著懂事，很心疼。她揉揉阿寶的頭。「好，我不走，我留下來。」

「好耶，嬸嬸不走了。」阿寶說著，歡呼起來，奔到周二郎身邊。「二叔、二叔，嬸嬸答應我，她不走了，她願意留下來了。」

周二郎也是笑，笑得眼睛都瞇了起來，仰頭看著屋外的天空，覺得看了二十多年的天空從來沒如這一刻，亮得耀眼。

淩嬌笑著問周二郎。「家裡還有碗嗎？」

「有，還有兩只，我怕打碎，收起來了，這就去拿來。」周二郎說著，咚咚咚跑進屋子，不一會兒拿了兩只碗出來，在水缸邊舀了水，小心翼翼洗乾淨，看著陶盆裡冒著熱氣的番薯粥，心口沒來由地酸疼，眼眶一紅。他暗暗發誓，只要淩嬌願意留下來，他一定好好待她，事事都聽她的。

破舊的桌子，三人一人一個位置，看著面前香氣四溢的番薯粥，阿寶饞得直舔嘴唇，眼睛亮亮地等著淩嬌喊開飯。周二郎咧嘴傻笑著，也在等淩嬌喊開飯。

淩嬌有些錯愕。「你們愣著做什麼，吃飯啊！」

叔侄倆端了碗，拿了筷子，輕輕抿了一口番薯粥，幸福得眼睛都瞇了起來。「好好吃。」阿寶說了一聲，呼呼呼吃了起來。

淩嬌瞧著，絲絲異樣滑入心口，衝阿寶一笑。「阿寶，小心燙，慢點吃。」

「嬸嬸，妳煮的番薯粥好好吃，阿寶從來沒吃過這麼好吃的粥。」

「慢慢吃，還有呢！」淩嬌摸摸他的頭，端了碗準備吃，卻見阿寶濕潤著大眼睛看著自己，錯愕不已。「怎麼了？」

阿寶低頭，眼淚滾落，抬手胡亂抹了抹，吸了吸氣。「嬸嬸，妳以後都會給阿寶煮番薯粥嗎？」

「會。」凌嬌說得斬釘截鐵，伸手給阿寶擦眼淚。「別哭，阿寶是男子漢。阿寶如果喜歡吃，以後我經常給阿寶煮，好不好？」

「好。」

飯後，看著這破敗的家，凌嬌讓阿寶去玩，問周二郎。「你以後打算怎麼辦？」

「啊……」周二郎錯愕地看著凌嬌，搔搔頭。「我去村長家借點米回來先吃著，明兒一早我就進山去打獵。妳放心，我肯定不會餓著妳的。」

凌嬌聞言盯著周二郎看了片刻，才點頭。「行，你去吧！」

「那我去了。」周二郎說著，從廚房拿了陶罐，放在籃子裡，去了村長家。一路上，周二郎心裡忐忑，怕凌嬌跑了，心裡慌得厲害，只得告訴自己，凌嬌不會跑，一定不會跑的……

凌嬌看著雜亂無章、四壁用泥土堆砌、屋頂蓋茅草的家，兩間還倒了一間，深吸一口氣，走出門，看著附近一片片泛黃的玉米稈，還有那些泥土茅草屋，看了一圈，也只有三、五家是泥土瓦房。

門口是一小塊荒地，因為入秋，草微微泛黃。凌嬌又朝後面走去，後面是一塊地，零零落落種了幾株白菜，野草比菜長得還旺盛。

她憑著感覺朝河邊走去。

到了村長周旺財家。「村長叔，你在嗎？」

周旺財在小屋數著銀子，被周二郎的聲音嚇了一跳，連忙把銀子塞到被子下，站起身，整理衣裳，伸手摸了摸自己的臉，感覺沒異樣後才出了屋子，衝周二郎一笑。「是二郎來了啊！」

「村長叔。」周二郎客氣地笑。

周旺財點頭，走到周二郎身邊小聲問：「人醒了？」

「醒了。」

「鬧騰沒？」

周二郎搖頭。

沒鬧騰？周旺財蹙眉，那徐剝皮家婆娘不是說潑辣得很，和徐家傻子洞房時差點把徐傻子給活活咬死？才用二兩銀子賣給了周二郎，那麼厲害，到了周二郎家不鬧騰，誰信？

「真沒鬧騰？」

「沒，瞧著挺好的。」周二郎憨憨說著，略微尷尬說道：「村長叔，你借兩升米給我唄。」

周旺財一愣，隨即笑了起來。「去找你嬸子拿米，就說我已經答應了。」

「謝謝村長叔。」周二郎道謝之後，立即去找周旺財媳婦周田氏。

周旺財看著周二郎高大清瘦的背影，瞇了眼睛，心思微轉，臉色晦暗不明，轉身回了屋子，把被子下的銀子藏好。

周二郎找到周田氏的時候，周田氏正在剁番薯藤，準備煮熟了餵豬。「嬸子。」周二郎低低喚了一聲，打心眼裡有些發怵周田氏的毛手毛腳。

周田氏拿著剁刀，抬頭一看是周二郎，露出一口黃牙。「是二郎來了啊，找嬸子啥事？」

「嬸子我來借兩升米。」

周田氏挑眉。「你叔知道不？」

「村長叔已經答應了，叫我來找嬸子拿米。」

周田氏一愣，隨即丟了剁刀，起身拍了拍手上的渣，朝周二郎伸出手。「陶罐拿來。」

周二郎忙把陶罐遞給周田氏，周田氏接過轉身去了廚房，打開米缸，看著滿滿一缸米，心思微轉，走向外面，看向周二郎，喊道：「二郎，兩升夠嗎？」

周二郎一愣，想著家裡如今多了一個人。「那嬸子借一斗給我吧，我明兒進山去打獵，等賣了獵物就先把這米還上。」

「成。」周田氏把陶罐遞還給周二郎。「我拿個米袋給你裝。」

「謝謝嬸子。」

周田氏笑笑，拿了米袋舀了一斗米裝到米袋裡，遞給周二郎。「嬸子再給你裝五升麵粉，家裡鹽還有嗎？」

周二郎搖頭。

「那嬸子給你裝一點，等還米的時候一起還。」周田氏轉身裝了五升麵粉，又裝了點鹽遞給周二郎。周二郎伸手去接，周田氏把麵粉挪開，湊到周二郎面前，神秘兮兮地說道：「二郎，嬸子待你這麼好，啥時候讓嬸子也沾點甜頭？」說著用手臂去撞周二郎，嚇得周二郎拿著東西就跑，周田氏看著空空的兩手，臉色大變，呸了一聲。「慫包蛋。」

周二郎一出村長家便快速往家趕，站在門口，心慌得厲害，又不敢進屋子，衝裡面大喊一聲。「我回來了。」

屋裡靜悄悄的，周二郎驚出一身冷汗，又大喊。「我回來了。」他希望淩嬌聽到聲音走出來，可……

他鼓起勇氣推門進屋，空蕩蕩的家，哪裡有淩嬌的身影？手中的米、麵粉、鹽滑落在地，他渾身無力地坐到地上。「終歸還是走了……走了也好，這個家這麼窮，留下也是受苦遭罪。」

「二叔、嬸嬸，阿寶回來了。」阿寶蹦蹦跳跳進了屋子，手裡抓著一隻蜻蜓，臉上全是笑，卻見周二郎呆坐在地上，阿寶愣了愣。「二叔？」

周二郎看向阿寶，朝阿寶招招手，待阿寶走到身邊，一把將他拉入懷中。「阿寶，以後又剩咱爺兒倆了……」

阿寶聽懂了，哇一聲哭了起來。「嬸嬸騙人，嬸嬸答應阿寶不走的，還答應阿寶天天給阿寶煮番薯粥的，嬸嬸騙人……」

「阿寶，不怪人家，怪只怪咱們窮，怪二叔沒本事，連頓飽飯都沒讓她吃上，不怪她。」二兩銀子沒了，周二郎不心疼，他好歹救了條命；只是想著淩嬌身子不好，在外面若是有個意外，如何是好？

「二叔，我們去追吧，我們去把嬸嬸追回來，好不好？阿寶以後乖，以後少吃飯，也幫著二叔幹活，二叔，我們去追吧？」阿寶哭喊著，眼淚撲簌撲簌地流。

「不去追了，讓她走吧，如果我們去追了，她就真的走不了了。」她一心要走，追得回人也追不回她的心。

「可是——」阿寶還想說什麼。

周二郎打斷阿寶的話。「阿寶，你是乖孩子，聽二叔的，讓她走。」

阿寶看著認真的周二郎，好一會兒才點頭，哭得上氣不接下氣。

淩嬌看著清澈的河水，魚在河裡游來游去，她大喜，轉身往回走，可遠遠就聽見阿寶的哭聲，是摔了還是被別的小朋友欺負了？

一進家門，淩嬌擔憂問：「阿寶，你怎麼了？」

叔姪倆看著門口的淩嬌，一時間有些回不過神。「嬸嬸……」阿寶喊了一聲，跑過去抱住淩嬌，哭得越發傷心。

淩嬌蹲下身給阿寶擦淚。「怎麼了？」

「摔著了，痛……」

淩嬌失笑。「阿寶是男子漢，摔一下不礙事的，來，告訴……」她深吸一口氣，抱著阿寶走到一邊坐下，柔聲說道：「告訴嬸嬸，摔著哪兒了？嬸嬸給你揉揉。」

「嬸嬸抱著就不痛了。」

「淘氣。」

周二郎瞧著兩人，紅了眼眶，別開頭，拎著米袋去倒在米缸裡，暗暗發誓，以後要對淩嬌好，很好很好……

阿寶很好哄，幾句話就被淩嬌逗得呵呵直笑，想著自己抓到的蜻蜓，有些洩氣。「本來抓了蜻蜓給嬸嬸，可惜讓牠飛了。」

「沒事，以後再抓。」淩嬌摸摸阿寶的頭。「阿寶去玩，我有話跟你二叔說。」

阿寶點頭，卻堅決不再跑遠了。

淩嬌走到周二郎身邊。「周二郎……」

「欸！」周二郎應得很大聲，嚇了淩嬌一跳。

淩嬌拍了拍胸口，才認真說道：「我有事跟你說。」

「妳說，我聽著。」

「你知道哪裡可以砍竹子嗎？」

周二郎錯愕。「要竹子做什麼？」

「我剛剛去河邊，看見河裡有魚。你去弄些竹子來，編成竹籠子，放河裡去抓魚，抓到魚咱們可以拿去鎮上賣，等賣了魚，就有銀子買糧、買肉、買鹽了。」

周二郎想到要去鎮上賣魚，心裡一突，猶豫好一會兒才說道：「不去鎮上可以嗎？」

凌嬌瞧周二郎那神色，也猜得到他的心思。「周二郎，你怕帶我去鎮上賣魚，我會跑掉對不對？」

周二郎沈默不語，算是默認。

凌嬌呼出一口氣。「周二郎，如果我要走，就算不去鎮上我也能走，既然留下來了，就打算把這裡當成家，好好過日子；你要是相信我，就去砍些竹子回來，如果你不相信我，那我也沒辦法。」凌嬌說完，轉身去找阿寶玩，留周二郎站在原地呆呆想著。

周二郎想著她的話，如她所說，她要走，他也留不住；她既然願意留下來，他就要相信她。

拿了柴刀，周二郎看向跟阿寶玩蟲兒飛的凌嬌。「我去砍竹子了。」

凌嬌一愣，隨即說道：「我叫凌嬌，你可以喊我小嬌，或者阿嬌。」

「哦。」周二郎紅著臉應了聲，快速出了家門，心裡默默唸著阿嬌、阿嬌……原來她叫阿嬌，真好聽，比他叫周二郎好聽多了。

周二郎到竹林去砍竹子，遇到本家的三叔周富貴。周富貴與周二郎死去的爹有同一個爺爺，今年五十三歲，留著鬍子，頭髮也白了，眼角全是皺紋，一副刻薄相。

周二郎禮貌地喊道：「三叔，砍竹子啊！」

周富貴看了一眼周二郎，眼裡全是輕視，漫不經心說道：「是啊，家裡老母雞孵了兩窩小雞，砍點竹子回去圍個雞圈。對了二郎，聽說你從徐家買了個媳婦，可有此事？」

周二郎臉一紅。「是真的。」

「沒出息的東西！徐家不要的能好？也不知道是啥玩意兒，你就給買了回來，真是丟我們周家的臉。」

周二郎呆住，沒想到三叔會這麼說，臉色瞬間慘白，見周富貴還要繼續說，周二郎搶先開了口。「三叔，阿嬌是個好姑娘，你別這麼說她。」

「你——」周富貴沒想到周二郎敢為了個女人跟他頂嘴，氣得不輕，想責問周二郎幾句，見著有同村人來砍竹子，怒喝一聲。「懶得管你這閒事，你看著吧，以後有你哭的時候！」轉身氣呼呼走了。

周二郎站在原地，看著周富貴的背影，很想大聲喊阿嬌是個好女子，可礙於周富貴身分，只得忍了。

第三章

來人是同村的李本來，似乎聽到了些，安慰了周二郎幾句，又問周二郎要不要去鎮上幹活，周二郎猶豫著，暫時沒答應。

他砍了竹子回家，淩嬌已經把家裡裡裡外外掃了一遍，就連屋子也掃了、擦了，周二郎看著乾乾淨淨的院子，愣了愣，笑了起來。「阿寶，阿……我回來了。」

阿寶倒是開心，想到有魚吃，圍著淩嬌問個不停，淩嬌耐心地給他解釋，又指揮周二郎剖開竹子，把竹子劈成薄薄的條狀，然後按照她說的編。

淩嬌也不是特別會，就是以前爸爸和爺爺會做，她看著學了一些，沒上手過，好在周二郎悟性高，在努力了一個時辰之後，終於編出了淩嬌想要的竹籠，長長圓圓的一個，中間有一個個小洞，兩頭封死，那魚從小洞進去，想要出來就不那麼容易了。

第一個竹籠成功，周二郎忙著編第二個，淩嬌在一邊幫忙，想著先前看到的麵粉和大米。

「周二郎，門口那一小塊荒地是誰家的？」

「我們家的。」

「可以開墾出來種點青菜什麼的嗎？」淩嬌想，空著也是空著，如果可以開墾來種點青菜、蘿蔔什麼的，摘來吃也方便。

周二郎一愣，點點頭。平時他都幫村長家幹活，吃也在村長家，家裡根本顧不上，家裡的地就由著它荒廢了。

凌嬌看著周二郎，頓時無語。「家裡除了門口和後面的地，還有嗎？」

「有，還有兩塊地種了玉米，還有兩畝田種了稻米。」

「玉米和稻米長得可好？」凌嬌問，心裡祈禱可別像後院的菜地，野草比白菜都長得旺。

「好，我一直顧著呢！」

凌嬌鬆了口氣，可還是不放心。「你改天帶我去瞧瞧吧！」

周二郎看向凌嬌，眼睛瞬間亮了起來。阿嬌關心家裡的一切，是不是說明她真的打算留下來了?想到阿嬌真的要留下來，他樂得說不出一句話，一直點頭。

「呆子。」凌嬌無語。

先前不熟悉，編得難看，現在熟悉了，她發現周二郎編的籠子特別好看。

「周二郎，你是不是學過編東西啊？」

「以前跟爺爺學過，我還會木工呢，可惜前年爹娘同時病倒，家裡實在沒有銀子，我把傢伙給賣了。」周二郎說著，很是惆悵。

凌嬌想了想。「周二郎，等以後有錢了，咱們重新買一套，家裡的桌子、板凳、衣櫃、大床什麼的，都交給你做好不好？」

周二郎驚愕，片刻後紅著臉點頭，繼續編竹籠。

「對了，我剛剛好像看見麵粉了。」

「嗯，村長嬸子借的。」

不管怎麼來的，淩嬌此刻滿腦子都想著午飯。「你說我一會兒去把後院那幾株白菜拔了，做白菜麵疙瘩湯好不好？」

麵疙瘩湯？周二郎對吃的沒要求，只要能填飽肚子，什麼都好。「好。」

「可惜沒有油，如果有點油，麵疙瘩做出來會更好吃。」淩嬌嘀咕著，想著這個家的情況，不再多說，起身喊阿寶。「阿寶，走，我們去摘白菜。」

她牽著阿寶去後院摘白菜，周二郎沈默片刻起身，出了門，朝五叔周富有家走去。一路上，周二郎也沒想好用什麼藉口問周富有借塊臘肉。

周二郎到了周富有家，見周富有正坐在門口抽著旱煙。「五叔。」

周富有跟周富貴是親兄弟，性格也差不多，不過相對來說，周富有比周富貴會做人。

周富有見著周二郎，呵呵一笑。「二郎啊，要去哪兒？」

「找五叔呢！」

「找五叔啥事？」

周二郎猶豫片刻，才說道：「五叔，你家還有臘肉嗎？能不能借塊給我？」

周富有笑笑。「二郎啊，聽說你買了個媳婦？」

周二郎點頭。

「嗯，我家二郎有媳婦了，是件好事，五叔也應該表示一下。二郎啊，你也知道你堂哥家仔仔，喜歡吃瘦肉、啃骨頭，家裡的瘦肉、骨頭你五嬸早割下來送過去了，剩下都是肥肉，你要是不嫌棄，五叔送一塊給你，就當是你有媳婦的賀禮，等過幾天收稻米了，你幫五叔幹兩天活，怎樣？」

他有的是力氣，於是點點頭。「聽五叔的。」

「你在這兒等我一會兒，我去叫你五嬸給你找塊大的。」周富有說著進了屋子，找到妻子，說明了事情。

五嬸眉一挑。「啥，拿塊肥肉給二郎？」雖然不大願意，可五叔當家作主，她也不能反駁。

大塊的，她捨不得，拿了一塊最小又沒切過的，拎著過來遞給周富有，周富有看了妻子一眼，接過豬肉走出去遞給周二郎。「二郎，這是家裡最好的一塊豬肉了，你拿好，莫被狗叼走了。」

豬肉好不好，周二郎不在乎，只要是塊肉，能熬出油來就好。「謝謝五叔。」

「要午飯了，快回去吧，你媳婦還等著呢！」

「好。」

看著周二郎的背影，周富有摸了摸鬍鬚，回到屋子跟妻子低低地說了一番話，五嬸黑著的臉才好看許多。

家裡，淩嬌在後院拔了五株白菜，去掉腐葉、黃葉，拿著回廚房打水洗乾淨，放在筲箕上瀝水，又拿了家裡唯一的陶盆往裡面倒了麵粉、清水，拿了筷子沿著一個方向快速打圈，阿寶在一邊瞧著，覺得好玩。「孃孃，麵疙瘩好吃嗎？」

「好吃啊，一會兒煮好了阿寶多吃點，長得高高的。」淩嬌說著，才發現周二郎沒在院子裡，問了句。「阿寶，你二叔呢？」

「不曉得，剛剛還在呢！」阿寶說著，目不轉睛地看著淩嬌攪拌麵粉，想著就能有好吃的午飯，吸了吸口水，眼睛亮晶晶問：「孃孃，妳會做饅頭嗎？」

「會啊！」淩嬌點了點阿寶的鼻子，笑道：「孃孃不只會做饅頭，還會做包子，更會很多好吃的小點心呢！」

「真的嗎？孃孃。」阿寶歪頭想了一會兒。「那孃孃，包子是用什麼做的？什麼味道？」

淩嬌一愣，頓時特別心疼阿寶，蹲下身摸摸他的臉。「阿寶，我一定會讓你過上好日子。」

「孃孃，什麼是好日子？」

「吃得飽、穿得暖，阿寶還能去學堂讀書，有許多小夥伴。」

阿寶聞言，認真想了想，搖頭。「孃孃，那不是好日子，阿寶心中的好日子是孃孃在，二叔也在，我們都好好的，一直在一起。」

淩嬌錯愕，又覺得鼻子有些發酸，把阿寶拉到懷裡。「對，阿寶說得對，只有我們都好好的，才是好日子。」

阿寶嘿嘿笑，伸手抱住淩嬌的脖子，想了許久才說道：「嬸嬸，二叔說，我們家窮，妳留下來會遭罪吃苦，妳如果要走，就走吧，二叔不會報官，也不會有人來抓嬸嬸的。」

淩嬌身子一僵，推開阿寶一些，仔細看著他。「阿寶，你捨得我走？如果你捨得，那我就走了。」

阿寶頓時紅了眼眶，哭了起來。「阿寶捨不得，可是二叔說……」

「別聽你二叔的，你二叔憨得很，還是我們阿寶聰明，知道把我留下來。」淩嬌說著，給阿寶擦淚。「阿寶不哭，我不走，是我和阿寶的秘密，阿寶不告訴任何人，好不好？」

「好。」

哄好了阿寶，淩嬌繼續攪拌麵粉，見差不多了，才往裡面輕輕倒了清水，準備沈澱一會兒，才拿來做麵疙瘩。

此時卻見周二郎提著一塊割去瘦肉、骨頭的肥肉回來，淩嬌微微咬了咬唇，她只是嘀咕了一句，周二郎便不聲不響去借了肉回來。

阿寶看到肉，眼睛直直盯著那肉，一下都捨不得眨，生怕一眨眼，肉便飛了。

「阿嬌，這是我去五叔家借回來的肉，妳看著燒，那個、那個……」周二郎想說這肉得來不易，希望淩嬌省著點吃，可話到嘴邊，硬是一個字都說不出來，只得搔搔頭。「我去編竹籠子，妳身子不好，去歇著吧！」

「好。」淩嬌接過肉，拿著放到廚房邊的籃子裡蓋好。她走到一邊坐下看周二郎索利地編竹籠子，阿寶走到她身邊，淩嬌伸手，把他拉到懷裡，跟他小聲說話，逗得阿寶格格格直笑。
周二郎看了一眼嘻嘻哈哈的兩人，笑了起來。
正午的時候，淩嬌開始做飯，阿寶幫著燒火。
洗鍋、燒開水，切了一小塊肉，洗乾淨，等水燒開了，舀在木盆裡備用，將肉切小塊丟到鍋裡煎熬，熬出油，把白菜切成小塊放到鍋裡炒，撒點鹽，倒入燒開的水，用木鍋蓋蓋住悶著。淩嬌轉身將麵粉上層的水倒掉，用筷子快速攪拌，然後揭開鍋蓋，拿了菜刀沾水，把陶盆打斜，用菜刀削成一條一條地下鍋。
「嬸嬸，這就是麵疙瘩嗎？好香啊！」阿寶說著，嚥了嚥口水，肚子咕嚕叫了起來。
「這個啊，不叫麵疙瘩，叫麥蝦，是一個地方的特產小吃，等以後咱家有錢了，我做大排、豬腳、三鮮味道的給你吃。」
「好啊，好啊！」有得吃，阿寶特別高興。
周二郎卻想著，一碗麵還有那麼多種味道？不過這實在好香，他只覺得嘴巴饞得很。
麵出鍋，淩嬌舀到碗裡，招呼道：「阿寶、周二郎，快洗手，好吃飯了。」
「好。」叔姪倆齊齊應聲，連忙舀水洗手，阿寶快速跑到桌子邊坐好，周二郎幫著把麵端過去，三個人，三碗麵，鍋裡還有不少，叔姪兩人端正坐好。
「快吃啊，這脹了就不好吃了，阿寶多吃點，鍋裡還有呢！」
「嬸嬸吃麵。」阿寶說著，拿了筷子挾往嘴裡，燙得他呼呼直吹氣，瘦弱蠟黃的臉全是幸福。

周二郎吃得倒是慢，想著自己吃慢點，等淩嬌、阿寶吃飽了剩下的他再吃。

「阿嬌。」周二郎低喚，心裡因為這兩個字波瀾大起。

「嗯。」淩嬌吃著麵，淡淡應聲，等著周二郎的話。

周二郎舔了舔嘴唇，才說道：「本來哥喊我跟他一起去鎮上幹活，一天三十文錢，我打算跟本來哥一起去。」

淩嬌錯愕。周二郎不是說不去鎮上的嗎？是因為家裡多了一個她嗎？

「那就去吧，我跟阿寶在家，沒事的。」淩嬌說完，想了想又道：「你去問問那個誰，要不要煮飯的？我會煮飯，不給錢也沒事，讓我跟阿寶有飯吃、有地方睡覺就成。」

周二郎一聽，心裡隱隱擔憂，怕將淩嬌帶去鎮上，就再也帶不回來；可想著既然決定相信她，便點頭。「好，我一會兒去問問。」說完，他吃了口麵。「這麵真好吃，是我吃過最好吃的麵。」

「鍋裡還有，吃飽了才有力氣幹活。我跟你說，你下午多編幾個籠子，有空了把門口和後院的地都翻一翻，咱們從鎮上回來的時候，買些菜籽回來種，冬天就能吃上了。」

周二郎看向淩嬌，覺得她是真的打算留下來了，心裡特別舒坦、竊喜，感覺渾身都有使不完的力氣。「好。」

第四章

吃了飯，周二郎去了李本來家，把來意跟李本來一說，李本來忙問：「真不要工錢？」

「不要。」

「那真是太好了，我們一行人正愁沒個能做飯的，到時候帶上你媳婦跟阿寶，吃住不是問題。」

「謝謝本來哥。」

「謝我做啥，五天後記得帶套換洗的衣裳。」

周二郎搔搔頭。「本來哥，那我先回去了。」

「好。」

目送周二郎走了，李本來才進了屋子。

周二郎回到家就忙著編籠子，淩嬌哄阿寶去午睡了，坐在周二郎身邊。「周二郎。」

「嗯，妳說，我聽著。」

「家裡的東西我可以隨便處理嗎？」

周二郎一愣，笑了起來。「當然可以。」

「那晚上我做幾個包子、饅頭，煮點番薯粥成嗎？」

「成啊，家裡有啥，妳怎麼弄都行，不必來問我的，這也是妳的家。」

周二郎說完繼續編竹籠子，淩嬌卻想著他的話。他說，這也是妳的家。

淩嬌起身去和麵，又去後院摘了兩株白菜，洗乾淨放在筲箕裡瀝水，等麵團發好，晚上炒了做包子。

周二郎編竹籠子，淩嬌有些無所事事，索性去了後院拔野草。

太陽下山了，她便忙著煮番薯粥，切肉、炒菜、包包子，阿寶幫忙燒火，因為飯後，他們要一起去河裡抓魚。

只是問題來了，家裡根本沒蒸籠。淩嬌略微尋思，有了辦法。「周二郎，你做個簡單的蒸架，我拿來蒸包子。」

「怎麼做？」

「先把竹子削成薄厚均勻的竹條，每四片一個長度，從小往大朝內一上一下編，小的編在外面，大的編在裡面，等完工了就是一個圓蒸架了。」

周二郎聽了淩嬌的話，直點頭。「好，我馬上做。阿嬌，妳身子不好，別老站著，坐著說話省力氣些。」

見周二郎這般關心自己，淩嬌失笑。「周二郎，你把我買來多久了？」

「三天了呢……」周二郎小聲說著，垂下眸子。

他也是實在想有個家，想有個女子給他生兒育女，有個人好好待阿寶，哪裡曉得人買回來就撞牆了；好在只是暈厥過去，可這一暈也暈了兩天，躺在床上跟死人一般，嚇死他了。

「那我這身上的衣裳？」

「我嫂子的，妳以前那身實在是髒。」周二郎說著，紅了臉，忙道：「妳放心，不是我給妳換的，是三嬸婆給妳換的，身子也是三嬸婆給妳擦的。」

「三嬸婆？」

「嗯。」

聽著周二郎的稱呼，淩嬌想應該是個老太太了。「那晚上我做了包子，你給三嬸婆送兩個去嚐嚐。」

周二郎一聽，眼睛更亮了。「阿嬌，真的可以嗎？」

「怎麼不可以？兩個包子而已，就算今晚去河裡抓魚沒啥收穫，咱們還可以進山。秋天了，山裡能吃的東西多了去，兩個人有手有腳的，還能餓死？」

周二郎愣愣的，忽然抱住淩嬌。「阿嬌、阿嬌……」心從沒像這一刻這般喜悅激動，撲通撲通跳個不停，有什麼呼之欲出，他卻不懂是什麼感覺。

「啊！」淩嬌嚇得不輕，尖叫出聲，抬手拍打周二郎。「周二郎你瘋了？鬆開、鬆開！」

她打得不重，就是重，周二郎也不覺得疼，呵呵呵咧嘴傻笑著。

阿寶本來在燒火，心裡洋溢著幸福，卻聽見淩嬌尖叫，嚇得他拿著火鉗就跑了過來，見周二郎抱著淩嬌、淩嬌拍打周二郎，大喝一聲。「二叔，你放開嬸嬸，你把嬸嬸弄疼了。」

周二郎嚇了跳，感覺到自己的孟浪，連忙鬆開手，退後幾步，臉紅耳赤，連正視一眼淩嬌的勇氣都沒有。

凌嬌又氣又急，努力呼出幾口氣，告訴自己不礙事，只是一個擁抱而已，不要想太多，粗聲道：「愣在那兒做什麼，快編蒸架。」轉身去牽了阿寶，繼續去揉麵團，看著鍋裡的番薯粥。

周二郎應了一聲，連忙去編蒸架。蒸架很快就編好了，凌嬌便開始捏包子，放在蒸架上，見周二郎在旁邊躊躇，不去編竹籠子。「有事？」

「阿嬌，給三嬸婆送兩個包子，三嬸婆肯定不會再做晚飯，兩個包子也吃不飽，要不我去把三嬸婆請來家裡，讓三嬸婆也嚐嚐阿嬌煮的番薯粥可好？」

凌嬌不解。「三嬸婆家就她一個？」

「嗯，三嬸婆沒兒沒女，所以……」

凌嬌聞言，沒猶豫。「那你去請來吧，反正番薯粥和包子都有多的。」

「那我去了。」

周二郎說完就跑了出去，凌嬌抿了抿唇。「阿寶，你二叔去請的那個三嬸婆人好嗎？」

「好，三太婆給阿寶吃糖，還給阿寶吃雞蛋，不過三太婆家的雞蛋要賣錢，二叔不讓阿寶經常去三太婆家。」

「阿寶喜歡吃雞蛋？」

「喜歡。」

「那等以後咱們多養幾隻雞，讓阿寶天天有雞蛋吃。」

「真的嗎？嬸嬸。」

「當然，我是不會騙阿寶的。」

三嬸婆今年六十九歲，頭髮全白，臉上全是皺紋，她正看著天邊晚霞，嘴邊噙著慈祥的笑，又垂頭繼續補衣裳。不遠處，三嬸婆養的五隻母雞和一隻公雞，正咯咯叫著四處找吃的。

三嬸婆聽著聲音笑了起來。「晚上沒得吃嘍，等收了稻米、苞米，讓你們吃個夠，今晚就跟著我老婆子挨餓吧！」

家中米糧不多了，秋收還有半個來月，可得省著才是。

「三嬸婆。」

三嬸婆聽見聲音抬頭，見是周二郎，收了針線，衝周二郎笑。「是二郎啊！」

「三嬸婆，家裡蒸了包子，阿嬌叫我來請妳過去吃晚飯。」

三嬸婆聞言一愣，看了周二郎一眼，才說道：「沒鬧騰？」

「沒，性子好得很，待阿寶也好，早上煮了番薯粥，中午煮了白菜麥蝦，晚上說要包包子，叫我來請妳。」

三嬸婆一聽，覺得這人不大會過日子，如今家裡窮，怎麼還頓頓吃得這麼好，剛想開口說幾句，卻聽周二郎道：「早上她去了河邊，見河裡有魚，回來就叫我去砍竹子編竹籠子，說晚上就去河裡抓魚。三嬸婆，我覺得她好，哪兒都好，妳隨我去瞧瞧就曉得了。」

周二郎如今剛有媳婦，媳婦肯定是好的，她拍拍周二郎的手。「你喜歡就好。你等我一下，我去換身衣裳。」

三嬸婆進屋換了衣裳，又拿了籃子把家中十個雞蛋裝上，走出屋子。「二郎，走吧！」

周二郎瞧見三嬸婆手中的籃子，忙道：「三嬸婆，妳別拿東西。」

「平日裡我去吃也就罷了，今兒也算是我正兒八經見你媳婦，哪能空手？走，快帶我去瞧瞧你媳婦，說起來那天雖然看著了，可沒仔細瞧，今兒可得好好瞧瞧。」

聽三嬸婆這麼說，周二郎也不推辭。「三嬸婆，我來拎籃子吧！」

「不用，你別看我年紀大，腿腳索利得很，這點東西算得了啥，再來十斤、二十斤我都能拎得動。」

路上遇到同村人，三嬸婆都笑咪咪說要去周二郎家看新媳婦，村裡人一個個打趣周二郎，說等著喝喜酒，弄得他很是尷尬，答應也不是，拒絕也不是。

三嬸婆跟周二郎到家的時候，番薯粥早已經煮好，盛碗裡擺在了桌子上，大鍋裡，香氣正濃。

「唉唷，好香的味啊！」

三嬸婆在外面就樂呵呵出聲，阿寶一聽到聲音，歡快地跑了出去。「三太婆。」

「阿寶啊，快來太婆這兒。」三嬸婆提著籃子，摸摸阿寶的頭，喜歡得不得了。

「三太婆，嬸嬸做了包子，好香的。」

「老遠就聞到，阿寶今晚有口福了。」三嬸婆說著，牽阿寶進了院子，見淩嬌站在灶臺前淡淡看著她。第一眼，三嬸婆就喜歡上淩嬌那雙眼睛，乾淨、清澈、透亮，一看就是個心眼好的；只是，她有些想不明白淩嬌怎麼會咬徐家傻子，來到周二郎家後又撞牆。

淩嬌不知道怎麼開口，倒是三嬸婆鬆開阿寶上前，把手中籃子遞給了淩嬌。「家裡母雞下的蛋，看妳小臉慘白慘白的，以後每天早上吃個雞蛋，身子慢慢就能好了。」

淩嬌猶豫了一下，伸手接過籃子。「謝謝。」

三嬸婆笑了笑。「聽二郎說妳包了包子，我這把歲數，光聽說好吃，還沒吃過包子是啥味道呢，今兒敢情好，沾光了。」

「包子一會兒就好。」淩嬌說著，把籃子提到一邊，把裡面的雞蛋撿出來放好，數了數有十個。

包子出鍋，一共十二個包子。

四個人圍著桌子吃晚飯，包子入口，皮軟餡香，三嬸婆一開始還有點擔心淩嬌不會過日子，可瞧著這包子，又瞧著吃得又香又幸福的周二郎和阿寶，她忽然明白，或許周二郎身邊就要來個不會過日子的，整日就知道吃吃喝喝，他想要留住媳婦，定會想方設法賺錢養家。

周二郎看著蒸架上還有三個包子，取了一個放到三嬸婆面前。「三嬸婆，妳吃包子。」

「不吃了，不吃了，我都吃了兩個包子、兩碗番薯粥，肚子飽得很。」三嬸婆眯眼笑了起來，這是她六十九年來，吃得最沒有壓力的一頓飯。

「三嬸婆，再吃一個吧，冷了就不好吃了。」周二郎說著，又挾了一個給淩嬌。

淩嬌忙搖頭。「我不要了。」她吃兩個包子和一碗番薯粥已經是極限。

「阿嬌，再吃一個嘛！」

「真吃飽了，你吃吧，剩下一個給阿寶。」淩嬌說著，把剩下一個包子給阿寶。

「我已經吃了三個了。」周二郎說著，看著筷子上的包子，有些不知所措。

「吃了吧，晚上放籠子到河裡很費力，吃飽才有力氣幹活。」淩嬌說完，喝下最後一口番薯粥，將筷子放在桌子上，靜靜看著周二郎。

周二郎愣了愣，沒敢吱聲，埋頭把包子吃了。

阿寶也乖乖吃包子，喝番薯粥，他本來有些飽了，就是嘴饞，還想吃。

三嬸婆算是看出來了，二郎這媳婦厲害著呢！

飯後，淩嬌一邊洗碗，一邊吩咐周二郎把竹籠子準備好。周二郎一共編了五個竹籠子，三嬸婆有些好奇，問淩嬌。「怎麼不白天去抓魚？」

「白天？」淩嬌想了想，才認真說道：「白天去被人看見了，都去抓魚，就算我們抓到魚，拿到鎮上也賣不了好價錢。」

「可是還是會被人發現啊！」

「就算發現，我們明天去鎮上回來時肯定是下午，村裡人來問，我們可以推託讓他們去砍了竹子，後天下午來學，後天晚上我們還有一次單獨抓魚的機會，如果魚賣得好，這三天賣魚的錢，就夠我們買鹽了。」

三天後，淩嬌相信，鎮上肯定很多賣魚的，而她就不去湊這個熱鬧了。

淩嬌說得頭頭是道，三嬸婆聽得迷迷糊糊，周二郎卻聽得明白，心裡佩服淩嬌。「阿嬌，我聽妳的。」

凌嬌點頭。「那你先送三嬸婆回去吧，我給阿寶洗臉、洗腳，哄他睡覺。」

三嬸婆忙搖頭。「二郎、阿嬌，你們去抓魚，阿寶我來哄，一會兒我弄個火把自己回去。」

三嬸婆年紀大了，一個人摸黑回家，周二郎不放心。「那不行，三嬸婆，要不妳先在家等著，我先把竹籠子放河裡去，一會兒再回來送妳回去。」

「成。」

三嬸婆可不想給周二郎帶來什麼壓力，爽快答應了，牽著阿寶去洗臉、洗腳。

凌嬌洗好碗後，周二郎早已經拿了一根棍子把竹籠子一穿，全部拖在身後，肩上還扛著十根粗長的木棍。「阿嬌，走吧！」

「好。」

夜風徐徐，深秋的夜，沒了夏夜的潮熱，帶著一股舒心的清涼。

凌嬌跟在周二郎身邊，他走得比較慢，時時刻刻提醒凌嬌前面的路，哪兒有個坑，哪兒要下坡，讓她小心別摔著了。

到了河邊，周二郎按照凌嬌所說，脫了衣裳跳入河中，將竹籠子放到河中用木棍固定兩頭，免得被河水沖走。入秋的河水有些冷，可一想著抓了魚可以拿去鎮上賣得銀子，有了銀子日子才能過下去，頓時覺得渾身都暖了，河水也就不冷了。

隔一段距離放下一個竹籠子，凌嬌在岸上指揮，五個竹籠子擺放好後，周二郎也不覺得冷了，上了岸快速穿好衣裳。「阿嬌，我送妳回去吧！」

「你呢？」

「我留下守著。」

淩嬌一愣。「不用守著，你還得回去準備板車、木桶，等抓到了魚才能裝了去鎮上賣。」

「板車？木桶？」周二郎錯愕。「家裡沒有板車，木桶要多大的啊？」太大的木桶家裡也沒有。

多大？淩嬌一時半刻也不知道。「還不知道能不能抓到魚，如果抓到了魚就要拿到鎮上去賣，當然是越大越好。」桶子越大，水中氧氣就會多，魚存活的機會越大，只有活魚才能賣到好價錢，死魚肯定只能賤賣了。

周二郎想了想。「三嬸婆家有板車和大木桶，走，我先送妳回家，再送三嬸婆回家，順便把三嬸婆家的板車和木桶借回來。」

第五章

兩人回到家裡，三嬸婆已經哄睡了阿寶，又燒了熱水，見淩嬌和周二郎回來，小聲道：「你們回來了啊！我燒了熱水，阿嬌先洗洗早點睡，二郎送我回去吧！」

周二郎忙道：「阿嬌，我先送三嬸婆回去，妳早點休息。」

「好，三嬸婆慢走。」

送三嬸婆回去的路上，周二郎提了借板車、木桶的事，三嬸婆愣了愣。「那板車和木桶好多年沒用，擱家裡都快發霉腐爛了，你別說借，能用就拿走吧，反正我也用不著了。」

周二郎聞言大喜。「那三嬸婆，等我抓了魚給妳送魚，妳煮魚湯喝。」

「別給我送，拿去賣了換銀子，買了米糧先把日子過起來才是大事。」

「三嬸婆說得是，二郎記住了。」

把三嬸婆送回家，在後院找到了板車和廢舊的木桶，周二郎沿著小路拖回了家。到了家，見淩嬌依舊在等他，周二郎心暖暖的。「阿嬌，去睡吧！」

「你呢？」

「我先把板車、木桶洗乾淨，三嬸婆好多年沒用了，都是灰塵。」

「那你晚上睡哪裡？」

「都好，現在天氣還不冷，我哪兒都能將就一晚。阿嬌，等賺了銀子，我就把隔壁的屋子蓋起來，以後妳一個房間，我跟阿寶一個房間。」

凌嬌抿了抿唇。「那你也早點睡，明兒天沒亮我們就得去河邊。」

「好。」

凌嬌端了油燈進屋子，放在桌子上，看著睡得香甜的阿寶，吹了油燈倒在床上，聽著外面周二郎洗板車、木桶的聲音，漸重漸輕，最後沒了聲音，也不知道周二郎睡在了何處，凌嬌卻睡不著。

周二郎倒在柴禾堆裡也睡不著，想著房間裡的凌嬌，想著以後的日子，要怎麼才能賺到銀子，把日子過起來……看著夜空繁星，儘管知道未來的路並不好走，他卻深信只要努力，日子一定會過起來的。

五更天雞鳴時，周二郎便起身舀了水洗臉，去河邊看看有沒有抓到魚。他脫了衣裳下了河，深秋的河水冷徹心肺，周二郎硬生生打了個冷顫，又忍住，拉了個竹籠子起來，見竹籠子裡有魚兒蹦跳，忙把竹籠子放回河中，轉身跑回家，只見凌嬌已經起床，還燒了熱水，連忙上前欣喜道：「阿嬌，抓到魚了。」

「真的？」凌嬌也歡喜不已。

「嗯。」周二郎說著，簡直不知道要怎麼表達自己的歡喜。

「走，我們快推了板車、木桶去，趁天沒亮，還沒人曉得之前快點把魚和竹籠子弄回來，咱們早點拿到鎮上去賣。」

「好。」

兩人馬不停蹄地去了河邊，往大木桶裡裝了乾淨的水，周二郎脫了衣裳下河，把竹籠子拉過來，再把竹籠子裡的魚小心翼翼地倒入木桶中。這次運氣好，一共抓到四十四條大小不一的魚。

「為什麼沒小魚？」

「因為這竹籠子縫隙比較大，小的魚進來容易，出去也容易；倒是這些大的，進來容易，出去就難了。」

「我們先把魚拉回去，我再回來拉竹籠子。」

「嗯，那我在家隨便煮點吃的，咱們吃了就出發去鎮上賣魚。」

「帶上阿寶嗎？」周二郎問。

淩嬌想了想。「帶上阿寶，如果魚賣得好，我打算給阿寶買雙鞋子。你看阿寶的鞋子，破得都露出腳趾頭了。」

或許因為抓到了魚，淩嬌心情特別好，一直含著笑。

一說到買鞋子，周二郎低頭看著自己的草鞋，咬了咬嘴唇，點了點頭。「成，都聽妳的。」

周二郎在前面拉板車，淩嬌在後面推，一起回到家，也不敢耽擱，周二郎便去拉回竹籠子，淩嬌在家煮番薯湯，準備隨便吃點就去鎮上。

因為這一陣忙亂，還差點切到手，淩嬌搖頭失笑，轉身去喊阿寶起床。

「阿寶，起床了。」

阿寶迷迷糊糊睜眼，看著淩嬌。「嬸嬸？」

「阿寶，咱們抓到魚了，你快起來洗臉，咱們一起去鎮上賣魚，等賣了魚，就給你買好吃的。」

阿寶一聽，快速下床，自己穿衣，自己洗臉漱口。

等周二郎拖著竹籠子回來，一起吃了番薯湯，又拿了兩個小盆子放在板車上，一起去鎮上。

周二郎讓阿寶坐上板車，拉著阿寶朝鎮上走去，心裡默唸，希望順順利利，更希望把媳婦帶去了，能帶得回來……

晨露微涼，晨暉微灑，淩嬌卻走得渾身發熱、額頭冒汗，整個人直喘氣，不停用手搧風。

周二郎拉著板車，心疼淩嬌。「阿嬌，妳坐到板車上，我拉妳吧！」

「是啊嬸嬸，妳上來吧，二叔力氣可大了。」阿寶也奶聲奶氣地勸道。

想著就要前往沒有去過的鎮上，阿寶很是興奮，亮晶晶的眼左看右看，覺得什麼都好，什麼都新鮮。

淩嬌搖頭。「沒事，我能行。」

「可是阿嬌……」

「快趕路吧，免得到了鎮上買菜的人都回家了。」

周二郎說不過淩嬌，只得拉著板車繼續走，本想放慢腳步，淩嬌卻催促他快些，他嘆息一聲，加快了速度。

泉水鎮比淩嬌想像中的大，一進入鎮上，看見有婦人拎著籃子，淩嬌鼓足勇氣大喊。「賣魚了，新鮮鮮活的大魚。」

淩嬌喊了第一聲，喊第二聲就容易多了。「賣魚了，鮮活的大魚！」

泉水鎮雖然叫泉水鎮，可賣魚的卻很少，一開始聽見有人喊賣魚，都不相信，也有人家中銀子寬裕，又來了客人，正愁沒有好菜，聽見淩嬌喊賣魚，上前來詢問。「真賣魚啊？」

淩嬌看著面前的婦人，穿著乾淨、打扮得體，還戴著一對粗大的銀手鐲，狠心說道：「嗯，三十文一條隨便挑。」

「三十文一條？一條幾斤啊？」

「我也沒秤，不曉得幾斤，但五、六斤肯定是有的。」淩嬌說著讓開了身子，讓婦人看看木桶裡的魚。

大的那幾條還真是大，婦人一眼就相中了一條，就是錢……她猶豫片刻。「三十文太貴了，妳便宜點嘛，便宜點我就買一條。」

淩嬌看婦人想買，笑道：「嫂子，不瞞妳說，這魚可不好抓，這麼大的魚更不好抓了，嫂子放心，我肯定不賣貴。」

婦人也知道淩嬌說得對，正在猶豫，有路人見她賣魚，也湊上來詢問，淩嬌大聲說道：「三十文一條，隨便你挑。」說著靠向婦人。「嫂子，妳先來，肯定妳先挑，可得快點，免得最大的被別人挑走了。」

婦人一聽，見圍過來的人越來越多，忙道：「得，妳把那條最大的給我抓了。」

凌嬌聞言，忙招呼旁邊的周二郎。「二郎，快給嫂子把最大的那條抓了。」

周二郎回過神，忙把最大條的抓起來。那魚尾巴直甩，濺起好多水，婦人瞧魚真鮮活，又想著自己第一個挑，肯定挑到最大的，讓周二郎把魚放到菜籃子裡，歡喜地付了三十文錢，樂呵呵地回家去了。

有人見三十文一條隨便挑，一下子又賣出去了兩條。

也有人覺得大的都被挑走了，還賣三十文，有點貴，希望凌嬌一條魚便宜五文。周二郎一聽，少了五文也有二十五文，就想賣，凌嬌瞪了他一眼，周二郎嚥了嚥口水，沒敢吱聲。

「各位，你們不買，我就要去下一個地方了。我這魚又大又新鮮，肯定有人願意買的。」

「唉呀，買啊買啊，就是妳算便宜點嘛！」

凌嬌笑。「真是不好意思，魚本來就難抓，還是這麼大又鮮活的魚，我們忙活了十來天也才抓這麼幾條，讓你們挑，你們肯定挑大的。要不這樣子，」凌嬌說著，挽起了袖子，抓了幾條小的放到盆子裡。「這樣便宜點，二十文好了。」

買魚的人一看，這小了好多，又不大願意，想著既然要買，還不如多十文錢買條大的，一個人上前到木桶旁去挑。好幾個怕落後挑到小的，也忙上前，三十文錢的又賣出去了五條，一共賣了八條。

有的人覺得二十文的也不錯，付了二十文，買了魚回家做午飯，二十文的也賣出去七條。

淩嬌仔細算了算，一個地方就賣出去十五條魚，一共三百八十文錢到手。

周二郎感覺就像是作夢一樣。李本來說到鎮上做工一天三十文錢，他都覺得挺多了，結果淩嬌十幾條魚就賣了三百八十文錢，相當於十三天的工錢。

淩嬌見周二郎呆呆的，推了他一下。「愣著做什麼？走，我們去下一個地方賣。」

「哦，好。」

周二郎拉著板車，阿寶坐在板車上，淩嬌沿路喊賣魚，價錢依舊是三十文一條，不過買兩條是五十文錢。

好幾個一起買菜、交情又好的婦人立即搶著買，又賣出去八條魚，一共兩百文錢。

四十四條魚賣出去二十三條，淩嬌鬆了口氣，周二郎和阿寶卻驚喜得一句話都說不出來。

接下來到了繁華的菜市場，有家客棧的掌櫃前來買菜，見到賣魚的，跟淩嬌一番討價還價，以二十三文一條的價錢挑走了十條，剩下的十一條魚就比較小了，但也賣了兩百三十七文。

淩嬌仔細算了算賣魚的錢，一共有一千零四十七文，相當於一兩銀子，還多了四十七文。

一夜工夫賺了這麼多，周二郎紅著眼看著淩嬌，恨不得抱著她轉幾圈。

「走了，我們去買點肉，再去布莊看看。」

「好。」

淩嬌牽著阿寶走在前面，買了幾斤肉，還買了一顆金黃的南瓜，看見有人賣豆角也買了點，共花了七十五文錢。路過成衣鋪，淩嬌本想進去買身衣裳，後來想想還是算了，先把錢存下來還了村長那二兩銀子再說，倒是給阿寶買了雙新鞋子。

「二郎，村長家的銀子和糧食、麵粉什麼的，我們過兩天再一起還吧！」

「成，聽妳的。」

瞧著就是中午了，三個人餓得前胸貼後背，淩嬌提議。「我們去吃碗麵吧！」

三人來到一家麵館，板車就放在麵館外。進了麵館，客人並不多，麵館掌櫃熱情地迎了上來。「兩位客官要來碗什麼麵？小店素麵兩文錢一碗，青菜麵三文錢一碗，肉絲麵四文錢一碗，雞蛋麵也是四文錢一碗，肉絲雞蛋麵六文錢一碗。」

周二郎張嘴想說來一碗素麵、一碗肉絲雞蛋麵，淩嬌卻搶先開了口。「兩碗肉絲雞蛋麵。」

掌櫃熱情應了一聲。「好咧。」回頭朝廚房方向大喊一聲。「兩碗肉絲雞蛋麵！」又招呼三人坐下。「兩位客官，稍等片刻就好了。」

阿寶還是第一次來鎮上，興奮又拘謹；周二郎雖然來過，卻是兩年前來鎮上找大夫回周家村給爹娘看病，來去匆匆，根本沒進過泉水鎮任何一家館子，這還是第一次，也顯得侷促；淩嬌好多了，淡然坐著，等麵上桌，心裡打算以後也要開一家麵館，不只賣麵，還要賣包子饅頭、點心餃子這些。

淩嬌看向外面，她知道，離開或許會有更好的生活，更好的機遇；可……收回目光看向拘謹的阿寶。對周二郎，她沒什麼牽掛，畢竟沒有感情，就是捨不得阿寶。她答應阿寶要留下來的，人要守信用，既然答應了阿寶，就要做到，只要努力，她想要的一樣可以得到。

麵端上來，一見只有兩雙筷子，淩嬌忙道：「掌櫃，再幫我拿一個空碗、一雙筷子、一支勺子。」

「好咧。」掌櫃放下麵，轉身又去拿淩嬌要的筷子、碗和調羹。

淩嬌把一碗麵推到周二郎面前。「你吃一碗，我和阿寶吃一碗。」

「阿嬌……」周二郎想說他喝點湯就好，也不是特別餓。

淩嬌卻淡淡出聲。「我跟阿寶吃一碗剛剛好，你也別為了省給我們吃就不吃飽，回去我可是走不動了。」

周二郎一聽，欣喜不已又心疼淩嬌跟著自己吃苦。「那回去我拉妳，妳不用走路。」

最後還是周二郎吃一碗肉絲雞蛋麵，淩嬌和阿寶一碗。淩嬌把肉、雞蛋都挾給阿寶，又舀了湯，吹涼了餵阿寶喝，雖沒做過母親，淩嬌做起來倒也像模像樣。

周二郎瞧著想著，將來她若是有了孩子，一定是個很好的母親。

三人吃完麵，出了麵館，其實需要買的東西太多，但淩嬌想著欠下的債，便什麼心思都沒有了。

周二郎把板車拍了拍，笑咪咪地對淩嬌說道：「阿嬌，上來吧，我拉妳。」

「你先把阿寶抱上去。」

凌嬌累得沒有力氣，只能讓周二郎來抱阿寶，這身體實在太弱，能撐到現在實屬不易。

周二郎點頭，把阿寶抱上板車，又小心翼翼扶凌嬌坐上板車，才拉著板車朝鎮外走去。

路過一個賣糖的，凌嬌忙道：「二郎，去買五文錢的糖給阿寶回家吃。」

周二郎接了錢，去買了五文錢的糖，遞給阿寶。阿寶笑眯了眼，打開黃紙，拿了一粒餵到凌嬌嘴邊。「嬸嬸，吃糖。」

凌嬌張嘴含住，點頭。「嗯，好甜。」見阿寶不吃，她不解。「阿寶，你怎麼不吃？」

「我等回家給三太婆吃了，我再吃。」

倒是一個乖巧懂事的。

周二郎拉著凌嬌和阿寶進村的時候，被人撞見，村裡人盯著凌嬌瞧，好奇得很。

「二郎，你這是從哪裡回來？」

「去了鎮上。」

「去鎮上了啊，買啥了？」

周二郎笑笑。「沒買啥，就是去賣——」

「哼哼！」凌嬌哼了一聲。「二郎，我們回家吧！」

周二郎忙點頭，跟村民告別，拉著凌嬌、阿寶回家，那村民立在原地。「周二郎去鎮上賣什麼？還拉著那麼大個木桶？」

不到一刻鐘，村裡大部分人都曉得周二郎去鎮上賣東西了。

李本來聽到自家老娘說，想起周二郎去砍竹子時說起做籠子抓魚，心裡咯噔一下。「莫非是去賣魚？」

李本來老娘噗哧笑出了聲。「你說去賣番薯我還信，賣魚？周二郎……」李本來老娘搖搖頭。「不可能。」

「娘，這事還難說。」李本來說著，站起身。「娘，妳給我裝點花生，我去二郎家看看。」

「去看看就好，拿什麼花生？」李本來老娘嘀咕著。

「娘，二郎力氣大，我以後帶著他一起幹活，少不得他幫襯我，我既然有事去打探，空手總不好，花生又是自家種的，拿點去意思意思，讓二郎記得我這個情。」

第六章

一到家，淩嬌就吩咐阿寶去請三嬸婆過來吃晚飯，自己洗了臉之後，她又拿了菜刀將南瓜去皮，挖了瓤和籽，把瓜瓤、瓜籽放到笥箕裡，又把南瓜切塊放到洗乾淨的大鍋裡燒火，打算一會兒用煮爛的南瓜湯和了麵粉蒸饅頭。

周二郎放下東西，拿了柴刀就去砍竹子，他想在天黑之前再做一個竹籠子出來，希望晚上能多抓幾條魚，幾條魚也是好多錢，有了錢才能給阿嬌買東西。他還想給淩嬌買身新衣裳，買雙新鞋子，什麼都想給淩嬌買，但什麼都要錢。

李本來到的時候，家裡就剩淩嬌一人，李本來在外面大聲喊。「二郎在家嗎？」

淩嬌聽到喊聲，連忙放下手中的活，走了出去。「有人在家，二郎出去了。」

李本來看著一身粗布衣裳、頭髮綁在腦後、臉色蠟黃、額頭上還冒著汗的淩嬌，微微訝異，隨即明白了她的身分。「是弟妹啊，我是李本來，來找二郎的。」

李本來？淩嬌想起周二郎說隔幾日就要跟人去鎮上幹活，那人就是李本來，便仔細打量，這人三十歲年紀的樣子，比周二郎矮，濃眉大眼，看似正直，但那雙眼睛……絕對是個會算計、來事兒的人。

「李大哥啊，快裡面坐，二郎一會兒就回來了。」

淩嬌不懂得避嫌，他這個年長幾歲的可不能犯糊塗，忙搖頭。「不了，我在外面等一會兒也是一樣的。」說著把裝有花生的籃子遞給淩嬌。「自家種的花生，妳煮了給阿寶打打牙祭。」

淩嬌也不客氣，伸手接過。「謝謝李大哥了。」便拎著籃子進了廚房，把花生倒入筲箕，端了板凳出去。「李大哥，你坐。」

李本來點頭，覺得周二郎這媳婦買得好，懂禮節、曉是非、更大氣，或許這也是周二郎的福氣。

「謝謝弟妹。」

淩嬌笑笑。「那李大哥你坐，我去做飯了。」說完，準備進屋子。

李本來覺得坐周二郎家外面等也不大好。「弟妹，二郎去哪裡幹活了，我去找他吧！」

淩嬌略微尋思。「他去砍竹子了，李大哥去竹林肯定能找得到。」

「那成，我去竹林那邊找。」

目送他離開，淩嬌轉身回廚房繼續忙活。

阿寶蹦蹦跳跳地到了三嬸婆家，三嬸婆正在餵雞。「三太婆。」

三嬸婆聽到聲音，回頭見了阿寶，笑眯了眼。「是阿寶啊，怎麼過來了？」

「嬸嬸讓我來請三太婆去吃晚飯。」

三嬸婆一愣，朝阿寶招招手，待阿寶到了跟前，三嬸婆才小聲問：「昨晚抓到魚了？」

阿寶點頭。

三嬸婆大喜，她是最希望周二郎過得好的。「抓了多少？到鎮上都賣光了？」

「抓了好多呢，阿寶不識數，數不來，不過賣了好多錢，都在嬸嬸那裡呢！三太婆，一會兒回去我讓嬸嬸給妳瞧瞧好不好？」

淩嬌管錢？三嬸婆略微擔心，若是她待家中有錢，拿了錢跑掉，可如何是好？一想到這便牽著阿寶問道：「阿寶，你嬸嬸待你可好？」

「好，給阿寶買了糖，還買了鞋子，在鎮上我們還吃了肉絲雞蛋麵，嬸嬸還買了菜和肉。三太婆，嬸嬸說，晚上不只給我吃肉，還要給我骨頭啃呢！」

三嬸婆一笑。「又不是小狗，還啃骨頭呢！」心裡卻微微擔憂。

一般買來的媳婦，哪個肯真心待夫家孩子？這淩嬌卻反著來，三嬸婆的心直跳。不行，她得跟二郎提個醒，叫二郎千萬不能把銀錢交給淩嬌管，多少都不行。

「走，去阿寶家吃肉嘍！」

李本來在竹林找到周二郎的時候，周二郎正快速地削著竹葉子，見到他，周二郎開懷一笑。「本來哥，你也來砍竹子？」

「我去你家找你，你媳婦說你來竹林了，我過來看看。好小子，媳婦不錯嘛！」

周二郎聞言紅了臉，搔搔頭。「本來哥取笑我。」

「不是取笑你，你那媳婦真不錯，二郎好福氣。」李本來說著，微微尋思。「二郎，你昨晚抓到魚了？」

周二郎也不隱瞞，點頭。「抓到了，本來哥也要抓魚嗎？」

「你願意教？」

「那河裡的魚也不是我周二郎家的，誰都可以去抓、去籠，如果有人問我，我都會實話實說。」

李本來更詫異了。「昨晚抓到幾條？」

「三、四十多條。」

三、四十條?!那得賣多少錢?李本來想著去鎮上幹活一天才多少錢，周二郎一個晚上就抓了這麼多魚，忙道：「二郎，你可得教我編那竹籠子。」

周二郎笑。「本來哥，教你可以，要學編竹籠子，一個人得給三個雞蛋學費。」

三個雞蛋跟抓幾十條魚相比，真是不值一提。「別說三個，就是三十個也是可以的。」

「不不不，說了三個就是三個，多一個我都不要。」

「你要雞蛋幹麼，幹麼不要別的，比如大米、麵粉、肉啥的？」

周二郎笑得幸福至極。「拿來孵小雞。」

「你好妙計。」

李本來想著編竹籠子的事，真是一刻停不下來。「那二郎，你繼續砍竹子，我回家拿柴刀，也過來砍竹子。」

想到有錢賺，李本來走得飛快，周二郎張了張嘴，又搖搖頭。這周家村，除了村長和徐地主家，日子過不下去的太多了，不怪李本來賺錢心切。

李本來回家拿了柴刀就走，媳婦何秀蘭忙問：「天都要黑了，幹麼去啊？」

「去砍竹子，跟周二郎學編竹籠子，到河裡去抓魚。」

何秀蘭錯愕。「周二郎真抓到魚了？」

「抓到了，都拿去鎮上賣了呢！」李本來說著，怕先機被人搶走，忙道：「妳快去喊上二弟、三弟，叫他們跟我去砍竹子，這竹籠子可得早點編出來。」

何秀蘭一震，忙跑去喊自家兩個小叔子。

李本來兄弟三人到竹林的時候，周二郎已經砍了竹子回家，兄弟三人片刻不敢鬆懈。

「大哥，你先去周二郎家學著，我跟三弟在這兒砍竹子。」

李本來一聽，覺得也是這個理。「成，我這就去。」

周二郎扛著竹子回家，遠遠就聽見阿寶開心大笑的聲音，心裡跟吃了蜜糖一樣，快步往家裡走，卻聽得阿寶一個勁喊癢，三嬸婆呵呵直笑。

淩嬌輕聲細語。「很快就好了，洗乾淨了身上不長蝨子，也不容易得病。」

「嬸嬸，就是癢，呵呵呵……」

周二郎進了院子，才發現是淩嬌讓阿寶坐在大木盆子裡，正在給阿寶洗澡；鍋裡不知煮著什麼，冒著熱氣，三嬸婆坐在一邊，笑眯了眼，如此和諧、安詳、幸福。

「二叔。」阿寶喚了一聲，把自己的手臂伸出去給周二郎看。「二叔，你看洗乾淨了，嬸嬸幫我洗的。」

周二郎瞧著，不就洗個澡嘛，得意什麼呢！「好好洗，看你一身烏黑的，那洗澡水都能肥幾塊田了。」

「哪有、哪有。」阿寶是打死不承認的，雖然洗出來的水的確是烏黑的，可他是不會承認自己很髒很髒的。

淩嬌笑笑，對於一個跟著二叔、沒有親娘的孩子，真不能要求太多。

周二郎擱下竹子，連口水都沒來得及喝，就忙著剖竹子、削薄，編竹籠子。

突然聽得外面李本來大聲喊。「二郎兄弟，你在家嗎？」

周二郎一聽聲音，忙起身，走了出去。「本來哥。」

李本來笑道：「二郎兄弟，我來跟你學編竹籠子。」

李本來平日裡也算得上是一個工頭，手下也管著十來個人，這還是第一次對不如他的人低聲下氣，帶點請求。

周二郎很不好意思，忙道：「本來哥裡面請，我正準備編，本來哥一起學。」

「好。」

周二郎會把李本來迎進來，淩嬌不意外，倒是李本來來得好快，讓她比較詫異。

李本來跟三嬸婆、淩嬌、阿寶打了招呼，就跟著周二郎學編竹籠子，只是這竹籠子看著容易，編起來還是麻煩，尤其是李本來做慣了粗活重活，這種輕巧、帶點技術的活，做起來還真考驗他。

周二郎見李本來有些心浮氣躁。「本來哥，不急，慢慢來。」

「好，好。」李本來應著，心裡頗不是滋味，感覺周二郎編得那麼快、那麼得心應手，他應該也能很快的，結果卻恰恰相反。

淩嬌沒有多說什麼，給阿寶換了衣裳後，就把他換下來的衣裳洗了晾好，又去把涼了的南瓜用鍋鏟壓碎，連湯一起和了麵粉發麵。

淩嬌這做法，三嬸婆還是第一次瞧見，覺得新鮮。「阿嬌這是？」

「做南瓜饅頭。」

「這饅頭可是南瓜味的？」

「對。」

淩嬌說著，洗淨了豬肉，放到鍋裡去血水，再撈起洗乾淨，整塊放下去煮，打算晚上弄個回鍋肉給阿寶解解饞。

周旺財去村子裡轉悠，聽到有人說周二郎家去鎮上賣東西的事情，一個個吆喝著去周家瞧熱鬧，周旺財想了想，也跟了上去。

老遠就聞到周二郎家傳來的肉香，一個個都嚥了嚥口水。

過年興許能殺豬，可這都秋天了，去年殺的豬，吃一半、賣一半，省著吃也省下不多。

「周二郎家居然煮了豬肉？」

「可不是，聞著可真香。」

一行人走得更快，生怕慢了，賺錢的法子就被別人知曉了去。

周旺財走在最後，心裡七上八下的，整個人有些慌，臉色也不好。一群人到了周二郎家，想著周二郎如今有了媳婦，為了避嫌，都沒進去，在院子外大聲喊道：「二郎堂姪，在家不？」

院子裡，周二郎一聽聲音，連忙起身。「在家呢、在家呢！」走出去，只見都是村子裡的長輩，周二郎錯愕不已。

「福堂叔、鐵蛋叔……」周二郎一一打了招呼，得到眾人樂呵呵的回應，才問道：「你們怎麼來了？」

周二郎後知後覺，想起肯定是來問抓魚的事，搔搔頭，也不等眾人說話。「福堂叔、鐵蛋叔，我知道你們為啥來了，快到裡面說話。」

阿寶倒是乖巧，上前一口一個爺爺，把人分得特別清楚，小臉全是幸福，炫耀著他腳上的新鞋子。「是嬸嬸給阿寶買的。」

周福堂、周鐵蛋等人看向淩嬌，一個個笑眯了眼。「二郎媳婦，以後多來叔家裡坐坐。」

「是啊，妳家大嫂懷著孩子，在家也無聊，二郎媳婦多來玩。」

淩嬌淡淡笑著，對這些村民，沒有什麼不好的想法，農村人靠天吃飯，忙了一年四季也只能餬口，誰都想多賺點錢養家。

見淩嬌不怎麼說話，以為她害羞，眾人也不氣惱，去問周二郎那竹籠子是啥東西、做什麼用的。

「這是拿來抓魚的竹籠子。」

「抓魚？」

他們見河裡有魚，但要真的抓住一條，那是很難的，有的人甚至一輩子都沒抓到過。眾人一下子吵翻了天，恨不得周二郎立即說個清清楚楚、明明白白。

「不著急，你們如果想學編竹籠子去河裡抓魚，我倒是願意教你們編，不過……」周二郎說著，頓了頓。

「不過什麼？二郎你快說。」

周二郎實在有些說不出口，求救地看向淩嬌，見淩嬌淡淡看著自己，心一緊。「如果要跟我學編竹籠子，你們得一人給我三個雞蛋。」

「唉唷，別說三個雞蛋，就是五個、十個都是可以的！這樣子，你先教我，我給你十個雞蛋。」

周福堂敢這麼說，也是篤定周二郎本性敦厚，心眼、脾性都好，定不會順著竿子往上爬，要他十個雞蛋。

「那就聽福堂叔的，一人給十個雞蛋吧！對了福堂叔、鐵蛋叔，你們啥時候給我雞蛋？我昨日瞧見三嬸婆家有隻母雞要孵蛋了，正好讓三嬸婆幫我孵一窩小雞。」

周福堂心一緊，不明白周二郎怎麼忽然轉性了，印象中，周二郎說不定會看在都是長輩的分上，一個雞蛋都不要的。

周二郎能這般，淩嬌挺意外的，卻帶著欣喜，畢竟以後的路需要周二郎跟她一起走，如果周二郎真木訥得不懂得計較……

周二郎見眾人不語，笑道：「福堂叔、鐵蛋叔，不瞞你們，我昨晚抓到魚了，今兒拿去鎮上賣得不錯。」

周福堂、周鐵蛋一聽，心思就活了，哪裡還想著十個雞蛋多了。「學、學，肯定要學！二郎啊，這雞蛋啥時候給？」

「都可以，如果沒有雞蛋，給十文錢也可以的。」

一個雞蛋一文錢，十個雞蛋十文錢，周二郎可是把帳算得很清楚明白。

李本來忙道：「二郎兄弟，我家本城、本林能不能給十文錢也來學？」

周二郎聞言，忙道：「當然可以，反正不管是誰，只要給十文錢我都教，本來想現在就教各位叔伯的，可是馬上要吃晚飯了，你們晚飯後再來吧！」

「成。」

一般出來聊天都是沒帶錢的，這會兒忙告辭回家去拿錢，順便喊上自己兒子、兄弟，反正大家都曉得周二郎有辦法抓魚，遲早也會來，不如先去喊，還賣了個好。

周二郎送到門口，朝他們擺擺手，目送他們離去，他快步進了屋子，走到淩嬌身邊。「阿嬌，等他們給了錢，我都交給妳保管。」

淩嬌笑。「你倒是獅子大開口。」

「哪有啊，妳看叔伯們好心好意從三個雞蛋漲到了十個，我是個孝順的人，哪能忤逆叔伯們的意思。」

凌嬌聞言一頓，錯愕地看著周二郎，好一會兒才噗哧笑了出聲。「呵。」真是沒想到老實本分的周二郎也有腹黑的時候，不過她喜歡。凌嬌笑咪咪對周二郎道：「你這麼做挺好的，你看如今我們的日子的確難過，能多要一點，又不讓他們記恨，挺好的。」

周二郎瞧著凌嬌笑，也笑了起來，心裡頓時明白，凌嬌喜歡精明一些的人，那他以後要精明一點，才能把媳婦留下來。

三嬸婆瞧著周二郎那樣子，又寬慰、又擔憂。如果凌嬌好好跟周二郎過日子，她就真的不用愁了；如果凌嬌心思大，哄著周二郎先賺了錢，再帶著錢走了……想到這裡，三嬸婆心就揪疼。

第七章

晚飯，南瓜饅頭金黃得特別好看，炒豆角翠綠，色澤極好，回鍋肉肥瘦適中，瞧著就特別香，湯中有肉骨頭，湯色清澈泛香。怕三嬸婆牙口不好，淩嬌還多燉了一會兒，哪曉得三嬸婆牙口好得很，吃什麼都香，笑得眼睛都眯了起來。

四個人圍著桌子，喜孜孜地吃著晚飯。

「三嬸婆，明兒能不能來家裡幫我們看一下阿寶，順便去河邊幫我們看一下竹籠子？我怕我跟二郎去鎮上賣魚，竹籠子放在河裡被人動，抓不到魚。明兒一早我讓二郎早點去接妳過來一起吃早飯，至於午飯，家裡有什麼，三嬸婆就煮什麼吧！」淩嬌說著。

三嬸婆點頭。「成，你們放心去，阿寶交給我，河邊我也會去盯著。」吃什麼倒是不在意，她盼著周二郎好，自然願意全心全意幫著周二郎。

「白天也要抓魚嗎？」周二郎問。

「對，今天不抓是怕被人太早曉得，可如今怕是整個村的人都曉得了，我們也就不隱瞞，乾脆白天也抓魚，但以後抓到的魚我不打算拿到鎮上去賣。」

周二郎不解，不拿去賣要幹麼？

「我打算明天買些鹽回來，把白天抓到的魚都醃起來，等冬天沒魚的時候再拿去賣。」淩嬌說著，挾了肉骨頭放到阿寶碗裡。「阿寶，少吃點饅頭，把這個骨頭啃了。」為了讓阿寶多吃點，骨頭上還有好多肉。

三嬸婆瞧著，對淩嬌還是很滿意的。「要買多少鹽？」

「十來斤吧！」

十來斤！周二郎一聽嚇了一跳。

這個世道，鹽是很稀少也很貴的，一斤就要四十多文，十來斤，要四百多文錢啊！他想說什麼，但最後想了想。「成，我聽妳的。」

三嬸婆微微嘆息。二郎啊，被他這媳婦管住了。

得到周二郎答應，淩嬌微微點頭，繼續吃飯。

晚飯後，村民們來學編竹籠子，那隊伍簡直嚇到周二郎了，村裡老老小小，能走得動的男子都來了。

「這……」

「二郎啊，我們來跟你學編竹籠子了。」李本來說著，遞上了五十文錢。「我們家三兄弟，加上我兩個大舅哥。」

李本來覺得那竹籠子實在難，回去一番考慮，決定把家裡能帶來的人都帶來，先學再說，實在學不懂，回去慢慢琢磨，何況他們有五個人，今天晚上肯定要把這竹籠子學會。

其他人見李本來搶了先，生怕自己落後，給雞蛋的給雞蛋，給錢的給錢，一時間，周二郎家熱鬧得很，一個個嗓門大得，生怕周二郎不曉得他們已經給了；更搞笑的是，阿寶不知道什麼時候給了周二郎一個筲箕，大夥兒都把錢往筲箕裡丟去，弄得周二郎像個賣藝玩雜耍的，身子僵硬地立在那裡，格外逗趣。

凌嬌瞧著，搖頭失笑，卻見不遠處，一個黑影鬼鬼祟祟，她看了一眼，沒有在意，轉身進了院子。

三嬸婆正樂呵呵地數著雞蛋，生怕別人少給了一個，讓凌嬌覺得特別像她奶奶，格外親切，上前低喚。「三嬸婆。」

三嬸婆笑了起來。「阿嬌啊，等明兒三嬸婆好好檢查這些雞蛋，看哪些能孵雞，能孵的都拿來孵，不能孵的留下來吃。」

「可是三嬸婆，家裡沒有母雞。」

「傻孩子，我家有，我家裡有五隻母雞，都給妳孵小雞。」

凌嬌一愣，三嬸婆卻握住了她的手，慈愛地拍了拍。「阿嬌啊，安心留下來吧，二郎會對妳好的。」

手被一雙蒼老的手握住，溫熱溫熱的，直達心窩，凌嬌微微點頭。

她願意留下來，或許阿寶是一個原因，或許周二郎的好也是一個原因，也或許是因為她沒有去處，對這個異世一無所知……但是她願意留下來。

那廂，周二郎也不知道誰給了錢、誰沒給，看著筲箕裡滿滿的銅錢。「各位，你們先等我一下。」端著筲箕進了院子，把筲箕遞給凌嬌。「阿嬌，妳收好。」

凌嬌接過筲箕，拉著周二郎走到角落，小聲道：「一會兒你讓他們先跟你去河邊放竹籠子，再叫他們自己去砍了竹子回來削薄，趁這段時間，你回來洗個熱水澡，順便送三嬸婆回去。」

見淩嬌關心自己，周二郎忙點頭應下。「好。」連忙出去拖了竹籠子，招呼大家去河邊，卻聽得一聲。「慢著——」

聲音很響，帶著沈悶、壓抑的怒氣，眾人看去，見是村長周旺財，呵呵笑了起來。「村長，你也來跟二郎學編竹籠子，去河裡抓魚啊？」

「哈哈哈……」惹來村民一陣笑聲。

周二郎連忙上前，客客氣氣的。「村長叔。」

周旺財哼了一聲。「聽說你在河裡抓到魚了？」

「嗯。」

「拿到鎮上賣了？」

周二郎又點頭，周旺財心裡就不是滋味了，尋思片刻，拉著周二郎走到角落處，小聲道：「你傻啊，自己偷偷抓魚去賣就好了，幹麼弄得沸沸揚揚，讓大夥兒都跟著你去抓魚，那河中的魚就那麼多，這麼多人，分了之後你還能抓到幾條？」

周二郎倒是笑了。「村長叔，那河又不是我的，我哪能霸占了？再說我教大家，是收了錢的。」

「收了多少？」

「一個人十個雞蛋或者十文錢。」

周旺財一聽，心裡更難受了。「你傻啊，一條魚多少錢，一個雞蛋才多少錢，眼皮子淺的。」

要說一般人可能被周旺財這麼一挑撥，心裡肯定不平衡，可周二郎卻笑得輕鬆。「河裡那麼多魚，我一個人也抓不完的。」

周旺財聞言，心一悶，看著他嘆氣。「你這傻小子，那是你沒吃虧，等你吃虧了，你就知道我說這話的意思了。得，你帶著大夥兒去抓魚吧，我回去了。」

「村長叔慢走。」

周旺財嗯了一聲，快步回家去了，周二郎轉身招呼大家去河裡。

他教大家怎麼放竹籠子，李本來湊到周二郎身邊，小聲問：「二郎，村長跟你說啥了？」

「沒說啥。」

李本來摸了摸鼻子，要說這村長對周二郎還真是不一般，家裡的活都找周二郎做，還肯借錢給周二郎買媳婦。

村長家以前有多少銀子，李本來不曉得，但是這兩年，村長家的日子是越過越好，房子也修了，石頭瓦房，五大間，一個大院子，家中養了五頭豬、幾十隻雞，還有一口水井，這般富裕在周家村還是獨一份。

周二郎對大家道：「大家想要什麼時候學編竹籠子？」

村民們尋思。「自然是連夜教。」

「那你們去砍竹子吧，這河水怪冷的，我回家洗個熱水澡，一會兒你們拉了竹子過來我家。」

「好。」

家裡，淩嬌讓阿寶幫忙數錢，十個堆一疊，一邊跟三嬸婆有一句、沒一句地說話，別看三嬸婆是個農村老婆子，說起話來還挺風趣。

「三嬸婆，那孵小雞的事就拜託了，只是母雞……」淩嬌說著，微微猶豫。這母雞得想孵蛋了才能來孵小雞，如果沒有要孵，硬塞著牠孵蛋，怕是會把雞蛋踩碎。

「這個妳放心，母雞就用我家那幾隻，我有法子讓牠們抱窩，妳就安心等著小雞吧！」

「那就麻煩三嬸婆了。」

「麻煩什麼？妳是二郎媳婦，就是我的孫媳婦，我不幫妳幫誰？」三嬸婆說著，呵呵笑了起來，仔細看淩嬌臉色。

只是油燈實在太暗，她也看不大清楚。

淩嬌也沒有跟三嬸婆說清楚自己和周二郎現在的關係，淡淡勾了勾唇，把阿寶數好的錢記了個總數，沒想到有六百多文錢，加上還有一百二十個雞蛋，也就是說有七十多個人跟周二郎學編竹籠子，怕是全村男人都出動了吧！

「二郎他三叔、五叔沒來。」像是看出了淩嬌的心思，三嬸婆淡聲道。

「咦……」

三嬸婆拍拍淩嬌的手背。「他三叔、五叔可不是好相與的，就連兩人媳婦都非常厲害，在村子裡是出了名的潑辣，以後千萬不要去招惹她們，也別跟她們深交，妳會吃虧的。」

「謝謝三嬸婆提醒。」淩嬌說著，把錢收了起來。「阿寶，去睡覺了。」

阿寶很乖巧，特別聽淩嬌的話。「三太婆，我去睡了。」

「去睡吧，明天三太婆來陪你。」

「好。」

阿寶抱抱三嬸婆，由淩嬌牽著進了屋子，幫他脫了鞋子、衣服躺好，她才出了屋子給周二郎燒熱水。三嬸婆瞧著，眼睛漸漸亮了起來，心裡的陰霾和擔憂在這瞬間也少了許多。

周二郎回到家，先送三嬸婆回去，怕老人摔倒，周二郎走得特別慢。

「二郎。」

「三嬸婆，妳說，二郎聽著。」

「你把錢都交付阿嬌管了？」

周二郎點頭。

「二郎啊，三嬸婆不是要挑撥你們，只是阿嬌總歸是你買回來的，你這麼快就讓她當家管錢，是不是太早了點？」

周二郎一頓。「三嬸婆，我一開始也想過，阿嬌和我總歸不是兩廂情願，相反的，她跟著我太委屈了。妳看我身無分文，還欠一屁股債，吃了這頓、餓著下頓，我原本是想等她好點了，如果她要走，我還是會讓她走的。」

「帶著錢走，你也肯？」

周二郎沈思片刻。「嗯。」

「你這呆子……」

「三嬸婆，不瞞妳說，我爹娘去的這兩年，我整個人都混混沌沌，啥也不想，能混口飯吃就算了；至於阿寶，我也只想著把他養大、餓不死就成，至於他能有啥出息，我也不曉得，更沒想過要努力去賺錢養家，把日子過起來，整個人一點盼頭都沒有。阿嬌來了之後，我想留下她，我喜歡看著她笑，我想給她吃飽穿暖，哪怕將來她真拿著銀子走了，我也認了。」

「不怨？」

「不怨。」如果阿嬌會走，肯定是他周二郎不夠好。

三嬸婆愣了愣，想著周二郎的性子，漸漸就懂了。「二郎，你能這麼想，是對的，阿嬌心眼好又聰明，只要她看見了你的好，會留下來安安心心跟你過日子的。」

周二郎笑著點頭，送三嬸婆到家，又給她燒了熱水，伺候三嬸婆洗臉、洗腳之後才回家。

三嬸婆倒在床上，睜著眼睛想了會兒，慎重其事地點點頭，心裡有了計較。

周二郎回到家裡，淩嬌已經燒好了水，見他回來，忙道：「二郎，我水已經燒好了，你幫我抬去屋子裡，我先洗成不？」

周二郎臉一紅，心跳得厲害，結結巴巴道了句。「成……」幫她把水抬到屋子裡，又打開衣櫃。「我嫂子的衣服都在，妳喜歡哪件就穿哪件，反正她也不會回來了，等明兒到了鎮上，買幾疋好看的布，叫三嬸婆幫妳做幾件新的。」

「暫時先這麼穿著吧，等把村長家的銀子、米糧還了，有多餘的錢再說。」冬天馬上就要來了，她還是想給周二郎、阿寶和自己做一身棉衣、棉褲，免得冬天凍得發抖；要是再有錢，給三嬸婆也做一套，也全了她這麼幫著這個貧窮的家。

凌嬌隨便擦了擦身，換了乾淨的衣裳，就是不大適應這肚兜，感覺跟胸罩不一樣，空落落的，可沒辦法只能將就，等以後空閒了，她還是要學學針線活，自己做幾個簡易的胸罩。

看著這個身體，凌嬌想著大姨媽可能也要來，她還得想法子做些衛生棉……真是越想越愁，越愁對錢越是渴望；但凌嬌知道，越渴望，越是要淡定，千萬不能走錯路，一旦走錯了路，以後想回頭都難，狂躁的心又慢慢平靜下來。

「阿嬌，妳洗好了嗎？」周二郎在門口小聲問。凌嬌聽得出他很緊張，聲音都有些抖。

「洗好了。」一起身開了門，周二郎低著頭進了屋子，一聲不吭地抬了水桶出屋子，拿到後院去倒了，自己又打了熱水，兌好冷水抬著去後院洗。凌嬌索性倒在床上，累了一天，很快就睡了過去。

周二郎洗好澡，回屋子，見屋子的油燈亮著，凌嬌已經睡去，髒衣服放在凳子上，他輕手輕腳拿起衣裳，吹了油燈出屋子，打水把凌嬌的衣裳洗了，再把自己的衣裳洗好晾起來，村民們此時也砍了竹子前來，周二郎忙走出去。「小聲點，阿嬌和阿寶都睡了，別吵醒他們。」

引得眾人哄堂大笑。「二郎，你這是有了媳婦，講究起來了哦。」

「不是，不是，我、我……」周二郎急忙解釋，他就是希望淩嬌好好睡一覺，今天她太累了。見大夥兒還在笑，他臉一黑。「你們到底學不學編竹籠子，不學我也去睡了。」

「學、學，二郎別這樣子嘛，咱們鬧著玩的。」

「那你們得保證，不能太大聲，不然我今晚就不教了，錢和雞蛋我都退還給你們，以後也不教了。」周二郎撂下狠話。

村民們哪裡肯依，一個個又要大嗓門，李本來忙道：「人家二郎剛有了媳婦，疼媳婦是正常的，咱們小聲點，趕緊學會編竹籠子，抓了魚去賣，賺銀子才是正事。」

「對對對！」

周二郎毫不藏私地教，眾人學得也認真，只是這玩意兒看著簡單，沒點基礎，做起來可真是難，好多人的手都被割破流血，就著家裡帶來的油燈，實在看不大清楚。有人提議。

「要不咱們都回去，明兒白天早點來學，這黑漆漆的，看都看不清楚，怎麼編嘛……」

這人說的也是實話，其他人也覺得是這個理，反正誰都不大會，明兒也沒幾個人能去河裡抓魚；再說河裡的魚那麼多，一下子也抓不完，索性起身拖著自己的半成品跟周二郎告別，準備把半成品拿回家再摸索摸索。

第八章

目送眾人離開，周二郎才拿了掃帚把地上的竹渣掃掉，又到河邊去看了一次，才回家輕手輕腳關了院門，準備到灶臺後將就著睡，卻聽得淩嬌在屋子裡喊。「周二郎。」

周二郎嚇得一激靈，連忙起身，走到門口。「阿嬌，是妳喊我嗎？」

「嗯，你先進來。」

周二郎的臉頓時就紅了，小心翼翼推了門進屋，卻離淩嬌遠遠的。淩嬌起身點了油燈，笑道：「幹麼，怕我吃了你？」

周二郎忙搖頭。「不是、不是。」他是怕自己把持不住，做出什麼混帳事。

淩嬌也不多說。「周二郎，你不會亂來吧？」

「不會、不會，妳安心睡，我就睡在廚房，沒妳的許可，我肯定不進這屋。」周二郎說著，輕手輕腳地後退，弄得這裡不像是自己家一般。

淩嬌垂眸笑了起來。「你去把板車弄進來，弄幾件厚實的衣服墊一下，睡到屋裡來吧！」

「阿嬌？」周二郎以為自己聽錯了。

「怎麼，你不願意？」

「不不不，我願意！」周二郎說著，快速跑了出去，把板車拖進了屋子裡，打開衣櫃把硬邦邦的棉衣鋪在板車上，吹熄了油燈，輕手輕腳爬到板車上和衣躺好。

只有他知道，就這般和淩嬌待在一個屋子裡，他興奮得整個人都要飛起來，比賺了好多好多錢都要開心；睡又睡不著，想翻身面對淩嬌，又怕弄出響動吵醒了她，整個人僵著。

「周二郎。」淩嬌小聲低喚。

「嗯。」周二郎的聲音很渾厚，帶著掩飾不了的喜悅。

淩嬌不傻，周二郎為什麼喜悅，她清楚得很，有些懊悔自己不應該心軟讓周二郎進屋睡覺，弄個男人在身邊，若他真想亂來，她怎麼反抗？

「你睡了嗎？」

淩嬌靜靜等了好一會兒，見周二郎也沒有動靜，才安心睡了過去。

半夜，周二郎悄悄起了，給淩嬌、阿寶掖好了被子，輕手輕腳去了茅房，再去河邊看了看，見沒什麼異常才回家，又檢查兩人被子是否蓋好，才輕手輕腳倒在板車上睡了。

黑暗中，淩嬌呼出一口氣。

周二郎起來的時候，她就醒了，害怕周二郎會對她動手動腳，卻不想周二郎給她拉好被子就出去，回來還檢查了一遍，微微鬆了口氣，見天色還早，又睡了過去。

等淩嬌再次醒來，周二郎已把粥煮好，她倒是一點動靜都沒聽到。

「起了？先洗臉，我去看看抓了多少魚，讓阿寶再睡下，等天亮了，三嬸婆會過來。妳洗臉後再去瞇一下，等我弄好回來喊妳。」周二郎說著，去準備板車、木桶。

「你什麼時候起來的？」淩嬌問。

「不多一會兒工夫。」

他其實起早了，還去河邊看了看，回來洗臉、洗手才煮粥。他看得出來，淩嬌愛乾淨，他自然也要把自己弄得清爽些。

淩嬌想了想。「我跟你一起去吧！」

去河邊的路上，兩人都沈默。到了河邊，周二郎片刻沒停留，下河去拉竹籠子，卻聽得有人喊他，忙應聲。「我在河裡。」

李本來兄弟三人也下河幫忙，當然也是為了學怎麼拉魚。他們接過七個竹籠子，拉起來一數一共有六十三條魚，真把李本來兄弟羨慕得紅了眼。

李本來拉住周二郎，背著淩嬌，小聲說道：「二郎兄弟，要不讓本城、秀蘭跟你媳婦去鎮上賣魚，你在家教我們編竹籠子吧？」

周二郎失笑。「本來哥，要是別的事，我肯定會答應，可這個不行，阿嬌一個人去鎮上，我不放心。」

阿嬌身子弱，能走著去鎮上，回來就走不動了，他得把她拉回來；再者，他跟著，阿嬌要買什麼就買什麼，也沒人會說，在別人面前，肯定會有所顧忌。

李本來一聽，頓時明白了，周二郎這媳婦本來就是買來的，如果去鎮上給弄丟了，誰來承擔這個責任？

「二郎，沒事，是本來哥想多了，你快去忙活吧，早去早回，大夥兒都等著你教我們編竹籠子呢！」

「好。」

周二郎把竹籠子又放了回去，和淩嬌回家吃了粥，把阿寶喊醒，跟阿寶交代了幾句，兩人摸黑就去了鎮上。

有了第一天的經驗，周二郎一到鎮上就扯開嗓門大喊。「賣魚了，賣魚了！」

六十多條魚賣了一千四百六十五文錢，相當於一兩四錢銀子，淩嬌算了算，總算可以把村長家二兩銀子和米、麵粉、鹽都還清，還能有剩，加上明天賣魚的錢，地裡的稻米、玉米馬上就可以收成，今年省吃儉用著總算能過了。

周二郎對自己省，卻特別想對淩嬌好，帶著她去吃了雞蛋肉絲麵，又去買了米、麵粉和十斤鹽，才拉著淩嬌回家。

都走到鎮門口了，淩嬌才想起菜籽還沒買。「二郎，忘記買菜籽了。」

周二郎就喜歡聽淩嬌溫溫柔柔地喊他二郎。「那我們現在就去菜市場買。」他拉著淩嬌朝菜市場走，邊走邊猶豫。「阿嬌……」

「嗯？」淩嬌打量著街道兩邊，漫不經心地應聲。

「沒事，沒事。」周二郎忙道，想著以後悄悄存點私房錢，悄悄給她買東西，那樣子更驚喜。

兩人去菜市場買了青菜籽，見了大白菜秧苗，淩嬌問了價錢，買了五十株。她想買的東西其實很多，可錢不多，只能省著，招呼周二郎回家。

一回到家裡，就有人來找周二郎學編竹籠子。周二郎笑道：「你們等一會兒，我先把東西搬進去。」

「快點快點，我們等得急死了。」

「我曉得。」周二郎快速把東西搬到院子裡，朝淩嬌歉意地笑，接著出了院子教大夥兒編竹籠子。

淩嬌先把東西收拾好，跟周二郎打了招呼，去了河邊找阿寶跟三嬸婆。

周二郎看著淩嬌的背影，久久回不了神，引得眾人哈哈大笑。「二郎，看你那眼珠子都黏到媳婦身上去了，說說，嚐到滋味沒？」

周二郎臉一紅，抿嘴不語，惹得大夥兒笑得越發曖昧。

其實編竹籠子有人教，也不是特別難，尤其周二郎教得認真，就是笨的也慢慢學會了。

周二郎才說道：「你們自己編著啊，我先去河邊看看，籠子有魚沒有。」

「成，二郎你去吧，咱們也回家去，不懂再過來找你。」

於是周二郎拉了板車、木桶朝河邊走去，尋了淩嬌、阿寶跟三嬸婆。

到了河邊，他脫了衣裳、褲子，只穿了褲衩就跳到河裡。不知什麼時候，看熱鬧的人好多，都是周家村的媳婦、婆子、小孩，見著木桶裡的魚，可稀罕了，一個個連忙回家，把親眼見到的添油加醋說一遍。

周二郎又抓了魚，把竹籠子放回河中，才拉了板車回家。淩嬌牽著阿寶的手。「阿寶，晚上想不想吃魚？」

「不吃，魚拿來賣錢。」阿寶搖頭，可捨不得吃，那魚一條可以買好多斤大米。

淩嬌笑。「可是嬸嬸想吃魚怎麼辦？」
「啊……」阿寶很認真想了想，深吸一口氣。「那就煮一條小的，嬸嬸一個人吃。」
淩嬌摸摸阿寶的頭。「可是，一條小的怎麼夠吃，還是煮一條大的。」
「好吧，都聽嬸嬸的。」
稍晚，淩嬌在廚房做飯，準備拿一條最大的魚來紅燒；可惜家裡沒生薑，不過有一罈白酒。她先煮了粥，又剁了瘦肉，揉了點麵粉，準備做肉餅。
周二郎活計做完，幫著淩嬌燒火，淩嬌想了想說道：「二郎，你把欠村長家的錢和米糧都拿去還了吧！」
周二郎忙點頭。「成，我這就去裝米。」走了幾步，想了想又說道：「阿嬌，要不多裝半升米，麵粉、鹽也多一點吧！」
周田氏是出了名的算計和小氣，他去還米，要是剛剛好，不知道她會在背後怎麼說，索性多半升，讓她沒話可說。
「可以，你決定就好。」淩嬌真沒什麼要求，畢竟這些都是周二郎賺回來的。
周二郎用木升舀了十升米倒入米袋，又多舀了半升倒進去，舀麵粉的時候也多了半升，鹽也多了兩勺。
拎著米袋去村長周旺財家，還遇上了村裡人，見周二郎拎著兩個袋子，忙問：「二郎，幹麼去啊？」

「去村長家還錢和借的米糧。」

村民一聽，心裡是羨慕壞了，才幾天工夫，周二郎就能把跟村長家借的銀子還了。「是賣魚的錢吧？」

周二郎笑著點了點頭。「那我先去村長家了。」

他前腳剛走，後腳便有村民遇到周旺財。「村長，周二郎去你家還錢、還糧了，你曉得不？」

周旺財一愣，臉色變了幾變，乾笑道：「是嗎？那我回家去看看。」心裡卻忐忑得不行。周二郎兩天時間就湊夠了二兩銀子，長此下去肯定會大賺，若是眼界放開了，認識的人勢必會多……想到這裡，周旺財快速朝家裡走去。

周二郎到了周旺財家，只見到周旺財的兒媳婦邱氏抱著兒子周興在門口玩。「嫂子、興哥兒。」

邱氏忙應聲。「二郎兄弟來了啊！」又低頭喊周興。「快叫二叔。」

周興看著周二郎，猶豫片刻。「周二郎。」喊了一聲後，快速朝廚房跑去。「奶奶，周二郎來了。」

邱氏尷尬地朝周二郎一笑。「二郎兄弟別見外，孩子小，不懂事……」

「沒事。」

周二郎想著阿寶三歲的時候，乖巧得很，見誰都禮貌地喊人，笑咪咪的，可不像周興。

廚房裡的周田氏愣了愣，擦了擦手，快速走了出去。「是二郎來了啊！」

「嬸子，我來還錢跟米糧。」

周田氏微微一頓。「二郎，還錢的事不急，要是你沒得用，就先用著吧！」

「嬸子，有借有還，再借不難。這是二兩銀子，這是一斗米，妳量量，還有麵粉和鹽，妳看看數對不對。」

銀子是周二郎去鎮上的錢莊兌好的，一兩的整銀，免得弄了千文銅錢來，讓周田氏數半天，又折騰出別的事。周田氏接過，仔細一看是二兩銀子，又把米拿到廚房去量，一斗還多半升，麵粉、鹽也有多的，走出廚房，笑咪咪道：「對。」

「那嬸子，我先回家了，家裡還有活，我回去幹活了。」

「成。」

出了村長家的時候，他遇到了周旺財。「村長叔。」

「二郎來還錢啊？」

「嗯，剛剛給嬸子了。」

周旺財臉色晦暗，盯著他看了片刻。「給你嬸子也是一樣的。」

「那村長叔，我先回家了，家裡還有活。」

「去吧！」

周旺財瞧著周二郎的背影，越想越不是滋味……

第九章

三嬸婆回家餵了雞，牽著阿寶去族長家。

周家村族長今年八十高壽，頭髮、鬍子都白了，整個人卻特別精神，耳朵也不背，就是眼力不大好。三嬸婆見著族長，喚了聲。「叔公。」

阿寶乖巧低喚。「老祖宗。」

三嬸婆讓阿寶自己去玩，和族長商量自己的決定，族長眼睛不好，腦子卻沒糊塗。

「這種事情，既然妳想明白了，就按照妳自己的意思來吧！」

周二郎回到家裡，忙著去後院種大白菜。淩嬌的粥已經煮好，正在煮紅燒魚，又將揉好的麵團分成一小團、一小團，壓扁了將碎肉放進去，揉圓，再壓扁擀薄。

鍋裡已經冒出了魚肉香，周二郎在後院種菜，聞著香味，心裡像吃了蜜糖一樣。

阿寶和三嬸婆遠遠聞到香味。「三嬸婆，是嬸嬸煮了魚。」

晚飯有粥、紅燒魚、爆炒魚泡和魚肝，還有貼鍋肉餅。

阿寶、三嬸婆和周二郎早已經洗手坐定，就等淩嬌上桌，想著還了債，還剩下六百多文錢，淩嬌也滿是喜色。「吃飯。」

「唔，魚好吃。」

「肉餅也好吃。」

阿寶吃著，幸福地瞇起眼睛，淩嬌笑著叮囑道：「阿寶，吃魚的時候慢慢吃，小心魚刺。」說著給三嬸婆挾了一塊刺少的魚腹。「三嬸婆，吃魚。」

「好，好。」

三嬸婆眼眶有些發紅，這頓飯，以往就是過年也吃不上這麼好、這麼豐盛的。她小口小口吃魚，再咬了口餅，細細咀嚼，又喝口粥，回味無窮。

飯後，周二郎不讓淩嬌洗碗，自己去洗。

三嬸婆拉著淩嬌。「讓二郎去洗，阿嬌來，三嬸婆跟妳說件事……」

淩嬌一愣，任由三嬸婆拉著她到院子外。廚房裡，周二郎輕手輕腳地洗碗，阿寶掃地，兩人時不時朝外面看去，不知三嬸婆要說什麼，萬一惹淩嬌不高興……

院子外，淩嬌看著夜空，感受著沁涼的晚風，心情大好。

三嬸婆猶豫片刻。「阿嬌，其實……」

「三嬸婆，有事就直說吧！」至於說了後，好的，她記住，不好的，她只當沒聽見。

「阿嬌，三嬸婆以後天天來這兒吃飯可好？」三嬸婆試探地問。

「好啊！」淩嬌想都沒想便道，多一個人能吃多少？而且三嬸婆這麼好，她是不可能拒絕的。

「不是，我的意思是，以後我每天都來，頓頓都在妳這兒吃。」

淩嬌笑了出聲。「三嬸婆，可以的。」

三嬸婆無兒無女，沒有依靠，如今三嬸婆想依靠的不是她淩嬌，而是周二郎，她沒有理由不答應。

「欸，這事我跟族長提過了，族長說要聽聽妳的意思，畢竟妳是二郎媳婦。」

三嬸婆話中的深意，淩嬌頓時明白過來。一個孤寡老人，她能求什麼？她握住三嬸婆乾癟的手。「三嬸婆，別想那麼多，只要我們有一口吃的，就有三嬸婆一口吃的。」

三嬸婆笑了起來，拍拍淩嬌的手。「二郎是個有福氣的。」遇上這麼好又通情達理的媳婦。

淩嬌笑而不語，握緊三嬸婆的手，卻聽到一陣窸窸窣窣的聲音，她忽然站起身。「誰?!誰躲在暗處？」

三嬸婆也喊道：「趕緊出來！」

一個男孩躲在暗處，聽到淩嬌、三嬸婆的聲音嚇了一跳，小心翼翼走了出來。「三嬸婆，是我，阿甘。」

「阿甘，你這麼晚有事嗎？」三嬸婆問，心裡擔憂。

周甘的爹去得早，留下一身病的母親和年幼的妹妹，為了家，周甘小小年紀就擔起了家庭重擔，但凡有口吃的，都留給母親、妹妹，弄得自己瘦得只剩皮包骨。

周甘深吸幾口氣，才說道：「三嬸婆，二郎哥在家嗎？」

「在。」三嬸婆說著，朝裡面喊。「二郎，阿甘找你。」

「來了。」周二郎在裡面應了一聲，不一會兒跑了出來，衝阿甘笑道：「阿甘，啥事？」

周甘看著周二郎，撲通就跪了下去。「二郎哥，你幫幫我，幫幫我吧！」

周二郎嚇了一跳，忙把周甘拉了起來。「有事好好說，動不動就下跪，像什麼樣子？」

「二郎哥，我沒法子了……村子裡，我基本都找遍了，也沒人肯幫我。二郎哥，我沒法子了……」

周二郎也是急。「到底啥事，你倒是說啊！」

「我娘快要不行了，她想喝碗粥。二郎哥，求你給我碗粥，再幫忙帶我娘去鎮上看大夫好不好？」周甘說著，死死咬住唇，整個人抖得不行。

周二郎一巴掌打在周甘腦袋上，怒喝。「你怎麼不早點過來說！犢子！」看向淩嬌。「阿嬌，妳快去舀點粥，把家裡的錢都帶上。」又對三嬸婆說道：「我先過去，一會兒妳帶著阿嬌過來，讓阿寶在家睡覺。」

周二郎走在了周甘前面，朝周甘家跑去。

周甘看著周二郎的背影，眼眶發紅，連忙追了上去。

人命關天，淩嬌不敢耽擱，忙進屋去舀粥，又拿了錢，三嬸婆讓阿寶乖乖去床上，等著大人回來。

阿寶乖巧懂事地點頭。「三太婆，妳們去吧，阿寶乖乖睡覺。」

「乖孩子。」

淩嬌和三嬸婆打了火把趕去周甘家。

周二郎跑得快，趕到周甘家的小茅屋時，周甘的妹妹周玉哭紅了眼跑出來。「二郎哥……」

「妳娘怎樣了？」周二郎忙問。

「二郎哥，你快進屋看看吧，我娘……」周玉才十歲，即使再早熟，也嚇得不輕。

周二郎忙進去，就見周甘娘靠在枕頭上，油燈下的臉色已經很難看了。周二郎忙上前。「嬸子？」

周甘娘看著周二郎，苦笑了起來。「二郎，你來了啊……」

周家村多大，她兒子跑了多少人家，除了周二郎，硬是一個人沒來。

周二郎瞧著周甘娘，心裡明白，這是大限將至、迴光返照，因為不放心兩個孩子，硬撐著一口氣，忙道：「嬸子，妳別說話，會好起來的。」

周甘娘微微點頭。「甘兒、玉兒，過來給你二郎哥跪下。」

周甘、周玉不敢猶豫，走到周二郎面前跪下，淚流滿面。

「你們倆聽著，以後你們的命就是周二郎的了，他叫你們上刀山、下油鍋，你們都得去，聽見了沒有？」

「娘，聽見了。」

「記住了沒有？」周甘娘大聲。

「記住了。」兄妹倆忙道，哭得越發傷心。

周甘娘也哭。「你們發誓，拿我跟你們爹發誓，如果你們做不到，我跟你爹九泉之下不得安寧，永世不得超生……」
「娘……」兄妹倆驚呼，哪裡有逼親生兒女發這種毒誓的？
「說，你們要是不說，以後別認我這個娘，我沒有你們這不孝子女，我……」周甘娘怒喝，咳嗽個不停。
「娘，妳別氣，我們說，我們說。」兄妹倆哄著，忙道：「我周甘、周玉發誓，以後我們的命就是周二郎的，如違此誓，我爹娘在九泉之下不得安寧，永世不得超生。」
淩嬌在屋外，微微嘆息。這便是親娘，最後關頭也要為自己兒女找個依靠。
她看向三嬸婆，三嬸婆抹了一把辛酸淚。「進去吧！」
三嬸婆見得多了，知道久病的周甘娘怕是要不行了，讓淩嬌端了粥進屋。
「好香啊！」周甘娘說著，舔了舔唇，已經多久沒聞過這麼香的粥了……
三嬸婆招呼。「阿甘、阿玉，過來把粥端了，餵你們娘吃。」
兄妹倆忙起身，從淩嬌手裡接過了粥，拿了缺口的勺子小口小口地餵。周二郎、淩嬌和三嬸婆出了屋子，把最後的相處時間留給母子三人。
淩嬌把手中的錢袋子遞給周二郎，周二郎猶豫。「阿嬌……」
「沒事，事有輕重緩急，錢以後再賺就是了。」
周二郎點點頭。「阿嬌，謝謝妳。」
周甘娘囑咐完，看著一雙兒女，嚥下了最後一口氣。

「娘，娘啊……」

屋子裡，哭聲悲痛，讓周二郎想起自己爹娘離世的時候，他也這麼悲慟哭吼過。

他走進屋子，拍拍周甘肩膀。「阿甘，別哭了，讓你娘走得心安一些。」

「二郎哥……」

周二郎點點頭。「阿甘，二郎哥手裡也沒多少錢，你娘……」頓了頓才說道：「我儘量讓你娘走得體面些。」

周甘、周玉又要給周二郎磕頭，周二郎擺擺手。「先去找村裡人買壽衣，找道士給你娘尋個風水寶地下葬吧！」

周甘娘的喪事，有了周二郎，說不上隆重，好歹尋了地、下了葬。

連著三天，村裡人都去鎮上賣魚，而周二郎抓的魚只拿來醃，手裡也沒了錢。以前是四個人吃飯，如今又多了兩個，家裡的米、麵也不多了，接下來的日子可怎麼過？

身無分文，家中的人還等著吃飯，周二郎有些懊悔自己接下這燙手事，幫了別人，苦了自己；可仔細一想，如果事情再來一回，或許他還是會義無反顧去幫周甘。

周甘、周玉吃了飯已經回家，院子裡，三嬸婆跟阿寶說著話，淩嬌在掃地，周二郎不知道她此刻的心思，也不敢去想。

淩嬌掃完地，看著掛在屋簷下有些乾的魚，見周二郎還不進來，心裡嘆息。她曉得周二郎為啥不進來，不就是錢用完了，怕她鬧騰不敢進來嗎？多大點事，值得他這麼糾結。

走出院子，見周二郎坐在門口石頭上唉聲嘆氣的，淩嬌失笑，走到他身邊坐下。「想什麼呢？」

周二郎往邊上挪了挪，讓淩嬌坐。「沒，沒想什麼。」

「真沒想什麼？」淩嬌追問。

許久之後，周二郎才沈重地開口。「阿嬌，我錯了。」

「也說不上錯不錯的，人啊，還是有良心些比較好；只是這有良心是一回事，若是過了頭，那就是缺心眼。你信不信，如今村裡人見了你都誇你是個好人，背地裡肯定嘲笑你是個傻的。」

周二郎一怔，可不就像淩嬌說的一樣，多少人表面誇他做了好事，背地裡卻罵他傻子、白癡。

「阿嬌……」他一時間說不出話。

淩嬌看了看周二郎。「怎麼，你打算去村長家借錢？」

「我不去，我不去村長家借錢，我一定可以賺到銀子，明天我就去別的村教人編竹籠子。阿嬌，我以後再也不這麼犯傻，把家裡的錢都花出去，我保證。」

淩嬌笑了。如果周二郎說要去村長家借，她會真心看不起他，幸好。

「不是要跟李本來去鎮上幹活的嗎？」

周二郎臉色變了變，如今抓魚賺的比鎮上幹活多得多，李本來根本不想去賺那辛苦錢。

「本來哥不去了。」

凌嬌略微沈思。「他不去，你去。二郎，你去把這筆生意接下來，帶著周甘，咱們可不能嫌棄這錢少。這魚現在賣得不錯，以後大家都去賣魚，人人都吃膩了，誰還花大錢來買魚？當然，別的城鎮例外。」

周二郎仔細想了想。「我不打算去鎮上做工，趁天氣還暖和，我打算去別的城鎮教人編竹籠子，家裡就交給妳了。」

凌嬌點頭。「也好。」

「阿嬌。」

「嗯？」

周二郎想了想。「等以後賺了錢，我送妳回家吧！」

凌嬌的心一酸，很想告訴周二郎，她回不去了，永遠永遠都回不去了……

「你不怕我回去就不回來了嗎？」

他低頭。「跟著我太苦了，不回來也罷。」

凌嬌一頓，看向周二郎。黑夜中，她看不清周二郎的臉，卻能感受他身上蔓延的哀傷、無助。

這個爛好人……

第十章

第二日，周二郎一大早就走了，沒驚醒任何人，也沒告訴淩嬌他去哪裡，悄悄地走了。

他不在，淩嬌依舊忙活，跟周甘、周玉進山幾次，也沒找到什麼好東西，野菜、野果子倒是收穫不少。野菜煮了配著大米、麵粉，勉強可以維持家裡的生活，魚乾倒是越曬越多。

在周二郎走了的第十天，田裡的稻米熟了，村民們忙著去田裡收稻米，周旺財來了家裡兩次，見周二郎不在，啥也沒說便黑著臉走了。

淩嬌找來周甘。「阿甘，如今你二郎哥不在家，這收稻米的事就只能靠你跟我了。」

這些日子，河裡抓魚都是周甘去，回家還幫著殺魚，周甘、周玉都很勤快，淩嬌也很喜歡他們兩個。

「嫂子，我行的。」周甘十六歲，長得挺高，就是瘦得厲害。

收稻米要去田裡割，淩嬌和阿甘一人一把鐮刀，準備去田裡，沒想到周二郎挑著東西，一身風塵地回來了。

十天不見，周二郎憔悴了不少，眼睛卻很亮，見著淩嬌的時候，他笑咧了嘴。「阿嬌，我回來了。」

「回來就好。」淩嬌說著，朝屋子裡走去。周二郎回來了，收稻米的事可以稍微緩緩。

「二郎哥。」周甘、周玉齊聲叫著，也很高興。

周二郎朝兄妹倆點點頭。

「二叔。」阿寶在屋子裡喊了一聲，興奮地跑了出來，抱住周二郎的腿。「二叔，你總算回來了。」

「回來了。」周二郎說著，放下擔子，先從懷裡摸出一個錢袋遞給淩嬌。「阿嬌，這是我這幾天賺的錢，妳收好。」

淩嬌接過，沈甸甸的，周二郎要多努力，才能掙到這麼多錢？

「我還買了米、麵粉、鹽、菜、肉……對了，我還買了些蘿蔔種子。」周二郎把阿寶抱在懷裡，看著淩嬌，見她笑咪咪的，他特別好受。這些日子，晚上睡不著想想淩嬌；快要撐不下去了，想想淩嬌；被人懷疑白眼，想想淩嬌，硬是撐了過來。

「吃飯了嗎？我給你煎兩個雞蛋吧？」淩嬌問。

「好，來兩個雞蛋。」

周玉忙去燒火，阿寶、周甘把周二郎買回來的東西都拿出來，周二郎真的累了，連著趕了三天兩夜的路，這時只想吃一口淩嬌做的飯菜，再去睡一覺，醒來就去收稻米。

淩嬌快速打了兩個雞蛋煎了，又燒了水，放了些早上吃剩的冷飯，等飯煮開了，撒了鹽，舀了端到周二郎面前。「快吃吧，我給你燒些熱水，你吃好飯、洗個澡睡一覺，睡醒了還要收稻米呢！」

「嗯，聽妳的。」

這廂周二郎吃飯，把雞蛋挑了餵阿寶吃。十天不見阿寶，阿寶長肉了，臉色也白了許多，身上乾乾淨淨，帶著一股皂角的味道，好聞。
淩嬌去燒熱水，周二郎吃好飯，隨便洗了洗，換了乾淨衣裳。
「衣裳放著，我來洗，你去床上睡。」
周二郎一愣。「阿嬌，我隨便找個板子瞇一下就好。」
「別囉嗦，去床上睡。」
周二郎見她虎著臉，紅著臉應了聲，躺到床上，拉了被子蓋上。被子應該是剛剛才洗的，也有股皂角味，枕頭上也有，他微微咧嘴，閉上眼睛，沈睡了過去。

好好睡了一會兒，周二郎醒了，出屋去茅廁方便，見到離家時種的大白菜長得很喜人，明顯被照顧得很好，撒下去的青菜籽已經冒出綠油油的頭，一派欣欣向榮，他笑了起來。回到院子，屋簷下掛著許多魚乾，院子裡曬著皂角，卻不見淩嬌、阿寶他們。周二郎走到水缸旁，拿了葫蘆水瓢舀了水要喝，淩嬌剛好從屋外進來。「陶盆裡有涼開水，喝開水好。對了，我看過你買回來的種子，除了蘿蔔種子，還有好幾樣，都是什麼啊？」
周二郎喝了水。「有一小包是芹菜，一小包是茼蒿，還有一包妳肯定想不到是什麼。」
「是什麼？」
「蔥。」
「蔥？大蔥還是四季蔥？」
周二郎搖頭。「我也不曉得，就是見著有人賣就買了，等種出來就曉得了。」他也是聽凌嬌嘀咕，記在心裡，遇到的時候就買了。

「嗯。」凌嬌點頭，示意他坐下，才繼續說道：「村長來找你兩次了，見你沒回來，黑著臉走了，你要不要去村長家一趟？」

若是以前，周二郎肯定會去，可這次出去，他見的人多了，聽到的也多，心裡有了想法，本想告訴凌嬌，可又怕凌嬌多想。「阿寶呢？」

見周二郎岔開了話題，凌嬌也不多問。「去三嬸婆家看母雞了。」

周二郎想著，家裡這段日子肯定不好過。「阿嬌，這些日子，辛苦妳了。」

「辛苦什麼？都是一家人，再說周甘、周玉幫了不少忙。你別看周甘瘦瘦的，力氣可好了，人也聰明，家裡面的魚都是他從河裡抓來的。」

當然，她也做了許多饅頭，讓周甘下河的時候，捏碎了丟在上游，饅頭渣漂下去，引了魚來吃，被籠子抓住的肯定會多，只是天氣冷了，再下河也對身體不好。

「阿甘向來是個懂事的。」

「嗯，阿玉也好，對阿寶更是好，天天教阿寶數數。」凌嬌說著，想著阿寶也大了。「等咱們有錢了，就送阿寶去學堂。」

「送阿寶去學堂？」周二郎驚訝問。

「對啊，不只送阿寶去學堂，還要把旁邊的屋子修起來。」凌嬌說著。「周二郎，把土地換到家門口來吧！」

「啊？」

「我說，把我們那兩塊地跟人換，就換到我們後院旁的那兩塊。」

「可我們的地比別人家大。」

「大多少？」

「可以多種三十株玉米。」

「換吧，只有田地挨著家裡，冬天才好拿來種菜。」

「冬天還能種菜？」周二郎驚奇問。

凌嬌點頭。「能啊，只要溫度控制得好，咱們可以種黃瓜、豆角、茄子之類的，冬天都沒有這些菜，肯定能賣個好價錢，所以咱們吃虧些去換吧！」凌嬌見周二郎沈默，又道：「如果附近的願意拿土地來換我們的田地，咱們也換。」

「都換了？」周二郎忙問，要是田都換了，以後吃什麼？

「換。」

周二郎心裡有事，又想著如果不換，凌嬌心裡肯定不舒坦，點頭。「那就聽妳的，都換了。」

「嗯。」凌嬌見周二郎神色不對，一副心不在焉的樣子，問道：「出去發生什麼事情了嗎？」

周二郎想了想。「我去隔壁鎮子的時候，遇到一戶人家，他家有個兒子跟我大哥一起去邊疆，也捐軀殉國，可他們家得到了五十兩銀子的撫卹銀子，我大哥一兩銀子都沒有。」周二郎說著，心裡一陣難受。

凌嬌看著周二郎，沈思片刻。「你在意這個錢嗎？」

「我不在意，我希望永遠都不要有這個錢，大哥還活著，爹娘也還活著。」

「所以？」凌嬌問。

「我懷疑是村長吞了那五十兩撫卹銀子。」周二郎說得很沈重。

「怎麼說？」

「以前村長家並不是很富裕，卻在兩年前，大哥死訊傳回家、我爹娘相繼病逝後，日子越來越好過，家裡造了房屋、養了豬雞鴨……」周二郎說著，恨恨地握拳，如果真是村長貪了這筆銀子，和直接害死他爹娘是一樣的。

凌嬌握住周二郎的手，只覺得他手背青筋直冒，冰冷一片。「可是你沒有證據，不是嗎？」

「如果我們認識衙門的人，仔細一打聽，肯定能曉得，可是……」周二郎只恨這兩年白活了，整天不知所以。

「慢慢來，只要有了線索，還怕不知道真相嗎？」凌嬌安慰。「既然知道了這麼多，以後面對村長……」

她害怕周二郎藏不住心思，讓村長發現，起了歹心，暗中對付。

「我曉得怎麼做。」

周旺財得知周二郎回來，心裡一陣忐忑，尋思片刻。「我去二郎家，跟他說說收稻米的事。」

周田氏剝著瓜子餵周興吃，對於收稻米的事，一點都不擔心，反正有周二郎在。「去吧，記得別走錯了門，進了別家院。」

「妳——」周旺財惱怒，轉身出了門去周二郎家。

去周二郎家路上，周旺財遇上村裡收稻米的村民，一個個熱情地打招呼。「村長，遛彎兒呢？」

往年村長家的稻米都是第一個收的，今年周二郎不在，稻米養在田裡還沒收，村民們多少都在看熱鬧，看看今年周二郎還傻不傻，自己家稻米丟在田裡，先去村長家幫忙。

「嗯，遛彎兒。」周旺財說著，朝周二郎家方向看去。

村民忙道：「周二郎回來了，挑了個擔子，我猜肯定是在外面賺到錢，買米、買糧了。」

「你瞧見了？」周旺財沒好氣地問。

「我沒瞧見，但是好多人看見了。周二郎家自從買了這個媳婦，變化可真大，村長你說是吧？」

周旺財「嗯」了一聲，邁步朝周二郎家走去。村民立在原地，暗呸一口。

「二郎，你在家嗎？」

周二郎聽見周旺財的聲音，身子一僵，想著淩嬌的話，起身朝外面走去。見著周旺財的時候，周二郎仔細瞧他，只見他白褂青衣、青色褲子、青色布鞋，乾乾淨淨，垂在身側的手不禁握拳。「村長叔，馬上就要收稻米了，人請好了沒有？」

周旺財聞言，眉頭蹙起，瞇眼看向周二郎。「往年不都是你幫著收，所以我今年就沒請人。你看，明天能幫著我先收稻米不？」

「那真是對不起村長叔，我在家最多待六天，六天後還要去外面賺錢。村長叔，你還是趁早把這收稻米的人請了吧，免得稻米爛在田裡，多可惜。」

「你……」

周旺財驚訝不已，周二郎出去一趟回來，想法倒是不少。「二郎，還真是沒看出來，出去一趟回來長本事了。」

周二郎笑了。「村長叔別開玩笑了，不過這次出去，的確長了很多見識，還聽到很多有趣又發人深省的故事，村長叔，要不要聽？」

「聽說書人說的？」周旺財問，說書人的故事，有幾個是真的？

周二郎搖頭。「不是，是真實的，說有個村子一戶人家的兒子去邊疆打仗，結果死在邊疆，朝廷感念他對國家社稷的付出，給了五十兩撫卹銀，卻不想被那黑心的村長給貪了。那老漢一怒之下，去鎮上告狀，村長與鎮丞狼狽為奸、暗中勾結，將那老漢打得半死不活、奄奄一息。有人勸那老漢放棄，老漢偏不，拚著一口氣，沿路乞討去了京城告御狀。這老漢運氣忒好，居然見到了聖駕，一把鼻涕、一把淚狀告村長、鎮丞，皇上聽了大怒，立即派人前往查探，一查居然是真的。村長叔，你知道最後的結果是什麼嗎？」

周旺財早被周二郎一番話嚇得魂不附體，整個人虛浮得厲害，還未到冬天，卻覺得如墜冰窖，瑟瑟發抖，張嘴想問結果，可又出不了聲。

瞧周旺財那樣子，周二郎心中已然有數，可他拿不出證據，也不能衝動地像故事中的老漢那般去京城告御狀，讓周旺財血債血償。

「結果啊，那村長和鎮丞的家產都被悉數變賣，還給了老漢；這還不算，那村長、鎮丞一家子世世代代都要做老漢的奴僕，永不脫奴籍。」

周旺財嚇得倒退幾步。「胡說！怎麼可能！」

周二郎彷彿沒瞧見周旺財的臉色。「村長叔，是真的，不信你去打聽打聽。我跟你說……村長叔，你別走啊，我話還沒說完呢！」

周旺財走得很急，還差點摔倒。周二郎瞧著，一點都不同情，恨死了周旺財。他貪的何止是五十兩銀子，還間接害死了他爹娘，此仇不共戴天，有朝一日，定要他血債血償！

第十一章

周二郎來到三嬸婆家。三嬸婆正在檢查雞蛋，放了一盆溫水，把孵過的雞蛋放到水裡，看它是浮上來還是沈下去，有沒有動。動的，裡面的小雞就是活的，用布巾擦乾放到窩裡；沈下去不動的，三嬸婆瞧著既心痛又嘆息。「可惜了一個雞蛋。」

阿寶看得津津有味。「三太婆，我以後跟妳學孵小雞，我要孵好多好多小雞給嬸嬸。」

三嬸婆失笑。「你嬸嬸又不是養雞的，你孵那麼多小雞做什麼？」

阿寶捂嘴呵呵笑了起來，卻見周二郎立在不遠處，連忙起身跑向周二郎。「二叔。」

周二郎抱起阿寶。「你嬸嬸一個人在家，你先回家去，我一會兒就回家了。」

「哦。」阿寶應聲，跟三嬸婆再見，小跑回家。

周二郎坐到三嬸婆身邊，雙手放在膝蓋上，不停搓著。

「怎麼了？」三嬸婆柔聲問。

「三嬸婆，我心裡有恨、有怨，甚至想殺人。」

三嬸婆一驚，手中的雞蛋差點掉地上，忙問：「怎麼了？」

周二郎把事情大概說了，三嬸婆聽了之後，氣得臉都黑了。「我說這兩年他家日子為什麼那麼好過，對你為什麼格外不一樣，原來、原來……」

「阿嬌叫我不要輕舉妄動，可是三嬸婆，我忍不住。」

「忍不住也要忍，你不想想你自己，不想想我這個孤苦無依的老婆子，也別想周甘、周玉兄妹倆，你想想年幼的阿寶，想想阿嬌。二郎啊，周旺財他敢貪下這筆銀子，鎮上肯定有人，你聽嬸婆一句，暫且忍了，待你有錢有勢那一日，再跟周旺財好好算這筆債。」

周二郎沈默了。是，他一個人可以不管不顧，可如今，他有了牽掛……

凌嬌在家數錢，想到周二郎的不易，決定晚上做頓好的犒勞一番。

周二郎回了家，看著忙碌的凌嬌，原本浮躁的心漸漸平穩了。

「愣著做什麼，快洗手吃飯了。」凌嬌輕輕推了推周二郎。

「嗯。」

吃了飯，周玉幫著洗碗，周二郎喊了周甘說話，也不知道兩人說了什麼，周甘帶著周玉走的時候，一臉慎重。

周二郎送三嬸婆回家，凌嬌歪在床上給阿寶說著精彩的故事，等周二郎回來。

周二郎回到家裡，把前、後院門閂上才進了屋，睡在板車上。

「阿嬌，早些睡吧，明兒還要收稻米呢！」

「好。」

月夜如此美好，他想，為了這個家，所有的隱忍都是值得的，但，他真不能再渾渾噩噩過日子了。

天明時分，凌嬌準備起床，但周二郎比她更快。「妳再睡一會兒，我燒好水，妳再起來。」說著出了屋子，洗鍋燒水，又去後院小水井提了水倒在水缸裡。

淩嬌躺在床上，想著若是一輩子都這麼好，這周二郎倒是不錯的。

她起身，走出屋子，見周二郎坐在灶臺後燒火，火光照得他面容發紅，整個人一身暖意。

淩嬌打了水洗臉漱口。「早上煮粥、烙肉餅吧！」如今家裡有米有肉，田裡稻米又要收了，她可不想委屈了家裡的老人、孩子。

「聽妳的，再蒸個雞蛋羹吧！」周二郎難得提出要求。

揉麵發麵、剁肉，鍋裡的粥冒出滾滾的熱氣，淩嬌拿了大勺攪拌。「周二郎。」

「嗯。」周二郎應聲，把柴火塞到灶孔裡，用火鉗把灶孔裡的炭火撥開。

「等稻米收好了，咱們去趟鎮上，買些布和棉花回來做幾套棉衣，也不用多，一人一身是要的；阿甘、阿玉這些日子沒少幫忙，也給他們兄妹一人做一身，再買幾個大缸回來裝東西，要是有錢，就給你買套工具。」

有了木工工具，家裡需要個什麼東西，周二郎自己也能做得來。山裡有的是木材，也不用花錢買，做得多了還能拿來賣錢，兩全其美。

周二郎想著賺錢，可對賺錢之後要怎麼花，還真是一點方向都沒有，聽得淩嬌這麼說，忙答應。「行，聽妳的。」

飯後，周二郎去河邊，忍著冷意把魚弄回家，換了乾淨的衣裳，端著碗。「河水太冷，接下來的日子，這魚怕是不能再抓了；本來還想著出去教人編竹籠子，再賺些錢的，如今看來要等明年了。」

「那就別去了，山裡如今能吃的東西很多，咱們去弄些回來；馬上就要收稻米，吃的不愁，手裡還有點錢，日子過下去沒什麼大問題的。」淩嬌也想去山裡看看，能不能摘些鎮上買不到的東西。這些日子和周甘進山，周甘一直不敢帶著她往深山裡走，摘的都是一些村民看不上眼的東西。

周二郎點頭。「等收了稻米，我帶妳進山，咱們往深山裡走，肯定能有意想不到的收穫。」

三嬸婆天亮就起身，曉得今天家裡要收稻米，周玉、周甘也沒敢貪睡，早早起身到周二郎家吃早飯。淩嬌的粥、肉餅和雞蛋羹，雖然簡單但味道極好，米粥濃稠，入口香氣甚濃，肉餅圓圓薄薄的，咬到貼鍋的地方又脆又香，咬到肉時滿口肉香，更是回味無窮。

「嬸嬸，好好吃。」阿寶含糊不清地說著，衝淩嬌笑瞇了眼。

「好吃也不能貪嘴多吃，把胃撐壞了可不好。」淩嬌摸摸阿寶的頭。最近阿寶頓頓吃得飽，臉色好了，身上、臉上都長了肉，就是吃飽了還貪嘴，淩嬌不怕他吃，就怕他把胃撐壞了，對身體不好。

「聽你嬸嬸的錯不了。」三嬸婆說著，咬了一口肉餅，很滿足。

周甘、周玉兄妹倆小口小口地吃著，一開始，他們還怕吃多了淩嬌不高興，後來才明白，他們不吃飽淩嬌才會不高興，索性努力吃飽。

周二郎埋頭大口吃著，將所有心思和著肉餅一起吞下肚子。

吃了早飯，阿寶和三嬸婆留在家裡看魚乾，淩嬌、周二郎、周玉和周甘去田裡收稻米。周二郎的力氣真是大，一個人扛了斗子還拿了一個曬墊，其他東西讓周甘拿了，淩嬌和周玉揹了個背簍。

一路走去都是金燦燦的稻米，掛著飽滿的穀穗，田裡早有人在割稻米，一把一把均勻地放著。

「二郎，到田裡收稻米啊？」

「嗯。」

周二郎不冷不熱地應了聲，快速走了過去。

「咦，這周二郎怎麼了？」

「誰曉得呢，開竅了唄！」

「倒是，昨晚村長家鬧騰得可厲害了，想來是周二郎不幫忙收稻米，免費的勞動力沒了，心裡不痛快找媳婦出氣唄。」

到了自家田間，周二郎不讓淩嬌和周玉下田。「秋了，田裡水涼，妳們看著就好，才兩畝田，也就千來斤穀子，很快就能好。」

淩嬌剛想還嘴，周二郎卻已經拿了鐮刀去割稻米，周甘連忙跟上，兩人一左一右，配合得非常默契，速度也很快，沒一會兒就割完一塊田。周二郎走回來，雙手捧起稻米，將穀穗用力敲打在斗子的架子上，穀子一粒一粒地快速掉落。

很快地斗子滿了，周二郎用麻袋裝了穀子放在背簍裡，又裝了一袋。

「你一次要揹兩袋？」凌嬌問。

「這點算什麼？我一次能揹四百斤呢！可惜家裡麻袋不夠，不然我還能加兩麻袋。」周二郎說著，揹了背簍。「走吧，回家去，女人家不要做田地的活。」

凌嬌不解。「可我瞧著別人家也有女的在幹活啊！」

「妳和她們不一樣。」

周二郎的心思，她懂；可她覺得，就自己目前這個樣子，面黃肌瘦，臉色不好，整個人毫無美感，也值得他上心？

「行，我回家去曬穀子總成吧！」凌嬌笑了笑。「阿玉，走，我們回家。」

回到家，三嬸婆早已經把曬墊準備好，周二郎將稻米倒在曬墊上，用耙子耙均勻，連口水都沒喝，又去田裡收稻米了。

凌嬌想著天氣這麼熱，在田裡幹活實在辛苦。「阿玉，我一會兒煮幾個荷包蛋，妳送田裡去。」

「好的，嫂子。」

凌嬌忽然想著家裡有米，可以做米糕，又舀了米放到桶子裡泡著。

「阿嬌，準備做啥好吃的呢？」三嬸婆現在一見凌嬌做事就想到吃的。

「是啊，嬸嬸，妳要做什麼好吃的嗎？」

阿寶也成了個小吃貨，跟在三嬸婆身邊，只想著吃的。

「做米糕啊！」凌嬌說著，摸摸阿寶。「三嬸婆，村子裡有人會做豆腐嗎？」

「咱們村沒有，隔壁村子倒是有的。」

凌嬌想了想。「阿寶，你知道路嗎？」

阿寶搖頭，他只去過鎮上。

「嫂子，我知道路，我去隔壁村給我娘抓過藥，我可以去買。」

「遠嗎？」

「不遠的，我會很快回來的。」

「那邊還有賣別的東西嗎？比如蔬菜、肉啊，醬油、糖什麼的？」

「這個不曉得，不過那邊有個小店，裡面賣啥不曉得，我沒進去過。」周玉說著，咬了咬嘴唇。

凌嬌摸摸周玉的頭。「別咬，把唇咬破了不好看。」

「嫂子，我沒幫上忙……」

「不礙事的。阿玉，這樣吧，我給妳錢，妳帶阿寶去隔壁村上買三斤豆腐，再去小店買一些蔗糖；如果有菜，妳和阿寶喜歡什麼就買什麼，我在家煮好荷包蛋等你們回來，好不好？」

「嫂子，我一個人去吧，讓阿寶留在家裡，我一個人可以的。」

「阿玉，嫂子相信妳，但是阿寶今年六歲了，是應該出去走走了，妳帶阿寶一起去，妳是姑姑，路上多照顧阿寶些，可好？」

周玉用力點頭。凌嬌給了她一百文錢，周玉還是第一次見到這麼多錢。「嫂子，太多了。」

「拿著吧，路上小心些。」

周玉猶豫片刻，接過錢，牽著阿寶出了院子，朝村外走去。

眼看日頭正中，淩嬌煮了十三個荷包蛋，給周二郎、周甘舀了六個，拿了兩個碗、兩雙筷子。「三嬸婆，這碗妳先吃，我給二郎他們送去，等阿玉、阿寶回來，妳再讓他們吃。」

「好，妳去吧，路上慢著點。」

淩嬌提著荷包蛋到田頭，周二郎和周甘正是汗流浹背、口乾舌燥，肚子也餓了。見淩嬌提了東西來，周二郎站起身，揚手遮住陽光，看著淩嬌慢慢走來，沒有精緻的衣裳頭飾，穿著最樸素的衣裳，可那一身的暖意讓他覺得，他的阿嬌是這個世上最好的女子，沒有之一。

淩嬌走近，衝兩人笑道：「快過來吃東西了。」

「來了。」周二郎應聲，招呼周甘走到陰涼處，淩嬌早已經舀好荷包蛋，一人三個，先遞給了周甘。「阿甘快吃，吃了多喝點湯。」

「謝謝嫂子。」周甘雙手接過碗，走到一邊坐在石頭上，呼呼吃起來。

淩嬌又遞給周二郎，周二郎咧嘴笑，接過來往嘴邊送，又忽然想起。「妳吃了嗎？」

「我不愛吃這個。」

不愛吃？周二郎卻是不相信的，把碗遞到淩嬌嘴邊。「那，喝口湯。」

想到這就像間接接吻，淩嬌臉一紅，可看周二郎一臉認真，只好就著他端著的碗喝了一口。

雞蛋是土雞蛋，特別香，糖是甘蔗熬出來的蔗糖，特別甜，淩嬌吃了，微微眯眼，這種暖和舒服，無論用什麼樣的詞彙都形容不出來，她忙道：「快趁熱吃，涼了吃會吃壞肚子的。」

「好。」周二郎應聲，大口大口吃起來，忽然覺得這荷包蛋特別香，湯特別甜。

待他們吃完，淩嬌才收拾碗筷回家。

周二郎看著她的背影，心裡頓時想通透了，這輩子不論貧窮富有，他都會對這個女子好，不管將來她留下也好，離開也罷，他都不會改變這一刻的決定。為了她，哪怕豁出命去，也絕不讓她受絲毫委屈。

第十二章

周玉牽著阿寶的手，走進何家村。

「姑姑。」

周玉忙問：「阿寶是累了嗎？」

阿寶搖頭。「姑姑，還有多久才到？」他是想家，想嬸嬸了。

「前面就是了。」

兩人進了小店，小店主人是一個五十多歲的婆子。周玉問：「阿婆，豆腐多少錢一斤？」

「豆腐三文錢一斤，丫頭，妳家大人喊妳來買豆腐啊？」

周玉重重點頭，阿寶也跟著重重點頭。

「阿婆，蔗糖多少錢一斤？」

「蔗糖十文錢一斤。」

「豬肉呢？」

「坐臀肉十六文一斤，五花肉十二文。」

周玉仔細算了算。「阿婆，給我來四斤豆腐、兩斤蔗糖、兩斤坐臀肉、一斤五花肉。」

「好呢！」

阿婆很快秤好豆腐、蔗糖，切好豬肉，周玉跟在阿婆身邊仔細看著，等東西秤好，周玉小心翼翼地拎了放到背簍裡，數了八十文錢遞給阿婆。「阿婆，找我四文錢。」

阿婆看著周玉，穿得不怎樣，想不到還是個有錢的。「丫頭哪個村子的？」

「周家村。」

難怪了，聽說周家村如今家家都到河裡抓魚，賺了不少。阿婆找了四文錢給周玉，周玉看見鋪子裡還有蘿蔔，問道：「阿婆，這蘿蔔怎麼賣？」

「蘿蔔啊，一文錢一斤。」

「阿婆，妳把這兩個蘿蔔秤給我吧！」又見到賣瓜子的，周玉看著乖乖跟著的阿寶。「阿婆，妳包兩文錢瓜子給我。」

「好。」

周玉把瓜子放到阿寶手裡。「阿寶吃。」

「姑姑，阿寶不吃，留著回家一起吃。」阿寶脆生生說著，衝周玉笑眯了眼。

「成，回家一起吃。」

周玉把瓜子包好放到背簍裡，牽著阿寶回家。

走出何家村的時候，不知道誰家跑出一條狗，凶狠地朝兩人撲來，阿寶嚇住了，周玉一開始也嚇了一跳，可想到阿寶又反應過來，將阿寶拉到身後，蹲下身撿石頭。那狗見周玉蹲下身撿石頭，忽地收住腳步，停在原地盯著周玉。

周玉忙大聲叫。「這是誰家的狗啊？跑出來咬人了！」

阿寶聽周玉喊，也大聲喊。「狗咬人了，狗咬人了！」

雖然大家都去收稻米，村子裡還是有很多家裡有人，一個婦子立即趕出來喝斥狗，還踹了狗一腳。「這畜牲，還不死回去？沒事跑出來做什麼！」

見沒咬著人，鬆了口氣，又見周玉、阿寶是個孩子，也不道歉，轉身就想走，周玉忙喊住她。「大嬸，以後把狗套牢，咬著人怎麼辦？」

剛剛要不是她反應快，記得哥哥說過，狗見人蹲下會以為人要撿石頭打牠，會怕，不然她跟阿寶今天就要被咬了。這主人家也實在過分，也不問問他們有沒有事。

「欸，妳這小孩子家家的，怎麼說話的？」婦人橫眉怒目，見周玉只是個小丫頭，她罵遍何家村無敵手，豈會怕一個孩子？

「大嬸，我說，以後套好妳家的狗，不然跑出來咬到人，妳是要賠錢的。」

「咬著妳了嗎？咬妳哪裡了？妳脫了衣裳我瞧瞧，要真咬到了，我賠錢。」

「妳……」

周玉是個小姑娘，平日也很單純，何曾聽過這種不講理的話，脹紅臉說不出話來。

阿寶卻忽然撲上前去。「不許妳欺負我姑姑！」

婦人夫家姓何，至於她本名叫什麼，村裡都沒人記得，只記得給她取的外號——何罵精，意思是罵人精中的高手。何家村的人大都不會招惹她，就連孩子見了她都會繞著走。

何罵精在何家村囂張慣了，一見阿寶衝上來，伸手用力把阿寶推了出去，阿寶重重摔在了地上，瞬間紅了眼眶。

周玉哪裡看得下去。「妳怎麼這樣！」也衝向何罵精，一頭頂在何罵精肚子上，把她頂得跌跌撞撞退後了幾步。何罵精肚子生疼，怒氣攻心，平日裡囂張慣了，怎麼肯吃下這虧？「該死的小蹄子，今日看我不好好教訓妳！」說完上前揪住周玉就是一頓亂打，巴掌、拳頭落下，周玉一點還擊之力都沒有，痛得唉呀直叫，背簍裡的東西甩了一地。阿寶頓時嚇哭了，起身撲上去拉何罵精。「妳別打我姑姑，妳這個壞人，妳這個壞人！嗚嗚……」

何罵精被兩個孩子圍攻，又氣又怒，又見有村民走來，何罵精想鬆手離開，周玉也是怒，上前逮住她就狠狠咬下去。

「唉唷喂，妳這黑心肝的！」何罵精痛得失聲尖叫，何曾吃過這種大虧，揚手就要打。

「你們快來看啊，何罵精打別人家孩子了！你們快來看啊！」何躍文家媳婦跟何罵精有仇，一見她這般，扯了嗓子大叫。「你們快來看啊！何罵精打人家孩子了，我的天老爺哦，這是要打死人家孩子啊！」

何躍文媳婦喊得很大聲，上前把阿寶、周玉拉過來，護到身後。「何罵精，妳太過分了！居然對兩個孩子下這麼重的狠手，也不怕天打雷劈？」

何罵精看著何躍文媳婦怒罵。「賤蹄子，妳不要多管閒事！」

「我今兒就多管閒事了，怎麼著？」

兩個人在路上就對罵起來，引來不少人，就是沒人上前勸。何躍文媳婦一個勁兒地指責何罵精打了別人家的小孩，何罵精婆婆聽到消息趕回來，二話不說撲上前對著何躍文媳婦一頓打，把阿寶、周玉拖回家，揚言要兩個孩子給一個交代。

何躍文媳婦被打吃了虧，怎麼肯甘休？立即問：「這是誰家的孩子？」
小店阿婆聽到消息趕來。「好像是周家村來的。」
何躍文媳婦一尋思。「我去周家村，我還不信，沒人治得了這對惡婆媳！」
何罵精婆媳將阿寶、周玉關到一個堆柴火的屋子裡，何罵精小聲問婆婆。「娘，會不會出事？」
「怕什麼？只要這兩孩子爹娘敢來，咱們就狠狠敲他們一筆。」
「娘，怎麼做？」
「不給咱們錢，就不讓他們把孩子帶走。」
何罵精覺得實在太應該了。「娘，我聽妳的。」
何躍文媳婦到了周家村，一路打聽誰家孩子去何家村買東西，結果好多人都說沒有，主要是沒看到阿寶、周玉出去。她不信邪，索性挨家挨戶打聽，直到了周二郎家。
阿寶、周玉還沒回來，淩嬌心裡也急，懊悔不應該讓兩個孩子出去。「三嬸婆，要不我去田裡喊周甘到路上接他們？」
三嬸婆點頭。「去吧！」
兩個孩子不回家，她心裡也鬧騰，一會兒不見還沒事，可這都有些時辰了。
淩嬌走出屋子便碰到何躍文媳婦，沒打算理會，何躍文媳婦忙開口。「大妹子，你們家有兩個孩子去何家村買東西嗎？」

凌嬌腳步一頓，看著何躍文媳婦，她見淩嬌臉色不對，忙道：「今兒有兩個孩子去何家村買東西，被咱們村的何罵精打了，打得可淒慘，還被何罵精婆媳強行關在家裡了，我過來報信，可不曉得孩子是誰家的？」

淩嬌一聽，哪裡能夠冷靜。「妳等我一會兒，我去喊人。」快跑去了田邊。「二郎，阿寶、阿玉出事了！」

周二郎嚇得一踉蹌，周甘急紅了眼。「嫂子，阿玉怎麼了？」

「一時半刻說不清，咱們邊走邊說。」

淩嬌在路上把讓阿寶、阿玉去隔壁村買東西的事說了一遍，又把有人來家裡報信簡單一說，周甘紅著眼，一路跑去何家村，周二郎卻定在原地片刻，轉身回家，不知道順了什麼東西藏在身上，才飛快去了何家村。

淩嬌跟何躍文媳婦一起去了何家村，心裡七上八下的，就怕阿寶、周玉出了什麼事。

「大妹子，我跟妳說，我親眼看見何罵精打妳家兩個孩子。」

淩嬌停住腳步，看向何躍文媳婦。「如果去衙門，妳敢這麼說嗎？」

「我敢！」她跟何罵精有不共戴天之仇，能讓何罵精一家子剝層皮，她死都願意。

「好，妳對天發誓。」

「我何躍文媳婦廖氏對天發誓，今兒親眼瞧見何罵精打人家小孩，若是胡言亂語，我定天打雷劈，我兒在地下不得安寧，永世不得超生。」

淩嬌看著她，心知古人不會拿死去的親人作假，便相信了她。

「我會記得妳的恩情。」

周二郎比周甘先一步到何家村，遇到村口的人，忙打聽誰家鬮了別村的孩子。村民見周二郎一身怒氣，心裡也恨死了何罵精一家子，難得今日有個來發飆的，忙道：「我帶你去。」

周二郎一到何罵精家，見院門緊閉，一腳踹開了門，那門砰一聲倒了，惡狗竄了出來，撲向周二郎要咬，周二郎一腳踹向惡狗，把牠硬生生踹飛出去，落在地上。

屋子裡，正在吃飯的何罵精婆媳嚇了一跳，兩人忙出了屋子，見到周二郎，張嘴就要罵，卻見周二郎從懷裡摸出一把亮錚錚的柴刀，嚇得一哆嗦。「你、你、你……想幹麼？」

「我家阿寶、阿玉呢？」周二郎怒喝。

卻聽得屋子裡傳來阿寶、周玉嘶啞的聲音。「二叔、二郎哥，我們在屋子裡。」

周二郎聽了聲音，瞪著何罵精婆媳倆。「阿寶、阿玉若是安然無恙，咱們就算了，若是有個傷口，我定剁了妳們。」說完上前，見木門上了鎖，周二郎大聲道：「阿寶、阿玉，你們往後退。」

他拿了柴刀砍門，每砍一下，何罵精婆媳的心就抖一下。她們平日在村子裡橫行霸道，都是跟娘兒們、小媳婦交手，還從來沒有大老爺上家裡鬧事，加上周二郎又凶悍得很，被他嚇住了，別說跑了，就連出聲都不敢。

「砰！」周二郎砍開了門，兩個孩子立刻跑了出來，阿寶撲到周二郎懷中。「二叔……」哭得傷心。

周玉立在門口，頭髮亂了，衣裳破了，臉上都是巴掌印。周二郎看向阿寶，見阿寶也是頭髮亂糟糟，衣裳被扯破，臉上不知道被什麼劃了兩道口子，血淋淋的。

周二郎憤怒至極。他一直覺得，人要善良些才有好報，可此刻，他決定要做一個惡人，他怒瞪向何罵精婆媳。「妳們該死！」掄了柴刀朝那婆媳倆砍去。

眼見那白花花的刀子朝自己砍來，何婆子直接嚇暈了過去，周二郎也不管她，直接朝何罵精砍去，何罵精想朝外面跑，奈何周二郎比她快，攔住了去外面的路；何罵精朝屋子裡跑，周二郎便追，一刀一刀下去，砍壞了家裡好多東西，瓶瓶罐罐、桌子板凳的碎了一地。何罵精身子胖，跑得跌跌撞撞，碰到了腰、撞到了頭，踩到碎片，刺破了腳、劃破了手，嗷嗷直叫。從這屋到那屋，何罵精被周二郎追得四處逃竄，喊得震耳欲聾。

直到院子裡傳來一聲。「住手！」周二郎才停下手，看向那人。只見他白髮白鬚，雙手握著枴杖，身上穿著泛白的棉布衣，雙眸泛著怒氣。他的身後跟著很多人，男女老少，一個個看好戲，硬是沒有一個人上前阻止。

周二郎不認得面前的老者，但看那氣勢也知道他是何家村的族長。

何罵精立即上前。「族公，救命，他要砍死我啊！」

何家村族長怒氣頓生，握緊枴杖狠狠頓地。「住嘴，妳還有臉喊叫?!」

「族公……」何罵精怕死了，周二郎那刀子利得很，好幾次都要砍在她身上。

「這些年，我念在安明去得早，妳一個人帶著兩個孩子不易，處處維護妳，村民們也處處幫襯，妳不感恩就罷了，還得寸進尺，惡事做盡！」何家村族長說著，扭頭對身邊的人說道：「你們去鎮上把潤之、潤玉兩兄弟喊回來，問問他們，要如何處理此事。」

何罵精一聽，嚇住了。就因為她囂張跋扈，兩個兒子自從去了鎮上後，極少回家，就連娶了媳婦也很少回來，逢年過節才回來一次，也不留宿，心裡極其怨恨她。如果兩個兒子知道她做下這種事，肯定再也不會回來了……

「族公，我錯了，我再也不敢了，再也不敢了！」何罵精一邊說著，一邊磕頭。

「哼。」族公冷冷一哼，遲了。「去請。從現在起，妳給我閉嘴，敢吱一聲，我饒不了妳！」又看向周二郎身邊的兩個孩子，轉向自家兒子。「帶這兩孩子去我家裡梳洗梳洗，順便換上乾淨的衣裳。」

「不必了。」周二郎淡淡出聲。他知道砍死人是要償命的，為了這種潑婦，不值得；但是阿寶、周玉的委屈不能白受，所以他拿著柴刀也不是真要砍人，就是嚇唬嚇唬何罵精，他相信，面前的族長也看出來了。

「你是周家村來的？」族長問。

「對，我是周家村周二郎。」

族長點頭。周二郎，若是以前他肯定不曉得，但是最近周二郎名氣大了，教村民編竹籠子到河裡抓魚，整個周家村都賺了不少；他和村長還在商量，去周家村請他來村裡教教大家，有錢一起賺，哪曉得竟是以這種方式見面，丟臉啊！整個何家村的臉都被一個婦道人家給丟盡了。

「唉，對不住這兩孩子，你放心，我們定會給你一個交代。」

「我相信族長定會給個公道。」
「要不，坐下來說？」何家村族長說道。
「不了，站著就好。」
有村民端了板凳讓族長坐下，何罵精跪在地上，嚇得臉一陣青、一陣白。何婆子悠悠醒來，見著都是何家村的人，張嘴就要吼叫，族長大喝。「給我閉嘴！敢吼出一聲，我代表族裡休了妳！」
何婆子嚇得一抖，再不敢吱聲。
等待是煎熬的，人群外，周甘急得不行。「嫂子，我好緊張，我怕……」
淩嬌倒是比較淡定。「我想阿寶、阿玉肯定沒什麼大礙，不然你二哥早出來了，怎麼可能會等在裡面。」
她也沒想到周二郎會來這一招，拿柴刀把人嚇得屁滾尿流，以前還覺得周二郎是個老實的，如今看來，未必。
「可是嫂子……」
淩嬌拍拍周甘肩膀。「別怕，有什麼，我們一起擔著。」其實也要怪她，光想著鍛鍊兩個孩子，哪裡曉得會出這種事情。
周甘擔憂地點點頭。

第十三章

兩個時辰後，何潤之、何潤玉兄弟被請了回來。何家兩兄弟在鎮上開鋪子，日子過得挺好，雖然不回家，可該給的銀錢還是給何罵精，不然何罵精也不會有多餘的糧食養狗。

一到家裡，兄弟倆先給族長行禮，看到家裡一團亂，以及跪在地上的娘和祖母，臉色冷了冷，又看向一旁抽搐奄奄一息的狗，臉色更冷。

他們看向高大的周二郎，頓時明白，如果周二郎真要砍死人，又怎麼會沒得手？何潤之立即上前。「周兄弟，真是對不住，我娘糊塗，糊塗啊！」

要是來人指著周二郎大罵要講理，他還能橫一下，可一上來就道歉，周二郎頓時沒了氣勢，嘆息一聲，收了柴刀，牽了阿寶、周玉朝外面走。

何潤之連忙出聲。「周兄弟，等一下。」

周二郎聞言停住腳步，回頭看向何潤之。「怎麼，你還要評理嗎？」

「不不不，周兄弟，你誤會了，我自己的娘是什麼德性，我心裡清楚。周兄弟，我娘糊塗，我這個兒子在這兒跟你道歉。」何潤之說著，從懷裡摸出二兩銀子。「周兄弟，這是我的一點心意，你拿去給兩個孩子看看傷，再買身衣裳。」

「我不要。」他雖然窮，但窮得有骨氣。

牽著阿寶、周玉出了人群，看著不遠處的淩嬌、周甘，周二郎忽然紅了眼眶。

阿寶快速跑向淩嬌，被淩嬌抱在懷裡，嗷一聲哭了出來。周玉走到周甘身邊，低頭輕輕啜泣，也是嚇得不輕，周甘拍拍妹妹，並無責怪，滿心滿眼都是疼惜。

「好了，好了，嬸嬸知道，阿寶受委屈了。」淩嬌抱起阿寶，看向周二郎。「走吧！」

何家村有村民遞上來背簍，背簍裡放著碎了的豆腐、豬肉和所剩不多的糖，兩條破了皮的蘿蔔，瓜子是一粒都找不到了。

周二郎接過，揹在背上，又從淩嬌懷裡接過阿寶抱在懷中，一行人出了何家村。

夕陽已然落下，拉長了他們的背影，單薄卻又溫暖。

「造孽哦……」村民們嘆息，對何罵精越發不齒。

何潤之、何潤玉看著跪在地上的娘，何潤之上前扶何罵精起來，又把何婆子扶起來。村民們瞧著，微微搖頭，準備離開時，族長淡淡開口。「既然你們兄弟回來了，此事你們自己處理吧！以後，你們家的事，咱們族裡再也不管了。」

何潤之心中悲痛，他們一家子是被逐出何家村了。

何婆子尖叫。「不──」

何潤之怒喝。「夠了，奶奶，妳年紀大了，我和潤玉商量了下，打算送妳去庵裡靜修。」

「你……」何婆子急火攻心，一口氣上不來，暈厥了過去。

何潤玉立即上前，扶起何婆子。何潤之又對何罵精說道：「娘，妳也是，跟奶奶一起去吧！」兩個一起去，誰也沒有理由回來。

何罵精看著兩個兒子，都說養兒防老，可她養了兩個兒子，如今卻要送她去庵堂那種清苦的地方……

兄弟兩人出了家門，對何罵精的哭聲充耳不聞，何潤玉低喚。「哥，真不管啊？」

「能不管嗎？那是我們親娘，只是不給娘下狠藥，她不知道悔改。走吧，去小店買些東西，去周家村賠罪，我們娘不講理，我們是讀書人，豈能與之一樣？」

看著兩個兒子走得那麼決然，看向亂糟糟的家，何罵精哭得一塌糊塗，卻還是想著去扶何婆子，哽咽道：「娘，這個家以後就真的只剩下我們娘倆了……」

何婆子沒有說話，痛哭出聲。

周二郎、淩嬌一行人回到村子，立即有人上前詢問。「唉唷，二郎你應該來喊我一聲，我肯定跟你去討個公道。」

「就是就是，二郎你太厚道了。」

周二郎淡淡笑著，一瞬間把這些人的面目看得清清楚楚。如果真要去，得知村裡有孩子被何家村人打了，就應該掄了鋤頭、棒子去的，而不是等他們回來才在這裡表示。

「阿寶、阿玉受驚了，我們先回去了。」

一家子離去後，村民們還議論紛紛。

三嬸婆在門口翹首引領，看到回來的人，眼眶都紅了，連忙進屋子，拿了個盆子等在門口，等人走近了，哽咽道：「回來就好，快，從艾葉盆上跨過去，去去晦氣。」

說著點了艾葉，周二郎抱著阿寶跨過，淩嬌跟上，周玉、周甘走在其後。

進了家，三嬸婆心疼阿寶，摟在懷裡心疼得不行，阿寶也不哭了。「太婆，我沒事，真的沒事。」

「沒事就好，太婆燒了番薯粥，和了麵、剁了肉，還燒了熱水，你先去洗澡，叫你嬸嬸烙肉餅給你吃。」

這事，三嬸婆也不怪淩嬌，畢竟淩嬌是好意，哪裡曉得會出這種事情。

周甘跑回家給周玉拿來衣裳，讓周玉也洗洗，淩嬌忙著烙肉餅，一家子午飯便隨便吃了。周二郎、周甘去田裡把打好的稻米揹回來，淩嬌收了家裡曬的稻米，卻不想何潤之、何潤玉兄弟買了東西來到家裡。

「既然事情都過去了，你們走吧！」淩嬌淡淡說著，對於兩兄弟，她沒有什麼好感，也沒什麼惡意，就是單純的不想理會而已。

「大妹子，是我娘不對，我在這兒誠懇道歉，這是我們的一點心意。」東西是去村子小店買的，有肉、有糖，有蘿蔔、豆腐，還有阿寶的瓜子。

淩嬌看了兄弟倆一眼，不語，轉身關了院門。

何潤之兄弟深吸一口氣，在門口等著，直到周二郎、周甘揹著稻米回來，兄弟倆又熱情地迎了上去。「周兄弟。」

周二郎看著兩人，沈思片刻。「進去說吧！」

周二郎把人招呼了進來，淩嬌沒多話，給兩人一人一碗涼開水，兩兄弟還沒吃晚飯，口還真渴了，幾口喝下，略微難為情地看向淩嬌。「大妹子，再來一碗成不？」

淩嬌失笑。「家裡還有番薯粥，我隨便炒個豆腐，你們將就一下吧！」

「謝過大妹子。」

何潤之的眼光注意到屋簷下的魚乾，若是把這些魚乾拿到城裡去賣，肯定能大賺一筆，心裡盤算著該怎麼開口。

周甘、周玉識趣地送三嬸婆回家，阿寶乖乖去睡覺。

一小盆番薯稀飯、一碗豆腐，很快被兩兄弟解決了，肚子飽了之後，兩兄弟對周二郎、淩嬌的看法完全不一樣了。

「周兄弟，今兒個其實還要謝謝你。」

他們那個娘，那個奶奶，實在是……何潤之搖搖頭，不想說，一說都是氣。

「我其實做得也過了，不過當時實在太氣忿，也沒想後果，倒是兩位大哥大人大量，沒有怪罪我。」周二郎說著，起身朝何潤之、何潤玉抱拳。

「周兄弟，你這是折煞我們兄弟了。」

三人又客氣地說了許多，無非都是表達歉意，但何潤之兩兄弟就是不肯走，周二郎也不好攆人，就那麼有一句、沒一句地說，最後，兩兄弟有點心急了。「周兄弟，你這些魚乾曬了打算過年吃嗎？」

周二郎微微一笑，總算說到正題了。一開始，他本來沒打算讓兩兄弟進來，可想著家中魚乾也是要拿到鎮上去賣，自己沒有門路，拿去散賣肯定賣不了什麼好價錢，還耽誤工夫。

去大城鎮沒有靠山，很容易被人欺負矇騙，來來去去也要花不少錢，想著這兩兄弟在鎮上開鋪子做生意，不管他們做什麼生意，商人見利總是想謀，所以才請了兩兄弟進來。

「不，打算曬乾了拿去賣，家裡日子不大好過，打算賣了修兩間房屋。」

要賣？真是太好了！

何潤之喜形於色。「那周兄弟打算怎麼賣？」

「價錢嗎？」周二郎本想三十文一條賣，可想著既是花了這麼多心思捕捉醃製的，三十文太便宜了，索性獅子大開口。「分成三等，大的一百文，中等八十五文，小的六十五文一條。」

淩嬌在屋子裡聽著周二郎報價，微微勾唇笑了。

何潤之兄弟對視一眼。價格嘛，倒是還可以接受，當然若是再便宜些就更好了。「能便宜些嗎？」

周二郎搖頭。「不能，醃這魚的時候，我……」周二郎嚥了嚥口水，朝屋子裡看了一眼，才繼續說道：「我媳婦是放了特別配料，所以這魚不管是蒸還是煮，都不會有腥味。」

「魚還能沒了腥？」

「對，我媳婦心思巧。」

何潤之起身，走到一條魚前，捏住魚尾巴靠近使勁聞，整條魚透著一股藥草香，沒有絲毫腥味。

他也可以自己買魚來醃製，可這魚要弄得沒腥味，他自認做不到，只是這價錢……

何潤之在心裡快速盤算。「那能欠帳嗎？」

周二郎搖頭。「不賒欠。」他在心中暗暗發誓，不管是現在還是將來，買東西也好，賣東西也罷，絕不賒欠，不管是親人、朋友，一手交錢，一手交貨。

今日村民們種種表現，凌嬌那一臉擔憂、害怕，他頓時明白，只有自己強大，強大到讓人忌憚，才能保護好他在意的人。心裡有了決定，態度也強硬了起來，渾身氣勢也不一樣了。

何潤之深吸一口氣。「周兄弟，今日前來，帶的銀子不夠多，這樣吧，我現在的銀錢，你換成魚給我吧，剩下的，我明兒一早備了銀子過來拿。」說著從懷裡摸出錢袋，又讓何潤玉也拿出來，倒在桌子上，一清點，足足有十五兩。

周二郎看著桌子上的銀子，眼睛眯起，抿了抿唇。

看著屋簷下密密麻麻上下幾層掛著的魚，他算了算，家裡這些日子一共抓到五百多條大魚，小的也有三百多條，如果那些魚都賣出去，那麼多銀子……

他是興奮的，可在興奮之後，心又冷靜下來。不夠，遠遠不夠，他想讓阿嬌過那種少奶奶的生活，身邊有丫鬟、婆子伺候，出門有馬車、轎子抬著，這些銀子遠遠不夠多。

他親自上前點魚、算銀子，又怕算錯，忙喊道：「阿嬌，妳出來算一下。」

凌嬌在屋子裡應了一聲，走出屋子，朝何潤之、何潤玉笑笑。「兩位何掌櫃，在點魚之前，我有個要求要跟你們說一下，我相信你們一定會答應的。」

何潤之看著凌嬌，夜色中看不清她長什麼模樣，只感覺很嬌小瘦弱。「大妹子請說。」

淩嬌微微點頭。「我希望你們弄個漂亮的盒子或者竹籠子來裝這些魚乾，並為它們取個名字。」

「啊，給魚還取名字啊？」何潤之失笑，他還是第一次聽說呢！

「對，給魚取個名字，就叫周二郎魚乾。當然了，只有從我們家拿出去的魚乾才能叫這個名字，其他的都不可以。我相信何掌櫃也不會拿其他帶腥氣的魚乾冒充，否則就倒名氣了。」

何潤之是個聰明人，淩嬌一番話，多少尋思出了商機。她話裡話外的意思很明顯，只有周二郎魚乾不帶腥氣，但凡帶了腥氣的，肯定不是周二郎魚乾，都是假冒的，只要有人想買魚乾，一定會指名要買二郎魚乾。

可為什麼叫周二郎？多土氣。「這名字能不能改？」

「不行，只能叫這個，如果何掌櫃要改別的名字，這筆生意，我們怕是做不成了。」

淩嬌有自信，因為只有自家的魚乾沒有腥氣，這已經搶了先機。

何潤之微微猶豫。「那大妹子能不能保證，以後你們家的魚乾都只賣給我？」

「只要何掌櫃不賒欠，可以；若是何掌櫃不信，咱們可以白紙黑字寫好，按上手印。」

何潤之願意白紙黑字寫下來，畢竟這不帶腥氣的魚可真找不到第二家。

「成，還請大妹子算一下要給我們多少條魚，至於契約，我們明兒帶來，連同剩下的銀子一起。」

「好。」

送走何潤之兩兄弟，淩嬌笑得瞇了眼，和周二郎關了院門，剛想跟周二郎說句話，就被周二郎用力抱在懷裡，緊得她喘不過氣。

周二郎一抱，淩嬌便感覺到他整個人僵硬，還微微發抖，有個硬邦邦的東西頂著她腹部。淩嬌不是傻瓜，周二郎的異樣，她懂，也怕周二郎一個壓抑不了，就地辦了她，只得小聲道：「你先鬆開我吧，你勒得我好疼。」

周二郎很聽話，鬆了手，跌跌撞撞退了幾步，眼神複雜地看著淩嬌，驀然開門跑了出去。「周二郎……」她驚呼。

周二郎一頓，隨即又加快了腳步，那方向是往河邊。

淩嬌瞧著，頓時笑出聲。

如果周二郎真要對她怎麼樣，她想，她應該是願意的，應該吧……

阿寶站在門口，脆生生喚。「嬸嬸。」

淩嬌看向阿寶，上前抱起小傢伙。「阿寶，我們有錢了，我們有錢了！」

阿寶也笑了，伸手抱住淩嬌，心裡想著，嬸嬸喜歡錢，他以後要賺很多很多錢，讓嬸嬸開心。

兩個人倒在床上，淩嬌問阿寶。「阿寶，你想買什麼東西？等稻米收了，去鎮上給你買。」

阿寶搖搖頭，抱緊淩嬌。「我只要嬸嬸。」有了嬸嬸，就什麼都有了，家有了，吃的、穿的，都有了。

凌嬌心一暖，抱緊阿寶。「阿寶，嬸嬸會在，一直在。」

把十五兩銀子數了幾遍，她當著阿寶的面把枕頭拆開，看著裡面的稻草稈子，凌嬌深吸一口氣，把銀子塞進去，再把枕頭包好。

摸摸阿寶的臉。「阿寶，不管誰問起，都不能說嬸嬸把銀子藏在什麼地方了，知道不？」

阿寶點頭。「嗯，阿寶聽話。」

「睡吧！」

凌嬌拍著阿寶的背，摸摸阿寶的臉，準備給阿寶講故事，卻見阿寶緊緊揪住了她的衣裳。「阿寶，睡不著嗎？」

阿寶點頭，心裡其實有些怕。「嬸嬸，今天阿寶是不是闖禍了？」

凌嬌搖頭。「不是的，阿寶這麼乖巧，怎麼會闖禍？是那個人腦子有病。」

「可二叔都拿柴刀要砍人了。」

「你二叔是一時糊塗，所以阿寶千萬別學。等開年了，送阿寶去學堂好不好？」

阿寶睜著大眼睛。「嬸嬸，阿寶也可以去學堂跟先生讀書嗎？」

「當然可以，阿寶這麼聰明懂事，將來肯定能把書讀得很好，學問肯定也好。」

「嬸嬸，阿寶一定好好讀書，將來、將來……」阿寶一頓，努力想著將來應該要做什麼。秀才？不對不對。「將來做大官。」

凌嬌笑了。「好志氣。」

第十四章

周二郎跑到河邊，脫了衣裳、褲子，撲通跳到了河裡。

秋夜，河水冰冷，他硬生生打個冷顫，身體的潮熱在冷水的浸泡下漸漸冷卻下來。

只是那觸感，那軟綿，就想烙印在手心、懷中，怎麼也抹不去。周二郎想，當時他哪裡來的勇氣和狗膽，一把將凌嬌擁入懷中？

他不知道村裡那些老爺們說回家抱媳婦是啥滋味，這下子知道，果然，滋味很好……

想到這裡，周二郎給了自己一巴掌。「教你瞎想！」

水裡實在太冷了，他從河裡起身，穿起衣裳回家。見院門輕掩，周二郎又沒勇氣推開門，索性蹲在門口，仔細聽著裡面的動靜。

什麼動靜都沒有。

可他還是不敢進去，蹲在門口，怎麼也抹不去那旖旎想法。

凌嬌睡了一覺，還不見周二郎回來，起身端了油燈出去，輕聲喊道：「周二郎？」

周二郎蹲在院門口，蹭一下站起身，推開院門。「阿嬌，我在。」

他蹲得發麻，麻得一點力氣都沒有，又軟了下去。

「你在外面待多久了？」

「沒多久吧……」周二郎答得很沒底氣，搔搔頭，不敢去看凌嬌。

凌嬌呼出一口氣。「快洗洗睡吧，明兒事情還多著呢！」

「阿寶睡了？」

「早睡了，你別磨蹭了，早點睡。」

「嗯。」

凌嬌進了屋，倒在床上不吱聲。周二郎關了院門，輕手輕腳進了屋子，倒在木板車上，一點聲響都不敢弄出來，睡在板車上，連翻身都不敢。

「周二郎。」

他立即坐起身。「怎麼了？」

「沒事，你安安心心睡吧！」

「哦。」周二郎應了聲，倒下，但滿腦子都是抱著凌嬌的旖旎，他呼出一口氣，強迫自己不要去想，趕緊睡。

忽然，一股香飄進屋子，他立刻聞到了。「阿嬌，妳聞到了嗎？」

「嗯。」

「我去看看。」周二郎說著，想要起身，卻怎麼也使不出力氣。

周二郎暗叫不妙。「阿嬌，我起不來。」

凌嬌也渾身軟綿無力。看過太多電視劇和小說，她知道，他們被人下藥了，屋子外傳來腳步聲，應該來了好幾個人，在收他們家曬的魚乾。

周二郎想叫，腦子卻越來越迷糊，然後再也撐不住，昏睡了過去；凌嬌亦然，整個人使不出一點力氣，連說話的力氣都沒有，感覺那些人拿了魚乾，又進了屋子開始翻找，肆無忌憚地用力拉她的枕頭，甩到地上。

其中一個人罵道：「真他媽窮，說好的銀子呢，藏哪裡了？」

「找不到嗎？」

「一文錢都沒找到。」

「找不到就算了，天快亮了，快走吧！」

天剛亮的時候，周甘、周玉就過來了，見院門開著，周甘還笑道：「二郎哥跟嫂子起得可真早。」卻在進院子的時候，發現魚乾全部沒了。

「魚乾呢？」周玉驚訝問。

周甘頓感不妙，前幾天這時候來，淩嬌肯定起了，可今兒來，屋子冷冷清清，一點聲音都沒有。「不好。」他跑到門口，大聲喊。「二郎哥、嫂子，你們在嗎？」

沒有聲音。

周甘蹙眉。「二郎哥、嫂子，你們在不？」沒有回應，他又道：「我進來了。」說完進了屋子，藉著光亮，周甘看見了地上的枕頭，亂七八糟的衣服，躺在床上的淩嬌、阿寶，板車上的周二郎，全都一動不動，忙上前拍打周二郎的臉。「二郎哥？」

周玉也進了屋子，跑到床邊喊淩嬌。「嫂子？」又去推阿寶。「阿寶？」

「阿玉，妳快去弄點水進來，快。」周甘催促道。

周玉跑了出去，拿了水進來遞給周甘，周甘接過，用手掬了水澆在周二郎臉上，又起身澆在淩嬌、阿寶臉上，只是三人還是沒反應。周甘呼出一口氣。「阿玉，掐人中。」

「哥，使勁掐嗎？」

「對，使勁掐。」

周二郎是被痛醒的，喊了一聲，坐起身，一時間腦子有些迷糊，卻見周玉在掐淩嬌。「阿玉，妳幹麼？」腦子裡頓時想起昨晚的事，連忙跳下板車，兩大步跑到床邊，扶起淩嬌。「阿嬌怎麼了？」

周玉愣愣看著周二郎。「二郎哥？」

「掐人中就能醒來，對吧？」周二郎問。

周玉點頭，周二郎深吸一口氣。「妳去掐阿寶，我掐阿嬌。」

「哦。」周玉去掐阿寶。周二郎看著淩嬌，卻怎麼也下不了手，眼見阿寶都已經醒過來了，而周玉正小聲哄著阿寶。他把淩嬌放平在床上。「阿玉，妳來掐。」

「哦。」

周玉用力掐住淩嬌的人中，淩嬌痛得叫出聲，這才醒來。

「周二郎，家裡遭賊了。」淩嬌跳下床，抓起枕頭拆開，在稻草稈裡找到銀子，她鬆了口氣。

周二郎瞧著，走出屋子，看著屋簷下空空的，心裡特別難受。

銀子雖然還在，可魚乾沒了……

淩嬌卻想得開，至少銀子還在，魚乾沒了，再抓就是，反正河裡有魚。

她哄了阿寶走出屋子，見周二郎蹲在屋簷下，她對周玉說：「阿玉，妳去洗鍋燒火，我跟妳二郎哥去走走。」說完上前拉起周二郎。「走吧，咱們去後院看看菜長得如何了。」

「阿嬌……」

「走吧！」淩嬌說著，拽著他走到後院。看著以前都是雜草的地，如今綠油油的，種下去的大白菜也活了，周二郎怔怔的。

「魚乾被偷了，特別沮喪，特別想罵那小偷祖宗八代吧？」

周二郎不語。

淩嬌又說道：「如果罵他祖宗八代，那些魚乾能回來，我早飯都不吃，坐在門口能罵上三天三夜，你信不信？」

周二郎被淩嬌說得笑了，心情好了許多。

「周二郎，別沮喪，至少銀子還在。」如果連銀子都被偷得不剩，那才真的要罵娘了。

憋了許久，周二郎悻悻開口。「我一會兒去衙門報官。」

「去報官，魚乾能找得回來嗎？」淩嬌問。

周二郎啞口無言，他不曉得。

淩嬌抿抿唇。「你一會兒去問問，村裡可還有人家被偷？再去村長家走一趟，就說我們家昨晚被偷了，然後告訴他，你打算去鎮上報官，請求鎮丞派捕快來家裡；如果他勸你不要報官，你就把魚乾的價錢跟他說說，還把買家都找到了的事也透露給他。」

「阿嬌……」他不解，莫非淩嬌懷疑小偷和村長有關係？

「如果村裡還有人家被偷，那就是真小偷，如果村裡沒人家被偷，獨獨我們一家……那可就值得深思了。

不過，她不怕，只要這魚乾小偷敢拿出來賣，遲早能抓住，畢竟不帶腥味的魚乾，沒幾人能醃得出來。

周二郎略微沈思。「我現在就去。」說完便風風火火地去了，淩嬌深吸口氣，回廚房打水洗臉漱口做早飯。家裡被偷了，很多人沒心思弄吃的，淩嬌相反，手腳俐落地煮了飯、蒸了蛋羹，還燒了豆腐湯、炒了蘿蔔絲。

三嬸婆來到家裡，阿寶見著她就哭說魚乾丟了，三嬸婆臉色一變，罵罵咧咧起來。淩嬌無奈地搖搖頭，等周二郎回來吃飯。

周二郎一大早四處打聽，得知沒人被偷，於是去了周旺財家，站在門口，深吸了兩口氣，喊道：「村長叔在家嗎？」

不一會兒，周旺財走了出來，冷著臉看向周二郎。「大清早的，啥事？」

「我家昨晚被偷了。」

「啥？」

「我家昨晚被偷了，魚乾全部被偷走了。」周二郎重複。

周旺財臉色微變。「你打算怎麼辦？」

「去鎮上報官。」

「才幾條魚乾，重新抓了曬就好，去報什麼官啊！」周旺財想都沒想就勸道。

周二郎看著周旺財，想著淩嬌說的話。「村長叔，不瞞你說，昨晚有人來問我買魚乾了。」

「有人問你買？多少錢一條？」

「一百文一條。」

「天……」周旺財驚訝不已。周二郎家除了前三天，後面抓的魚都曬了魚乾，那可是好多錢呢！

「誰跟你買？這麼貴？」

「何家村的何掌櫃。」

周旺財略微沈思。「你去鎮上報官也沒用啊，衙門的人可不大會管這種小事……」

「小事？村長叔，這話可不對，幾百條魚算起來多少錢，差不多百兩銀子了，怎麼能算小事？實在不行，我就跟衙門裡的人說，只要把小偷抓住，這魚乾拿去賣，賣了多少錢，我分文不要。」周二郎呼出一口氣。「算了，村長叔，我先回家了，吃了早飯，我就去鎮上衙門報案，這小偷太可惡，我詛咒他全家不得好死，喝水被嗆死，走路被摔死，出門被馬車撞死，斷子絕孫！」

周二郎一邊走、一邊罵，周旺財立在原地，氣紅了臉，對著周二郎暗呸一口。「什麼玩意兒！」

周二郎回到家裡，快速吃了飯，準備去鎮上。淩嬌忙道：「我跟你一起去。」

她一句「我跟你一起去」，讓他煩躁的心靜了下來，點點頭。

阿寶只能交給三嬸婆。「去吧，我把家給你們守好，事情辦好早點回來。」

淩嬌、周二郎去鎮上報官，周甘一合計，帶著周玉去田裡收稻米，昨天把稻米揹了回家，打稻米的東西都還留在田裡。

路上，周玉猶豫好久才開口。「哥，真是意外嗎？」

周甘冷哼。「哪來那麼多意外？」

周家村說大不大，說小也不小，也有一百多戶，家裡曬魚乾的少說也有七、八十戶，就獨獨偷了二郎哥的？

周玉紅了眼眶。她都跟嫂子說好，等賣了魚乾，就給她買條紅頭繩，過年的時候拿來綁頭髮，有點喜氣。至於衣裳什麼的，周玉不敢想，雖然那些魚是大哥在河裡抓來的，可竹籠子是二郎哥家的，而且他們兄妹在二郎哥家白吃，更欠著二郎哥家不少錢，所以那些魚都是二郎哥家的，她是一文錢都不敢想的。

周甘心裡也冒火，無處可發，只能用力割稻米，跟稻稈有仇似的，弄得周玉也很怕。

三嬸婆給兄妹倆送來了荷包蛋，湯甜蛋香，周玉端著碗，忍不住要哭，三嬸婆忙道：「別擔心，你們嫂子不是個小氣的，別說幾個雞蛋了，只要你們能吃，吃光了她也不會多說一句的。」

「可是三嬸婆，魚乾被偷了……」

三嬸婆憐惜周玉，摸摸周玉的臉。「能找回來的。」

第十五章

凌嬌、周二郎快步走著。周二郎一開始走得快，見凌嬌追得氣喘吁吁，便放慢了腳步，還在路上弄了芭蕉葉給她搧風，可凌嬌還是汗流浹背的，他就懊悔了，不應該讓凌嬌跟著來。

一輛馬車駛過來，周二郎和凌嬌立在路邊等馬車經過。何潤之坐在馬車前，看著他們，錯愕不已，讓馬車停下，問道：「二郎兄弟、大妹子，你們這是來接我的嗎？」

周二郎搖頭，朝何潤之抱拳。「何掌櫃，真是對不住了。」

何潤之心一跳，莫非一夜工夫，這生意要沒了？

「出什麼事了？」

「昨夜家中遭賊，剩下的魚乾都被偷了。」周二郎憤怒說著，手握拳頭，青筋直跳。

何潤之見他神色，相信真的遭賊了，關心問道：「那你們這是？」

「準備去鎮上報官。」

報官？何潤之微微擔憂。「衙門可有認識的人？」如果沒有，這官報不報都是一樣，東西壓根兒找不回來，就算找到了，也未必拿得回來。

周二郎搖頭。

「二郎兄弟，聽我一句勸，這官別報了，魚乾拿不回來了。」

果然跟淩嬌說的一樣，周二郎的心一疼。

淩嬌卻淡淡開口說道：「何掌櫃，我們去報官，就沒打算把魚乾拿回來，只是不想放過那賊人罷了。」

何潤之聞言，仔細去看淩嬌，只見她神色淡然，沒有丟了東西的憤慨，也沒有跟別的婦人一般尋死覓活。

「那大妹子的意思是？」

「何掌櫃，如果這魚乾找回來了，你還會不會買？」

何潤之皺眉。魚乾昨晚拿回去，他就讓家中婆子煮了，確實沒有腥氣，還有股說不出的香味，他敢打賭，別說泉水鎮，乃至整個大曆國，也沒人能醃出這味道的魚乾。

「買。」

「那一會兒能不能麻煩何掌櫃跟我們一起去衙門，跟鎮丞保證一下，只要這魚乾找了回來，你全部購買；當然，也有可能這魚乾永遠也找不回來，不過，除非那賊人把這些魚乾都吃了，不然遲早也要拿出來賣，到時就能把他揪出來。」

何潤之沈思片刻。「妳能認出自己醃製的魚乾嗎？」

「能。」淩嬌說得斬釘截鐵，自己醃製的都放了些什麼東西，心中有數。

「成，走吧，我載你們過去。」

周二郎扶淩嬌上了馬車，一行人去了衙門。

果然如淩嬌所想，衙門的人第一句便問可有識得之人，周二郎一說沒有，那人臉色就不好看了。「幾條魚乾，多大事，報什麼官？趕緊回去。」

何潤之好說歹說，才讓他敲了大鼓，見到鎮丞、師爺。好在何潤之跟師爺有些相熟，他把周二郎的意思一說，鎮丞老爺瞇了眼睛。「嗯，師爺，把這案子記下吧，讓趙捕頭明兒去周家村瞧瞧。」

「是，大人。」

從衙門出來，周二郎朝何潤之道謝，何潤之拍拍周二郎肩膀。「周兄弟，世道就是這樣，想開些。好在林大人願意派人去查，若能揪出這賊人，也算是為百姓做了件好事。」

周二郎點頭。偷都被偷了，想不開也沒辦法，衙門，他也是看明白了。

「看開些，就當是破財消災，人沒事就好了。這樣子，你們轉轉，我先回鋪子了。」

「慢走。」

送別何掌櫃，淩嬌站在周二郎身邊，呼出一口氣。「走，去給你買木工工具。」

周二郎錯愕地看著淩嬌。「別買了吧！」

「必須要買，二郎，家裡的東西實在太少了，買了工具，你自己動手打些東西出來，自己家用也好，拿來賣也可以的。」

周二郎眼中的灰敗之氣漸漸散去。「阿嬌，再買上幾疋布以及一些棉花做冬衣吧！」

「好。」

到了工具店，看著那些東西，淩嬌是一樣都不認識，周二郎彷彿見到寶貝，一樣一樣拿起來，說給淩嬌聽。「這是鋸子，這是尺子，這是墨斗，這是兩人抬大鋸、二鋸、開鋸、手鋸……這是刨子，可以將木頭刨得平整光滑，這是平刨，這是二刨，這是淨刨……這是麻花鑽，拿來鑽孔用的……這是活角尺，這是磨刀石……」

他一一介紹，滿面自信，渾身都透著一股迷人的樸實認真，絲毫沒了魚乾被偷的憤怒懊惱，此刻的他沈迷在木工的世界裡，想把自己知道的，都與淩嬌分享。

淩嬌含笑。「那都買了吧，我帶錢了。」

周二郎一頓，掌櫃立即熱情地上前。「小娘子，要是這些都買，本店贈送一個工具背筦，木頭打的，專門拿來放工具，就是這大鋸子不大好拿。」

最後一算，總共足足三兩五錢銀子，淩嬌還價三兩銀子，掌櫃一算還有得賺，爽快地賣了。

周二郎愣愣的，就算淩嬌把工具背筦放到他懷中，拽住他出了鋪子，依舊回不了神。

淩嬌錯愕看著紅了眼的周二郎。「周二郎，你不會是要哭吧？」

周二郎聞言，忙扭開頭。

或許對淩嬌來說，這只是一套工具，可對他來說，這不只是一套工具。當年爹娘病重，他賣了使用多年的工具，心想這輩子再也買不回來了；可今日，淩嬌給他買了一套，完完整整。

這不是一套工具，還是一個家的回憶。

淩嬌失笑，拉著周二郎。「走吧，咱們去布莊買布，再去棉花店看看有沒有棉花，如果有棉被，下次拖了板車來買。」

「全聽妳的。」

周二郎聲音澀澀的，帶著一股淩嬌聽得出來的寵溺，似乎從她來到這個家開始，他就沒反駁過她的決定。

兩人到了布莊，淩嬌一眼就看上藍色棉布。「掌櫃，這個怎麼賣？」

「這疋一百文，像小娘子要做，可以做三件衣裳。」

「掌櫃，能便宜點嗎？我打算再買幾疋。」

「成，小娘子先看看還需要哪些，等確定了，我一定算便宜。」

淩嬌又看了幾疋，都是棉布。她想得很清楚，一人起碼兩套，可以換洗著穿，所以一共買了七疋布，一番討價還價之後以六百五十文買下，又問掌櫃買了些可以做十來雙鞋底子的布頭，花了五十文。

淩嬌巧嘴一說，老闆又送了三枚繡花針和三團線。

自始至終，周二郎都立在一邊笑咪咪看著，由著淩嬌買，最後接過掌櫃包好的包袱。

「小娘子這相公找得可真好，小娘子這麼買，別說生氣了，還笑得跟朵花似的。」

淩嬌笑笑，帶著周二郎出了布莊，去了棉花店。棉花要十五文一斤，棉被一床八斤的要一百八十文，一百二十文是棉花錢，六十文是加工錢。

周二郎一聽，說道：「阿嬌，光買棉花就好，買回去請人彈，一天只要幾十文錢，能彈兩床棉被，要是有工具，我也能彈。」

「咱們村裡有嗎？」

「沒有，但是隔壁村有個棉花匠。」

「好，那咱們下次拉了板車來買棉花。」

兩人在棉花店掌櫃不冷不熱的眼光下出了鋪子，看著街邊賣紅頭繩的，凌嬌花五文錢給周玉買了兩條，又買了一把新剪刀和紅黃紫各色棉線；之後又跟周二郎去菜市場，聽說泉水鎮五天後有廟會，許多外地商人會來泉水鎮賣東西，凌嬌頓時兩眼發亮。

「周二郎，我們五天後來逛廟會吧，帶上阿寶、三嬸婆和周甘、周玉。」

此刻，凌嬌早已把三嬸婆、周甘、周玉當成自己的家人了，自然想把他們帶出來熱鬧熱鬧。

周二郎看著凌嬌，見她頭髮有些亂，被風吹迷了眼，情不自禁伸手把頭髮給她順到耳後。指尖畫過凌嬌的臉，周二郎只覺得指尖火辣辣的，一陣悸動，臉上沒來由紅了個透。也不知道自己怎麼了，就是想對她好，手就伸過去了，弄好之後才感覺不合規矩。

「嗯。」

凌嬌也尷尬，連忙扭開頭，低聲道：「走吧！」

兩人在菜市場買了菜，凌嬌想著接下來幾天都不來鎮上，又買了六斤豬肉，見到有人賣黃豆，凌嬌想著買些回家做豆腐，還能拿來發豆芽，忙上前問：「這黃豆怎麼賣？」

「五文錢一斤。」

「這一共有幾斤啊？」

「二、三十斤吧！」

「全部買了，能便宜點嗎？」

「這都是自己家種的，也是家裡缺錢才拿來賣。大妹子，我賣得算便宜了，不信妳去鋪子裡問問，誰家不要六、七文一斤？」

米鋪裡賣多少錢一斤，淩嬌還真沒注意看，主要是米鋪裡壓根兒沒看到有賣。她看向周二郎。「你還扛得動不？」

「扛得動。」他力氣好得很，就是兩、三百斤也沒問題。

淩嬌跟賣黃豆的商量了一番，最後一秤，三十二斤一共一百六十文錢，淩嬌還了一百五十文，買了黃豆。

周二郎背上揹著工具，一手拎著黃豆，一手拎著豬肉和菜，滿頭大汗，偏他還笑得跟撿到黃金似的。

「算了，我們買些滷水，去吃碗麵就回家吧！」

「成。」

兩人朝麵店走去，周二郎開口。「阿嬌，一會兒我來碗清湯麵，妳來碗雞蛋肉絲麵，好吧？」

淩嬌想自己一碗麵根本吃不了，還能分給周二郎一半。「行。」

到了店裡，兩人點了一碗清湯麵、一碗雞蛋肉絲麵，淩嬌要了一個空碗，挾了一些麵、舀了湯後，把大碗推到周二郎面前。周二郎知道淩嬌能吃多少，也不推卻，就是把雞蛋、肉絲都挾給她。

「別挾給我，我不喜歡吃雞蛋。」是真的不喜歡。

周二郎手一頓，淡淡應了一聲，埋頭吃著，心裡有點難受。

淩嬌吃了幾口，才淡聲解釋。「我真不喜歡吃雞蛋，你看在家裡我吃得也不多。」

聽淩嬌解釋，周二郎心裡好受了許多。

吃了麵，付了錢，兩人收拾東西回家。走在回家的路上，除了熱，淩嬌也不再氣喘吁吁的，還跟周二郎有一搭、沒一搭地說話，基本上都是她問，周二郎答。淩嬌說著對未來的憧憬，周二郎笑咪咪地點頭答應，他只有一個想法，對她好，以後賺了錢都交給她，淩嬌愛怎麼用就怎麼用，他都不管。

第十六章

到家的時候，阿寶坐在門口等，遠遠瞧見淩嬌和周二郎。「二叔！嬸嬸！」歡快地跑了過來。

淩嬌摸摸阿寶的臉，牽著阿寶回家。

將東西一樣一樣拿出來，阿寶眼睛都直了，三嬸婆也笑了，很多年沒穿過新衣服了，尤其是淩嬌把為她買的布料放到她手裡時，她紅了眼眶。「這顏色太鮮了。」

「三嬸婆穿正好。」

三嬸婆笑眯了眼。「真好看啊？」

「好看。」

三嬸婆的手輕輕放在布上，覺得布好軟好暖，心裡真是感慨萬千。

「對了三嬸婆，阿玉跟阿甘呢？」淩嬌問。

「去田裡收稻米了。」

淩嬌微微嘆息。「這兩個孩子……」她讓周二郎去田裡喊周玉回來。上次發現周玉不只會縫衣服，繡功還好得很，做衣裳的事也只能交給三嬸婆跟阿玉了；要說弄吃的或者別的事，她有一套，可要拿繡花針，她只能呵呵笑了。

周二郎換了衣裳去田裡，讓周玉回家。周玉回家後，淩嬌讓她先洗臉、洗手，把買給她的布料放在她手裡。「給妳的。」

「給我的？」周玉看著手中嶄新柔軟的布料，驚得回不了神。新衣裳，是她的一個夢，一個不敢觸及的夢。

「對，就是給妳的，不只妳有，妳哥哥也有，我們大家都有。」

「嫂子……」周玉低喚一聲，紅了眼眶。

「阿玉，我布料是買了，但我不會做衣裳，所以咱們的衣裳都只能靠妳了。」

「嫂子，交給我，我會的。」

她真的會！從五歲開始，娘就教她讀書認字、教她做衣裳和刺繡。

周玉說著，微微猶豫。「就是裁剪，我不大會……」

「裁剪？我會啊！」三嬸婆開心說道：「我裁剪，阿玉縫，阿嬌做飯，阿甘、二郎收稻米。」

見大家都有事做，阿寶連忙問：「三太婆，那我呢？我做什麼？」

「你啊，開開心心玩就好了。」三嬸婆說著，點了點阿寶的鼻子，滿滿的慈愛寵溺。

淩嬌也笑了。都說家有一老，如有一寶，三嬸婆在這個家，的確是個寶，別看她年紀大了，可一點都不糊塗，心地又好，還能幫著看家、做點瑣事，永遠都笑咪咪的。

她說著去廟會的事，周玉的小臉上全是興奮，阿寶也想去，三嬸婆微微瞇了眼。「去鎮上啊？」

「對啊，五天後就是廟會了，三嬸婆到時候也一起去。」

「我一個老婆子就不去了。」

「去吧三嬸婆，讓二郎用板車拉妳去。」凌嬌說著。三嬸婆年紀大了，也不知道什麼時候走，有機會還是多出去看看。

三嬸婆是想去，她都有二十多年沒去過鎮上了，做姑娘的時候去過兩次，嫁人了去過兩次，加起來不超過六次。

眼看半截埋黃土，她也想去看看。「成，一起去。」

三嬸婆、周玉忙著量身、裁布，凌嬌忙著剁豬肉、和麵，準備晚上包餃子吃。

想著周二郎、周甘在田裡幹活辛苦，凌嬌泡了豆子，一會兒用磨盤磨了煮豆漿。

周家是真的窮，值錢的東西都賣光了，留下的都是些家家戶戶都有、不值錢的東西。如今凌嬌看著家裡依舊空蕩蕩的，暗想等稻米收好了，第一件事就讓周二郎去山裡弄些木材回來，做一批桌子、板凳。

磨好豆漿，凌嬌放了蔗糖，讓三嬸婆、阿寶和周玉喝，自己也喝了一大碗，豆漿香濃，沒有摻水，簡直是人間美味。凌嬌把豆漿裝在陶罐裡，帶了碗去了田間。

路上，李本來媳婦何秀蘭見著凌嬌，雖不認識，可周家村就這麼大，忽然出現一個陌生的女子，一猜就是周二郎媳婦，忙道：「二郎媳婦。」

凌嬌不認識何秀蘭，但還是禮貌地笑笑。「妳好。」

何秀蘭看向她手裡的籃子，裡面放著一個蓋著的陶罐、兩個缺口的碗。「給二郎兄弟送吃的啊？」

「嗯。」

何秀蘭見淩嬌不大熱情，只得尷尬笑笑。「那妳去吧，不耽誤妳。」

「再見。」淩嬌說完就走了。

何秀蘭微微蹙眉，隨即回了家，也煮了幾個荷包蛋給李本來三兄弟送去。

田裡，周二郎抬頭就看見慢慢走來的淩嬌，挪不開眼，周甘噗哧笑了出聲。「二郎哥，嫂子好看吧？」

周二郎紅了臉。「一邊去，小孩子懂什麼。」

「二郎哥，我不小了，再過兩年就可以娶媳婦了。」

「毛都沒長齊，還想娶媳婦？」周二郎打趣他，弄得周甘紅透了臉。

「好了，別愣著了，你嫂子給咱們送點心來了。」

「二郎哥，嫂子可真好。」

是真的好。不管他多麼憤怒、無助，她總是三言兩語就能安撫他，不管他多麼絕望，她只須一個眼神、一個動作，便讓他有了無限力量，因為她，他對未來才有了憧憬。

「快來喝豆漿了。」淩嬌招呼兩人。

一人一碗，滾燙燙、香噴噴的，裡面放足了蔗糖，聞著都覺得甜到了心坎。

「嫂子，這是什麼啊？好香。」周甘捧著碗，深吸一口氣。

「豆漿，用黃豆磨的，快喝，這個營養好。」

「謝謝嫂子。」周甘道謝後，端著碗坐到蔭涼處喝著，時不時偷看淩嬌，心想，以後娶媳婦，也要娶個像嫂子這般溫柔善良的。
凌嬌端了碗遞給周二郎。「還有多少時間能收完啊？」
「我們家的，最多再兩天就好，三嬸婆家的，我和周甘一天就能收了。」周二郎接了碗，送到嘴邊，微微停頓。「妳喝了沒？」
「喝了，家裡還有半鍋，你多喝點，補充水分。」
周二郎笑，喝著滿口都香。「好喝。」
「好喝就多喝一些，我帶了很多來，不夠的話再送一些過來。」
「夠了。」周二郎說著，扭頭對周甘說道：「阿甘，再喝一碗。」
「好。」
等他們喝完，凌嬌收拾好回家，周二郎揹了穀子跟凌嬌一起，凌嬌時不時跟周二郎說兩句。「二郎。」
「嗯。」
「等稻米收好，你去山上弄些木頭回來，做些桌子、板凳、架子什麼的吧！」
「行。」
回到家，凌嬌又舀了豆漿讓周二郎帶到田裡，渴了就喝，他點點頭，拎著走了。
凌嬌忙著剁肉、擀皮、包餃子，三嬸婆忙著把碎布整理出來，放平，拌了漿糊一層一層地黏，周玉快速地穿針引線、縫製衣裳，阿寶乖乖幫周玉穿針，幫三嬸婆整理碎布，跑出去耙穀子，又忙著給凌嬌燒火。

「阿寶是咱家最能幹的。」三嬸婆誇得阿寶呵呵笑瞇了眼，小臉上洋溢著滿滿的幸福歡喜。

水餃上桌，一碗一碗裝滿，鍋裡還有許多，淩嬌知道周二郎、周甘幹活胃口大，也希望大夥兒都吃飽，包了一百五十個水餃，手都痠了。

「快吃，快吃。」

大夥兒吃得很香，阿寶一口咬下去，被湯汁燙得嗷嗷叫，淩嬌失笑。「慢點吃，鍋裡還有呢！」

吃了晚飯，周二郎和周甘去河裡把竹籠裡的魚拿回來，周二郎嘆氣。「天是越來越冷，河裡的魚也越來越少了，下河的時候，河水冷得刺骨。」

淩嬌聞言想了想。「我倒是有個好主意。」

抓魚的人越來越多，魚越來越少，不過一天能有三、五條，周二郎也願意去抓，就是天氣太冷了。

「什麼想法？」

淩嬌微微沈思。「二郎，等稻米收好了，咱們先不做桌子、板凳，你先做木船，說不定咱們還能靠這個木船小賺一筆。」

「做了船賣給村民？」

「對啊，這河裡的魚能拿到鎮上去賣，就算賣不出去的也能做魚乾，可是天氣越來越冷，誰都不敢冒險下河；咱們做了船出來，也不貴，八百文一艘，當然隨便他們幾個人合著買，咱們做幾艘出來，幾兩銀子應該能賺得來。」

周二郎一尋思，淩嬌說得有理。「行。」

心裡有了想法，收稻米的時候便越發勤快，他起早摸黑，只盼早日收了稻米，做幾艘木船賣錢。

周旺財看著別人家稻米都收了，他家的還養在田裡，心裡蹭蹭蹭冒火，準備去喊周二郎幹活，又怕聽到周二郎說那戳心肝的話，在家裡來來回回踱步。

周田氏心裡恨不得弄死周旺財，可想著幾個兒女，雖然恨得要死這日子還是要過。「實在不行就去我娘家喊人，也不用給工錢，只要好好管幾頓飯就好。」

周旺財要的就是這句話。「那妳一會兒拎點東西回去喊人，這幾天日頭好，早點把稻米收回來才是正事。」

「曉得了。」

周田氏又惱又恨、又怨又忌憚，屁顛屁顛收拾東西，去了娘家。

心裡想著做木船的事，周二郎連著忙了三天，才把自家和三嬸婆家的稻米都收了回來。他特別仔細，把三嬸婆的稻米分開曬，卻弄得三嬸婆生氣，吃了飯氣呼呼地走了。

周二郎看著三嬸婆走路蹣跚的背影，微微嘆息。「我也是好心，三嬸婆也真是……」

淩嬌笑了出聲。「要不，咱們拿錢把三嬸婆的穀子買了，至於錢多錢少，是我們的一番心意。」

不管是老太婆還是小孩，手裡都要有錢，腰桿才挺得直，而且三嬸婆在這個家裡幫了太多忙，不算白吃；就算是白吃，作為唯一一個對周二郎好的老人，養著也是應該的。

「阿嬌……」總是這麼通情達理，讓他一個字都說不出來。

「幹麼？」

「妳真好。」

淩嬌失笑，她也不是特別好，只是看得開。

「早些睡吧，明兒你不是要上山？」

「嗯。」

淩嬌洗漱之後進屋子睡了，周二郎卻屋前屋後地檢查，把門閂拴好，又拿了幾個石墩頂住門，才進屋。見淩嬌早已經睡過去，他是又憐又疼，很想一步沖天，賺進無數金銀，把淩嬌當少奶奶般供起來，可又沒這個本事……周二郎嘆了口氣。

第十七章

天還未亮，周二郎就起床燒水，又去河裡把魚拿了回來。看著木桶裡只有二十來條魚，周二郎深吸一口氣，俐落地把魚殺了，洗乾淨放在木桶裡，等淩嬌起來醃魚。

只是儘管動作小心翼翼，淩嬌依然天濛濛亮就醒來，下床穿衣，出屋子見了周二郎在燒火。「你去忙活別的，我來做飯吧！」

「好，我去磨柴刀跟砍刀。對了阿嬌，妳要不要跟我一起進山？」

淩嬌本來就想去山裡。「去，也許運氣好呢，挖幾株喬木回來種也挺好的。」

「喬木有什麼好看的，等空下來了，我給妳挖些蘭花吧，山裡蘭花很多的。」周二郎說著，打了水，拿了磨石坐在一邊磨刀。

蘭花？淩嬌其實挺喜歡種花的。「好啊，不過能不能別光只有蘭花啊？」

「這個依妳，到時候妳看中什麼，我都給妳挖回來，咱們種在院子裡。」

反正山裡的東西又不要錢，如果淩嬌喜歡，他花點力氣挖回來就是。

淩嬌點頭，想著以後的院子一定要很大，可以種許多花，再種些果樹，等果子成熟的時候，阿寶想吃就去樹上摘。

吃了早飯，留三嬸婆和阿寶看家，淩嬌、周二郎、周甘及周玉四人進山，說是進山，只是走到山上，找到樹木砍了去枝之後扛回家。

周二郎力氣真大，周甘一次扛一棵都吃力得很，他硬是扛四棵，可淩嬌不答應。「雖說力氣今天用了，晚上睡一覺，明天就能回來，可一下子扛這麼多，會把人壓壞的。」

「那就三根，三根也才三百斤不到。」

「你真的行？」

「行。」

三根木頭三百來斤，周二郎扛著一點不費力。淩嬌想著既然都來了，總不能空手回去，跟周玉塞了一背篼的乾樹枝，說好的花花草草一樣沒挖。

回到家裡，三嬸婆早已經擀好了麵，鍋裡燒著開水，見人都回來了，笑咪咪地舀水讓大家洗臉、洗手。淩嬌洗了手，忙把切好的肥豬肉放到鍋裡煎油，用來煎打散的雞蛋，香味頓時瀰漫了整個小院。

「好香啊！」阿寶說著，用力吸了吸鼻子。

「一會兒多吃點，吃飽才能長肉。」三嬸婆說著，逗得阿寶格格直笑。

淩嬌看了一眼，也笑了起來。「阿玉，妳拿菜刀去割些豆芽來，我炒些豆芽，一會兒放肉絲炒豆芽，加上雞蛋，一碗碗香噴噴的手工切麵端上桌，淩嬌招呼道：「快吃，麵脹了就不好吃了。」

在麵裡吃。」

吃了午飯，周二郎跟周甘又進山去了，周玉忙著做衣裳，淩嬌忙著整理周二郎翻過的地，用小鋤頭把一塊一塊大泥土鋤碎，撒上種子，又澆了水，撒上細泥巴，弄得滿頭大汗，鞋子上都是泥。

三嬸婆在一邊瞧著。「想不到阿嬌還會種地，阿嬌家以前也種地嗎？」

「以前的事，我都忘了。」

三嬸婆笑了。「沒事、沒事。」忘了，才能跟二郎安心過日子，也不去想回家的事；就怕不是真忘了，而是暫時妥協，尋機會離開……想到這裡，三嬸婆深深看了淩嬌一眼。「妳忙著，我去幫阿玉縫衣裳。」

淩嬌嗯了一聲，看著三嬸婆的背影，想著三嬸婆離開時的眼神，三嬸婆的心思，她明白。

一切忙完，眼看太陽都要下山了，淩嬌開始弄晚飯。家裡發了豆芽，淩嬌準備做個炒豆芽，只是豆芽特別多，她怕壞了，便讓阿寶去村子裡喊家裡賣豆芽，沒想到還真的來了幾個婦人。對於沒有什麼新鮮菜的農家來說，豆芽可是稀罕東西，淩嬌賣得也不貴，一下子村裡就傳開來，兩個竹篩的豆芽沒一會兒工夫就賣得乾乾淨淨。

淩嬌打算用鹹肉炒豆芽，再燒個紅燒魚，弄個雞蛋湯，晚上就這麼將就著吧！對她來說，這樣子算將就，可對周二郎來說，回到家裡，有熱騰騰的水洗臉、洗手，飯菜馬上上桌，這種日子才叫幸福。

吃了飯，三嬸婆收拾東西，讓周二郎送她，淩嬌塞了一兩銀子給他。「記得給三嬸婆。」

「我曉得。」

送三嬸婆回家，他好幾次想開口把錢給三嬸婆，又不好意思，直到把三嬸婆送到家門口，才把錢遞出來。

「啥東西？」三嬸婆冷著臉問。

「阿嬌讓我給妳的。」

「銀子？」

周二郎點頭。

三嬸婆臉色有些難看。「都說了我不要，你這是幹麼？」

「阿嬌說，應該要給的。」

三嬸婆看著周二郎，尋思片刻才說道：「家裡的錢都是阿嬌管著啊？」

「嗯。」

「你手裡一點錢都沒有？」

「沒有，我平時不用錢的。」如果真要用錢，他找淩嬌拿就是了。「三嬸婆，那這錢？」

「我收下了。」

三嬸婆收了錢，目送周二郎回去。黑漆漆的夜，三嬸婆看不清楚他走到了何處，只是站在原地，雙手合十。「老天爺，二郎是個好孩子，保佑他跟阿嬌好好過日子，將來生幾個孩子。」她說著，看著手中的銀子。「我也不是貪心，就是想留著以防萬一……唉，阿嬌是真好啊，我怕她走……」

周二郎回到家，看著屋子裡微弱的燈光，心暖暖的。他進屋，只見淩嬌盤腿坐在床上數錢。「還沒睡啊？」

「沒呢，數賣豆芽的錢。」

周二郎曉得她賣豆芽，只是不曉得賣了多少。「多少錢啊？」

「六十多文。」她說著，把錢收好。

「阿嬌。」

「嗯？」淩嬌漫不經心地應聲，心裡還想著別的事。

周二郎是尋思又尋思，才小聲開口。「家裡還有多少錢啊？」

「家裡啊，本來有十三兩兩百文的，剛剛不是給三嬸婆一兩銀子了嗎，剩下十二兩多了。怎麼，你要買東西嗎？需要多少，什麼時候要？我給你拿。」

周二郎心撲通撲通直跳，忙道：「不不不，我不用，就是、就是……」

「周二郎，你在懷疑我嗎？」

周二郎聽她話裡有了怒氣，頓時就慌了。「不是、不是，阿嬌，我沒這個意思，我就是、就是隨便問問，我……」

他一向不擅長說謊，尤其是在淩嬌面前，被淩嬌那句話說得心虛不已，恨不得立即掏心掏肺。他沒懷疑，真的只是回到家見淩嬌沒睡，想跟她說一會兒話，可不知道要說什麼，腦子一熱就說了這句。

見周二郎急得如熱鍋上的螞蟻，淩嬌終歸心軟。「我也是隨便一說，看你緊張的。」他還想解釋，淩嬌卻率先躺下。「睡吧，明兒你還要早起。」說完，她翻了身給阿寶蓋好被子，扭頭卻見周二郎還立在木板車邊。「你不睡嗎？」

周二郎心裡懊悔死了，哪裡敢睡，支支吾吾不知道要怎麼說。淩嬌一看，心裡有些來氣。「我若是真要走，你以為你看得住我？我如果真要走，我會為這個家想各種出路？你一個大男人，任何事多用心感受，多用眼睛看，不要別人說幾句，你就動搖了；就算我要走，我也會光明正大地走。周二郎，我是真的打算留下來好好過日子，等賺了錢，我再給你討個漂亮賢慧的媳婦。」

周二郎抿緊了唇，胸口劇烈起伏，淩嬌責怪他，他不氣，卻氣她最後那句——給他討個漂亮賢慧的媳婦，他根本不需要漂亮賢慧的媳婦，他只想要她，只要她一個夠了。

「阿嬌，我……」周二郎說著，忽地走到床邊，在淩嬌錯愕的時候，握住了她的手。「阿嬌，我不想討漂亮賢慧的媳婦，我只想要妳。我知道，妳聰明、有見識，看不上我這個人，只是、只是阿嬌，妳能不能給我一個機會，或者一個期限，到那個時候，妳還是瞧不上我，我、我……」周二郎說著，急得不行，聲音也提高了許多，抓住淩嬌的手有些發抖。

淩嬌訝異不已。就她現在這樣子，一點都不美，周二郎這死心眼從何而來？

周二郎見她不語，鼓起勇氣道：「我沒別的心思，三嬸婆說怕妳拿了錢離開，可我不怕妳拿了銀子離開，就怕妳一個人在外面吃虧。回到家裡，我也不是想問家裡還有多少錢，我相信妳，我只是想跟妳說說話，我、我喜歡聽妳說話……」

聽著淩嬌柔軟的聲音，他總覺得無比幸福，不管一天多忙碌、多累，只要聽淩嬌說幾句，他總能心安，然後沈沈睡去，一覺到天亮。

只是他太笨，說錯話惹阿嬌生氣了。

「阿嬌，我……妳是不是生氣了？」周二郎見她不語，輕輕鬆手，退後幾步，小心翼翼地看著她。

周二郎的告白無疑是笨拙的，可淩嬌相信，他所說的話每一句都是真心話，這個男人不善於說謊。

尋思許久，她才說道：「睡吧，明兒你要早起的。」

周二郎吶吶應了聲，朝木板車走去，走了幾步，忽地開口說道：「阿嬌，對不起。」話一落，周二郎快速開了門，跑了出去。

淩嬌愣在原地。她才是受害者好不好？她都沒生氣，他怎麼還跑出去了？

她靠在床頭想著周二郎的話。動了心嗎？淩嬌自問，應該是吧，可現在真不是談情說愛的時候，周二郎除了老實本分，真沒什麼吸引她的地方。

而且動心歸動心，這一輩子要過下去，光是動了心是不夠的。

淩嬌理智分析著，見周二郎遲遲不回來，索性由他去，反正他也走不遠，累了就會回來了。

第十八章

淩嬌哪曉得，周二郎一晚上沒進屋，也不曉得他睡在哪裡。天濛濛亮的時候，他把魚抓了回來，一身濕漉漉的，在廚房冷得發抖，也不進屋換衣裳，淩嬌起床瞧見了問他。「你幹麼不進去拿衣服？」

「我這就去換。」周二郎一溜煙地跑了，彷彿她是毒蛇猛獸。

一天下來，淩嬌終於發現周二郎在躲她，他總是偷偷瞧她，見她看過去，立即垂了腦袋，整個人有些無精打采、失魂落魄的，弄得淩嬌有些擔心他下午進山會不會出事。

周二郎的異樣，三嬸婆第一個察覺，想到昨晚自己說的話，再瞧周二郎今日的樣子，三嬸婆懊悔得很，明白自己好心辦了壞事，整個人都不好了。

周玉和周甘也察覺了，可不敢多問。

周二郎下午又扛了三根木頭回來，淩嬌煮了豆漿叫他吃，周二郎悶悶地接過，端著豆漿走了老遠。

晚飯時，除了阿寶吃得津津有味，對明天的廟會滿是期待，周二郎只覺得飯菜入口都是苦澀，怎麼嚼都不香，也不去挾菜。淩嬌實在看不下去，挾了肉片放到他碗裡，周二郎的眼睛頓時一亮，卻又黯淡下去，挖了口飯嚼著。

淩嬌實在有些受不了。「周二郎。」

「嗯。」周二郎忙應聲，不解地看向淩嬌。

「明天還去廟會嗎？」

周二郎頓時懵了。「去嗎？」

「你說呢？」

他看著淩嬌微怒的臉。「去吧……」

淩嬌無語。她敢保證，她如果臉色沈下去，周二郎肯定立即改口。

果然，周二郎見淩嬌的臉沈了許多，忙道：「不去吧！」

淩嬌重重擱下碗。「周二郎，我覺得，我們應該好好談談。」

這一舉動嚇住了飯桌上的人。三嬸婆驚得心一咯噔，暗恨自己好心辦壞事，她就不該多嘴，若淩嬌心裡有了嫌隙，就算二郎再好、再孝順，為了跟淩嬌好好過日子，肯定不會再管她了。想到現在衣食無憂和曾經食不果腹、節衣縮食的天壤之別，三嬸婆心裡微微發慌。可不說，她又做不到。三嬸婆真恨自己這嘴，要是淩嬌因此走了，二郎不就恨死了她？

周玉和周甘大氣不敢出，阿寶更是不敢說話，飯含在嘴裡，吞也不敢吞，濕漉漉的大眼睛害怕地看著淩嬌。

周二郎身子僵硬，端著碗、拿著筷子，好一會兒才看向淩嬌。「阿嬌，妳說。」

淩嬌把所有人的神情看在眼裡，伸手奪下周二郎的碗，放在桌子上，揪住周二郎的衣袖。「我們出去說。」

周二郎心慌不已，就怕淩嬌說要走，又不能不跟她走，只得任淩嬌拽著他朝外面走去。

三嬸婆等人連忙起身，就怕她跟周二郎鬧起來。淩嬌淡淡說道：「你們誰也別跟來，安心吃飯，我們一會兒就回來。」

出了門，兩人朝河邊走去，周二郎好幾次想要開口，又沒敢吱聲，只能任由淩嬌拖著他到河邊。

看著湍急的河流，淩嬌二話不說，把他推到河裡。

「唔……咳咳、咳咳。」

周二郎一個不留神，被河水嗆得面紅耳赤，心裡卻慶幸，還好淩嬌不是自己跳下河，而是把他推到河裡，這麼冷的河水，淩嬌身子弱，怎麼受得了？

「周二郎，你好好冷靜冷靜，為了一點破事，看你這慫樣，作為女人我都瞧不起你。」

失魂落魄的，做給誰看？

周二郎泡在河水裡，心揪疼，他也知道這樣子不好，但就是忍不住難受。

淩嬌轉身就走，走了幾步，忽然又停下腳步，扭頭看向周二郎。「周二郎，你知道，你什麼時候最好嗎？不是做好人幫這個、幫那個，也不是當爛好人隨便答應別人，而是那天在鎮上，你給我介紹木匠工具的時候，那滿臉的自信。那一刻，我或許對你是動心的。」淩嬌說著，頓了頓。「但你現在這樣子，別說我會對你動心，心甘情願跟你生兒育女，就連一般有腦子的姑娘都不會喜歡。我話已至此，其中意思，我相信不笨的你，應該能想得明白。」

淩嬌說完，任由周二郎泡在河水裡，轉身回了家。

家裡，誰也吃不下飯，周甘和周玉立在一邊，阿寶和三嬸婆在門口翹首盼望，見淩嬌一人回來，三嬸婆心一緊。

淩嬌笑著。「你們都吃好了？」

「吃好了，吃好了。」

淩嬌看向三嬸婆。「三嬸婆也吃好了？」

「好了，好了。」

就算沒吃飽，三嬸婆這一會兒也吃不下去了。

「那三嬸婆，我送妳回家吧！」淩嬌說著，看向周玉。「阿玉，妳把碗收拾好，洗一下，我先送三嬸婆回家，等我回來你們再走。」

「好。」周玉忙應聲，心裡七上八下的。

來這兒二十多天了，這是淩嬌第一次到三嬸婆家裡。有著青苔的土牆，上面蓋著茅草，又矮又潮濕，三嬸婆開門讓她進去，屋裡光線不足，帶著股霉味，桌子、板凳破舊，一個櫃子、一張床，床上一床被子、一個枕頭；角落裡堆著一些東西，上面積滿灰塵，明顯是很久沒用過了。旁邊有五個竹籠子，裡面泛出一股臭，淩嬌猜想，應該是那幾隻母雞孵蛋的窩。

三嬸婆朝淩嬌笑。「家裡亂，阿嬌坐。」

淩嬌點頭坐下，三嬸婆坐在她身邊。「阿嬌，是嬸婆對不起妳。」

淩嬌先前還帶著氣，此刻，聽到三嬸婆這一聲對不起，她的氣便散了。要說三嬸婆也不容易，將心比心，她若是處在三嬸婆這個位置，也會多想許多。

「三嬸婆，都過去了，我沒在意。我送三嬸婆回來，就是想表態，我是不會走的，就算將來我不跟二郎，也會給他娶個賢慧善良、美麗的媳婦。」

三嬸婆搖頭。「阿嬌，或許妳不大懂二郎。」

淩嬌皺眉，不明白三嬸婆的意思。

「昨晚，我的確問二郎，錢都在妳手裡管著，如果妳帶著錢離開怎麼辦？他居然說，他願意讓妳帶著錢走，這傻孩子……」

「的確挺傻。」

當初周二郎以為她要走，起先要求她還錢，後來錢也不要了，反而還擔心她的安危，如今也是。

三嬸婆看著淩嬌，伸手握住她的手。「阿嬌，都是三嬸婆糊塗，妳別跟二郎置氣。」

淩嬌反握住三嬸婆的手。「三嬸婆，我沒跟周二郎置氣，不管是妳還是我，都希望他成長振作起來，畢竟他以後是我們的依靠。」

不管她多麼厲害，終歸是一個女人，在這個男尊女卑的年代，一個女人想要成大事，困難重重。

「我到底是老了，想法不如阿嬌。」三嬸婆拍拍她的手背，真明白自己是錯了。

兩人又說些別的事，眼看天將要黑盡，淩嬌起身回家，到家的時候，周二郎換了乾淨的衣裳等在門口。「阿寶呢？」

「我讓他去阿甘家玩一會兒，阿嬌，我有話跟妳說。」

周二郎在河裡想得清楚了，如今淩嬌身邊並沒有別的優秀男子，他有的是機會，只要他努力過，就算將來淩嬌真的嫁了別人，他也不悔。

只是回來的路上想了很多說辭，可這一會兒，看著淩嬌又說不出來，他深深吸了口氣。「我會努力做一個自信的人。」

「好。」

有了開頭，接下來的話就比較順利了。「阿嬌，明天我們去廟會吧！我一會兒去找要換土地的人家，問問他們可願意換，如果願意，咱們就把族長、村長請來。本來不想請村長的，可換土地是大事，不請不行。」

淩嬌看著周二郎，微微點頭，周二郎能這麼想最好了。「成。」

「阿嬌，等換了土地，我打算在那邊重新修兩間屋子。這屋子太舊，還容易漏雨，院子也弄大些，可以種些妳喜歡的花，還能種幾株果樹。這老屋推翻了，也可以種東西的。」

淩嬌暗想，周二郎是被她推到河裡開竅了嗎？只不過要修新房子，可得花不少錢。

「錢怎麼辦？如今我們手裡的錢可不多。」淩嬌說道。

「這個我也想到了，我可以做木船來跟人換工，意思就是我給他們免費做木船，他們免費給我們修房屋。我還想好了，如果村裡人不答應，我就去別的村看看，總有些人想學編竹籠子又還沒找到師傅的，到時候他們幫我修屋，我教他們編竹籠子。」周二郎見淩嬌站著，轉身進了院子，不一會兒端了板凳出來，放到她身後。「妳坐著。」而他自己則蹲在一旁。

周二郎這份貼心，讓淩嬌心中微微泛起漣漪，點頭坐下。

「那你可得想好，免得村裡的人到時候又抱怨。」凌嬌提醒。農村人最是斤斤計較，芝麻綠豆大點事都能翻起浪來，占便宜時笑咪咪，可一旦吃了虧，一定恨你祖宗八代。

周二郎點頭。「我曉得，我會先跟大家商量商量，若他們拒絕，我再去別村找人；不過阿嬌，到時候煮飯就只能靠妳了。」

「煮飯怕什麼？不過既然要修屋，飯還好說，就是這菜，總不能天天都吃一樣的吧？」凌嬌說著，忽然想起家裡的番薯，可以拿來做番薯粉，弄些粉絲，到時候可以自己吃，吃不完還能賣錢，兩全其美。

周二郎也是煩惱。人家幫你幹活，總是要管飯的，不說三頓，兩頓是最起碼的，到時候那麼多人，煮飯可真是個嚴重的問題。

只是不修房子，他又想著凌嬌既然不喜歡自己，總是睡一個房間，對凌嬌的名聲不好，雖然他們什麼都沒做，可耐不住別人胡思亂想，萬一將來她喜歡的男子介意……

周二郎站起身。「阿嬌，我去走走。」

他一連去了幾家，聽他說想換土地，都挺意外的，又聽到周二郎家土地的位置，立即就答應了，便宜嘛，誰都想占的。

出去一圈回來，周二郎在門口就聽到屋子裡傳出阿寶的笑聲，明白是凌嬌在給阿寶說故事。那些故事精妙絕倫，他一輩子都沒聽過，但是很好聽，比如孫悟空，比如梁山好漢。

他舀水洗了手才進屋子，阿寶見他進來，喜孜孜喚了聲。「二叔，你回來了，快來聽嬸嬌說故事，可好聽了。」
周二郎嗯了一聲，走到板車邊坐下，安靜地聽淩嬌說故事，至於她說了些什麼，他壓根兒沒聽進去，滿腦子都是淩嬌好聽的聲音，和她那軟軟的身子……
「阿寶，去尿尿，回來睡覺了，明天再說故事。」
阿寶乖巧應了聲，下床穿了鞋子，拿油燈出了屋子去茅廁。屋子裡頓時黑了下來，能聽到彼此的呼吸，一重一淺，周二郎覺得整個人都燙了起來，喉嚨特別乾，一些不該有的旖旎心思頓時充斥腦海，下身某處又脹又疼……
淩嬌沒那麼多心思，關心地問：「事情說好了嗎？」
「說好了，明天晚上來咱們家說事，當著族長、村長的面把契約簽了，等稻米收了，換土地的事就作數了。」周二郎說著，動都不敢動。
「那你明天買些花生、瓜子回來，免得人來了家裡，啥都沒有，鬧出笑話。」
「成。」
好在阿寶回來了，周二郎乘機起身，到廚房喝了幾大碗涼開水，心裡的邪火才降了下去。他在外面折騰了半宿，回到屋裡，淩嬌和阿寶早已經睡了。油燈微弱地亮著，周二郎看著淩嬌沈睡的臉，心沒來由地泛澀，梗得有些喘不過氣來。
他吹滅了油燈，到木板車上躺好，強迫自己不要再想，再想，今晚就不用睡了……

第十九章

公雞第一遍鳴叫時，周二郎就醒了，淩嬌也跟著起身，早上隨便煮了些吃的，周甘和周玉也早早就過來。為了去鎮上，大家都換上乾淨衣裳，淩嬌讓周二郎去接三嬸婆，轉身進屋子喊阿寶起床。

阿寶一喊就起來，不吵不鬧，穿上新衣裳、新鞋子，看起來特別可愛。

吃了早飯，鎖好門，周二郎拉著板車，讓三嬸婆和阿寶坐在板車上，摸黑去了鎮上。

一路上，很多人也往廟會方向走，阿寶嘰嘰喳喳說個不停，小臉全是興奮。淩嬌看周二郎額頭上都是汗水，想著一定要先弄輛馬車，出門什麼的也方便。

「阿寶，一會兒千萬不要亂走，一定要牽著嬸嬸的手，或者姑姑、太婆的，知道嗎？」淩嬌可不希望高高興興來逛廟會，卻把阿寶丟了。

「嗯嗯。」阿寶重重點頭。

到鎮上的時候，真是人山人海，挑擔子、揹背篼的，叫賣聲、嬉笑聲、大喊聲，也有孩子哭喊找爹娘，爹媽大罵孩子亂跑，大聲喝止孩子不許亂碰人家的東西，嘈雜又親切。

周甘一把舉起阿寶，讓阿寶騎在他肩上。「好熱鬧。」

三嬸婆二十多年沒來過鎮上，看著陌生又帶著點熟悉的街，激動得有些說不出話來。周玉也很激動，只是人矮，看不到前面，幾次踮起腳尖，緊緊握住三嬸婆的手。

凌嬌負責買東西，周二郎負責拉板車，三嬸婆和周玉負責看東西，周甘負責舉阿寶，分工合作，有條不紊。

一路買下來，凌嬌也不知道用了多少錢，看著有用的都買了，瓜子、花生、點心、青菜、蘿蔔、南瓜種子……有很多種子凌嬌都不知道是什麼，反正先買了，拿回家種，種出來她肯定認識。

「來來來，過來瞧瞧，只有你不認識的，沒有我不賣的，只要你給得起銀子，我就拿得出東西。走過路過，不要錯過，都過來瞧一瞧、看一下，買不買無所謂，看中了就下手啊！」

凌嬌聽著，眉頭輕蹙，拉了拉周二郎。「走，咱們過去瞧瞧。」

「好。」

周二郎拉著板車，艱難地往前，人山人海的，把街道擠得水洩不通，賣東西的人多，買東西的人相對比較少，畢竟農村大部分都有，那些貴的，農村人基本上只看不買。

像凌嬌這種連南瓜、蘿蔔都會一筐一筐買的更是少，聽著那吆喝聲，她心裡特別急切，總覺得前方一定有什麼等著自己，快速地朝前擠。周二郎害怕凌嬌走丟，又不敢開口喚住她，急得滿頭大汗。一轉眼，不見了她的身影，周二郎愣在原地，只覺得涼氣從腳底一直往上竄，直達腦門。他想，走了也好，跟著他，終歸太苦了……

凌嬌看著那些罐子、籃子裡裝著的東西，眼睛頓時發亮。

「要看看嗎？」沈懿小聲問。

這些東西都是他從異國帶回來的，帶得不多，哪裡曉得回大曆後，問的人有，就是沒人買，弄得他都想要丟了。

「這些怎麼賣？」凌嬌問。

有了這些，如果還能弄出別的東西，以後的路肯定會好走很多。

「妳都要些什麼？」

凌嬌手一點。「這個、這個，還有這個我都要。」

「咦……」沈懿錯愕，真的要這些東西？

「你算算多少錢？」

沈懿仔細打量凌嬌，洗得發白的衣裳、泛舊的鞋子，身上一樣飾品都沒有，頭髮盤在腦後，臉色蠟黃、營養不良，一看就是窮人家的媳婦。

「一共一兩銀子，小嫂子如果要，我給小嫂子便宜些。」沈懿說著，恍然想起。「小嫂子，我這兒還有些東西，妳看看要不要。」轉身又從箱子裡翻出兩個罐子，打開給凌嬌看。

是西瓜籽！凌嬌一眼就認了出來，還有一個罐子裡裝著很小的圓籽，她猜想應該是番茄。「要。」

「小嫂子認得這些東西？」沈懿疑惑問。

凌嬌怕沈懿知道這些東西的價值而提高價錢，忙搖頭。「不認識。」

「那小嫂子買去怎麼種？」

「呵呵，就鋤了土種下去啊！」

沈懿失笑，仔細打量淩嬌，見她神色平靜，心裡一番盤算。「小嫂子，這兩樣東西算我送小嫂子的，若是小嫂子真種出來了，能不能送些到鎮口沈氏商行來，讓我嚐嚐？」

淩嬌想著若是西瓜、番茄種了出來，也是要賣出去的。「你是沈氏商行的誰？」

「那是我堂叔家的，我跑腿的。」

淩嬌點頭。「你便宜些吧，要是不能便宜，你把那幾樣種子也送我成不？」

沈懿順著淩嬌所指的方向看去，見罐子裡裝著他也不曉得是什麼的種子，呵呵一笑。

「行。」

這些東西是他從異國順手帶回，幾乎沒怎麼花錢，轉手賺一兩銀子，沈懿二話不說就答應了。

「這些東西你還能弄得到嗎？」淩嬌忽然問。

「能啊，等下次我堂叔去異國，我也跟去，小嫂子還要？」

淩嬌點頭。「你下次多幫我帶一些好嗎？」

沈懿這會兒敢肯定，面前的小婦人肯定曉得怎麼種這些東西，甚至知道要怎麼用這些東西，頓時兩眼發亮。「小嫂子，幫妳帶倒不是什麼大問題，可我要怎麼找到妳呢？」

「我家住泉水鎮周家村，我……」淩嬌一頓，笑道：「我當家的叫周二郎。」

「成交，小嫂子真是個爽快人，我下次去了異國，肯定多幫妳帶一些我們大曆沒有的東西回來，到時候價格算便宜些，呵呵。」

凌嬌笑著點頭，摸了一兩銀子付了，轉身準備要周二郎搬東西上馬車。「咦，人呢？」

凌嬌錯愕，大聲喊。「阿寶、阿寶……」

那廂，阿寶正坐在周甘肩上，雖然看到凌嬌離開，也出聲提醒二叔，可二叔臉色很是難看，嚇得他不敢說話，如今聽見凌嬌扯開嗓門喊他，忙應聲。「嬸嬸，我在、我在……」

凌嬌人矮，揚手搖著。「阿寶，我在這裡，你們快過來啊！」

阿寶笑。「二叔、二叔，嬸嬸在前面，我們快過去啊！」

周二郎回過神，忙問阿寶。「在哪兒呢？」

阿寶興奮地指路，周二郎忙拉著板車往前，還不小心踩到了別人的腳，連忙道歉，迎來那人罵罵咧咧，他顧著凌嬌，也不計較，只想趕到凌嬌身邊。

三嬸婆和周玉緊緊握住彼此的手，手心裡全是汗，剛剛那瞬間，她們也怕得不行，若凌嬌真走了，這個家以後可怎麼辦？

凌嬌看著周二郎過來，臉上全是興奮。「二郎快，快把這些東西搬上板車。」

周二郎愣愣瞧著，要不是人多，他真想緊緊抱住凌嬌。

凌嬌見周二郎不動，推了他一下。「愣著做什麼？快把東西搬上去。」聲音軟糯，帶著催促和淡淡的習慣。

「哦，好。」

周二郎也不問她這些不認識的東西買來做什麼，只想著——她沒走，她只是買東西，只是和他們走散了……頓時心情大好，鬱悶的心明朗起來，直衝著沈懿笑。

沈懿瞧著周二郎，又是一番自我介紹，還口口聲聲要跟周二郎交個朋友。面對這自來熟的朋友，周二郎有些不適應，最後也不知道沈懿怎麼套話的，竟還邀請道：「那你後日來家裡作客。」

沈懿大笑。「周大哥，小弟到時候一定去！」

沈懿的心思，淩嬌再明白不過，見他一心想結交，她自然不會反對。

見到賣糖葫蘆的，淩嬌立即買了六串，一人一串。

三嬸婆笑。「我都那麼老了，吃啥糖葫蘆哦，留著帶回去給阿寶吃！」

「三太婆，妳快咬一個，酸酸甜甜的，可好吃了。」阿寶說著，把自己的遞到三嬸婆嘴邊，三嬸婆笑眯了眼，咬了一個，果真酸酸甜甜，真好吃。

周甘和周玉沒想到自己也有，小口吃著。

淩嬌幫周二郎拿著，自己吃一個，遞到周二郎嘴邊讓他咬一個；若是以往，周二郎是打死都不吃這東西的，可這會兒淩嬌遞過來，他硬是張嘴接了。

糖葫蘆到口，周二郎吃不出絲毫的酸，只覺得滿心的甜。

「阿嬌。」

「嗯？」

「妳看看還有什麼想買的，買了我拉回去。」周二郎說著，想到路途迢迢，每次淩嬌都要走路，心一橫。「要不我們去馬市看看馬吧？」

淩嬌錯愕。「買馬？」

「對，去看看馬多少錢一匹，咱們買匹馬吧！」

淩嬌想著，家裡的確需要一匹馬，來回也方便；至於錢，用完了再賺，而周二郎自己會木工，做個馬車架應該難不倒他。「成。」

好不容易才找到賣馬的地方，或許是泉水鎮太小，賣馬的地方人很少，馬也少，淩嬌數了數，也就五匹小馬，十來匹成色不好的大馬。因為沒生意，賣馬人躲在蔭涼處吃瓜子，飲著小酒，見有人來，賣馬人瞇眼看了下，瞧周二郎等人穿著太差，壓根兒沒理會，繼續喝酒。

周二郎放好板車，上前客氣詢問。「大哥，這馬賣嗎？」

賣馬人聞言，仔細打量起了周二郎，說話間還噴著酒氣。「賣啊，你買得起嗎？」

周二郎也不氣。「太貴肯定買不起。」

「買不起？買不起你來看馬？兄弟，你逗我玩吧！」

「不不不，大哥，你別誤會，我想買馬，可太貴的話真買不起。」

賣馬人挑眉。「真想買？沒捉弄我？」

「不敢捉弄大哥，我家路遠，平日裡要來鎮上買賣些東西，我倒還好，力氣大，走些路算什麼，就是我……」周二郎說著，回頭看了一眼不遠處跟阿寶拿了草餵馬的淩嬌，嚥了嚥口水，壓低聲音說道：「我媳婦總歸是個女人，來來回回跟我跑太累了。」

賣馬人順著周二郎目光看去，壞笑起來。「你這媳婦才娶的吧？」

周二郎憨憨點頭，還真沒多少時間，仔細算算，一個月不到呢，可這一個月時間，能吃飽飯，還有了存銀，如今都準備修屋、買馬了。

「那就難怪了，等十年、八年後，別說是走路累了，就是半死不活，你也會睜眼睛瞧不見的。」

周二郎一頓，驀地搖頭。「我不會。」

賣馬人呵呵一笑，拍拍他肩膀。「說說看，想買匹啥樣的？」

「不要太貴的。」

「你這兄弟，沒聽過好貨不便宜，便宜沒好貨啊?!」

周二郎尷尬一笑。「手裡頭銀子不夠。」

賣馬人心思微轉，眸子微眯，藏了鋒芒算計。「我這兒倒是有匹便宜的馬，不過從牠到我手裡開始，就沒吃過一根乾草。我打過、罵過、收拾過，這畜牲脾氣死倔的，如今瘦得只剩皮包骨，一兩銀子，你要不要？」

那匹馬到他手裡的時候是真的好，皮毛好，四肢健壯，就是脾氣不好，不吃不喝，他用繩子把牠吊起來，都快要弄死牠了，牠也不掙扎，弄成如今這副德性，別說賣了，根本無人問津。

今天來了個冤大頭，要是能哄他買了，他也少損失一兩銀子。

周二郎一頓。「我可以看看馬嗎？」一兩銀子雖便宜，可也要馬還能活，馬都活不了，再便宜也沒用。

「成，這邊來。」

那廂，淩嬌和阿寶正在餵一匹趴著的馬，那馬抬頭看了淩嬌、阿寶一眼，噴出兩口濁氣，又趴下，閉上眼睛，壓根兒不理會，也不吃他們遞的草料。

賣馬人帶著周二郎過來看馬。「喏，就是角落裡那匹，你看著要是好呢，一兩銀子牽走，說實話，這馬我買來還要十兩銀子呢！」

周二郎仔細看那馬，只剩皮包骨，毫無生機，買回去肯定活不了，一兩銀子像打了水。

淩嬌卻抬頭。「這馬一兩銀子？」

賣馬人忙道：「對啊，就是一兩銀子。」

「我要了。」

淩嬌說得斬釘截鐵，周二郎連忙拉了她走到一邊。「阿嬌，這馬不行，看牠那樣子，都快死了。」

「不是還沒死嗎，等把這馬弄回家，你看我的，保證牠死不了。」

淩嬌說著，走到一邊，摸出一兩銀子遞給賣馬人。「這馬我買了，咱們一手交錢、一手交馬，銀貨兩訖。」

見淩嬌付錢這麼爽快，賣馬人又捨不得賣了，可不賣，又怕馬死了一文錢沒得，猶豫著。淩嬌見賣馬人猶豫，心知他肯定捨不得，手微微往回縮，扭頭看向周二郎。「要不，這馬不買了吧……」

周二郎巴不得她不買，忙點頭，賣馬人一見淩嬌猶豫，忙笑道：「大妹子，妳這樣子可不厚道啊，說好了要買，又不買了，這不是找我晦氣嘛！」

「可，可……」淩嬌面露猶豫，搖擺不定，彷彿下一秒她就真的後悔了。

賣馬人忙道：「唉呀，別猶豫了，這馬絕對是匹好馬，買回去養好了，別說十兩銀子，就是一百兩也值的。」當然，前提是牠不要死了。

「真的能值一百兩？」淩嬌兩眼放光，彷彿看見一百兩銀子正朝自己飄來。

「對，對，當然是真的，大妹子，別猶豫，買了吧！」

「那行，我買了。」

淩嬌說完，豪爽地付了銀子，轉身去了馬廄。周二郎嘆了口氣，這次被騙了。

賣馬人心裡暗爽，這女人啊，就是頭髮長，見識短。

淩嬌走到馬廄，蹲下身，輕輕摸著馬兒的頭，柔聲道：「我曉得你是匹好馬，你原先的主人肯定非富即貴，待你也好，你呢，肯定是被人坑了才落得這下場。我買你回家，先幫我拉馬車，再把你養回原先的樣子，等你主人來尋你，給我一筆銀子作為報酬。當然，我也會四處幫你打聽打聽，看看誰家丟了馬，然後送你回去。」

淩嬌深信這馬不吃不喝，一副死氣沈沈的樣子，肯定是極具靈性，也不管牠聽不聽得懂，噼哩啪啦說了一堆。

她原本也沒抱什麼希望，卻見那馬兒睜開眼睛看著自己，淩嬌衝牠溫柔地笑著點頭，馬兒噗哧地噴了幾口氣，掙扎著起身，許久不曾吃東西，一點力氣都沒有，根本站不起來，淩嬌忙吩咐周二郎。「二郎，你快去弄輛板車來，咱們把這馬拖回家去。」

周二郎嘆一聲，去找板車，可在泉水鎮認識的人有限，只能厚著臉皮去何潤之家。

第二十章

何潤之剛剛從鳳凰城回來，這次去賣魚乾賺了不少，打算吃了午飯就去周二郎家買魚乾，順便把協議簽下來，卻不想周二郎自己上了門，忙讓小丫鬟上茶，客氣道：「二郎兄弟，你怎麼來了？」

周二郎忙抱拳。「何掌櫃，我來問你借輛板車。」

「怎麼了？」

「買了匹馬，那馬兒許久沒吃草料，走不動，我弄板車拖回去。」

自古只有人騎馬，哪有人拉馬？何潤之對周二郎買匹病馬也是挺無語的，有心想勸，可想著兩人關係還沒到那個地步，更怕多說多錯，壞了本就不深厚的情誼。「二郎兄弟準備拉了馬就回周家村？」

周二郎點頭。「嗯，拉了馬到鎮外那個賣吃食的攤子吃些東西就回去了。」

何潤之沈睁一想。「二郎兄弟，要不午飯在我這兒吃吧，我剛好認識一個獸醫，請他來給你的馬瞧瞧，咱們順便把協議簽了，我再隨你去周家村把魚乾拉回來。」

「吃飯就不用了，何掌櫃，我們在鎮外等你就好。」

周二郎想得明白，他們人多，都來何掌櫃家不大好，何掌櫃是客氣，他不能當福氣。

何潤之知道周二郎想多了，不過讓懷了身孕的媳婦操心，他也捨不得，便拍了拍周二郎肩膀。「不來也成，一會兒去飯館，我作東，請你們吃一頓。」何潤之說著笑了起來。「說起來，二郎兄弟福氣可真是好，弟媳的廚藝那可是相當好啊！」

周二郎笑著搔搔頭。「不了，我們還是早些回去吧，晚上還有重要的事情呢！」

「二郎兄弟稍等，我去弄板車。」何潤之說著，轉身準備去後院，卻見弟弟何潤玉快步走來。「二弟。」

何潤玉點頭，看向周二郎。「二郎兄弟。」

「何掌櫃。」周二郎忙抱拳，臉上帶著客氣的笑，卻無絲毫卑微。

何潤玉也朝周二郎抱拳。「二郎兄弟，你來得正好，衙門那邊有消息傳來，說你家被偷的魚乾找到了，衙門有捕快去你家說這事嗎？」

魚乾找到了？周二郎微微搖頭。

何潤之、何潤玉兩兄弟對視一眼，心裡了然，何潤之拍拍周二郎肩膀。「二郎兄弟，世道就是這樣，你看開些。」

周二郎心裡是說不出的難受，可又沒得法子，問道：「那那些魚乾呢？去哪兒了？」

「魚乾去哪兒了，二郎兄弟就別問了。」何潤之說著，微微嘆息。

鎮丞把魚乾找了回來，卻沒通知周二郎，其中的貓膩……何潤之不說，大家心知肚明。

周二郎心裡自然也明白，這事和村長脫不了干係，他只是沒有證據，就算有證據，也沒人能幫他主持公道。如淩嬌所說，只能等，等到時機成熟，等到自己足夠強大，到時候證據自然而然就來了。

「我不會再問了。」

何潤之見周二郎興致不高，忙道：「好了好了，二郎兄弟，你等我片刻，咱們這就過去，免得你家人等太久。」

何潤之回後院跟媳婦袁氏說好，用馬套了板車，又跟商行打雜小廝吩咐了幾句，才跟著周二郎出了門。

何潤之不是很懂馬，第一眼看見瘦得皮包骨的馬兒時，眉頭蹙了蹙。「這馬是白馬吧？」

淩嬌笑。「是白馬，就是很久沒洗澡，才變成黑馬了。」

費了一番力氣把馬弄到板車上，眼前真是一副滑稽的景象，馬拉著馬，人拉板車，來廟會的人見了這場景，多年之後仍是記憶猶新。

何潤之本想請周二郎一家去吃一頓，周二郎拒絕了，去工具鋪子買了大鋸，又花了三百文錢買了一把秤，再買了三十斤棉花、六疋青布拿來做被面，才一起出了鎮子，在鎮外的攤子上，一人吃了一碗餃子，周二郎堅持付了錢，才一起回了周家村。

路上也遇到同村的或者熟悉的，都好奇他居然買了匹快要死的馬，眾人嘴裡說著周二郎出息了的誇獎話，心裡卻想著這個傻的，錢多了放在口袋裡難道會燙手？

回到家裡，三嬸婆和周玉連忙洗手燒水，周二郎招呼何潤之、何潤玉，淩嬌忙著整理可以讓何家兄弟帶走的魚，周甘、阿寶把買的東西搬進院子，放在屋簷下。

周二郎朝何潤之兄弟抱拳之後，去幫淩嬌把魚乾拿下，秤了重量，分了大、中、小條放在竹筐裡。淩嬌點了一下，大魚乾三十五條，中等的五十二條，小的一百零三條。「一共十四兩六百一十五文錢。」

何潤之聞言，很是爽快，從懷裡摸出一個荷包。「這是十五兩銀子。另外，這是五十兩銀子，作為以後魚乾的定銀。」

周二郎錯愕，何潤之這般是為何？

何潤之笑。「二郎兄弟，你千萬莫推辭，先聽我把話說完。二郎兄弟這屋子太舊，院牆太矮，何不拿著這些銀子修個大屋，把圍牆弄高些；至於多出的銀子，二郎兄弟也可以收購村裡的魚，醃製晾乾後賣予我啊！」

何潤之這提議，周二郎一聽就心動了。

他最先一直擔心修屋子沒銀子，最多只能修兩間，但如果有了這五十兩銀子，他起碼能修五間，讓三嬸婆和周甘、周玉也住到家裡來，所以他沒拒絕，朝何潤之抱拳。「何大哥今日之恩，我周二郎銘記於心，永世不忘。」

何潤之失笑。「二郎兄弟客氣了。」

何潤之拿出協議，唸了一遍，是怕周二郎不識字，卻不想周甘開口。「給我看看吧！」

周甘按照協議上的唸，跟何潤之唸得一模一樣。協議一式兩份，按手指印後，周二郎和何潤之一人一份各自保留。

眼看天色不好，何潤之兩兄弟想著要回鎮上，何潤之明兒一早還要去外地，便起身告辭。

送走了何家兄弟，周二郎掂著手中的銀子，轉眼就遞到了淩嬌面前。「阿嬌。」

「你收著吧！」淩嬌淡聲，免得他又擔心她拿著銀子跑了。

「我又沒地方用錢，妳來保管，等我要用了再問妳要。」

淩嬌看著周二郎，總覺得他這幾日心情變化很大，一會兒雨、一會兒晴的，捉摸不透，唯一不變的是他依舊待她如初。

接過銀子一算，今天去鎮上用了不少錢，零零碎碎花出去，只剩下五兩銀子，手裡現在足足有七十兩，都夠買三十五個媳婦了。想到這裡，她噗哧笑了出聲，惹得周二郎瞧過來，心情也大好。

阿嬌果然還是喜歡銀子的。

淩嬌轉身把銀子拿到屋裡藏好，周二郎忙著把東西都搬進來，弄了稻草回來給馬鋪了個窩，跟周甘把馬抬了放好，淩嬌弄了乾淨的水讓周玉、阿寶用木勺慢慢餵牠，又指揮周二郎什麼東西要搬進屋子、什麼東西留在廚房；豬頭要用火燒毛，更要清洗乾淨，晚上要留族長、村長還有換地的幾個戶主在家吃飯，他們可能會帶孫子過來。

淩嬌忙得團團轉，把豬肉放在大桶子裡醃，又發了麵準備做包子；瓜子、花生、綠豆糕裝盤放在桌子上，才讓周二郎去請人。

其他人都是周甘去跑腿，可老族長得周二郎親自去揹過來。

巧也不巧，要換地的其中就有周福堂、周鐵蛋、李本來幾家，淩嬌有的認識，有的不認識，不過她也沒多想，只管做晚飯。

三嬸婆被請了過去，坐在一邊作陪。

「叔公，來吃塊綠豆糕。」三嬸婆把綠豆糕端到族公面前，族公樂哈哈地伸手捏了一塊放到嘴裡，阿寶忙端了碗遞到族公面前。「老祖宗。」

族長也看不清面前的孩子是誰，倒是笑了起來。「這孩子真乖，他二叔、嬸子教得好。」

引得大夥兒都誇讚，村裡也有孩子來，阿寶倒也大方，一人抓了一把瓜子給他們，樂得孩子們一個個把阿寶圍在中間，哄阿寶一起玩，無非就想著跟阿寶要吃的。

周旺財一直笑得很假，尤其是在看到大桶裡的豬肉，案板上的豬頭，竹筐裡的南瓜、蘿蔔，籃子裡的青菜後，他特別怕周二郎把日子過好了，結識的人多了。

族公喝了茶，吃了綠豆糕，開始說換土地的事。大家早和周二郎說好，自然沒什麼意見，族公讓自己孫子寫下契約，摁了手指印。這土地在收了穀後就作數了，自始至終，也沒人去問周旺財，弄得周旺財像個隱形人似的。

契約按印好之後，三嬸婆淡淡開口。「叔公，上次我跟你說的事，今兒也一併說了吧！我原先打算田地都給二郎，如今想想也換到這邊來。二郎不是馬上要修屋子了嗎？我打算把我那老屋跟周圍的自留地也換到這邊，挨在一起給二郎，等二郎房子修好了，我就搬二郎這邊來。我年紀大了，又沒個兒女，接下來也只能靠二郎了。」

族長聞言，重重點頭。「二郎，你可願意？」

「我願意。」三嬸婆無兒無女，沒有依靠，又一心為他，他孝養三嬸婆是應該的。

族長滿意點頭。「二郎媳婦，妳呢？」

淩嬌聞言，笑道：「我自然是願意的，不過，總不能白白要了三嬸婆的地，以後一年給三嬸婆一兩銀子吧，多了，咱們也給不起。」

銀子給多給少，三嬸婆還真不介意，就是淩嬌這份心讓人感動。

族長非常贊同。「應當給，就算妳給了三魁家的，她也沒什麼地方花，以後都是你們的。」

三嬸婆顧著周二郎，壓根兒不會亂用，以後都是周二郎的，誰也搶不走，也不能搶，也就是給三嬸婆一個安慰。

淩嬌但笑不語。她不貪三嬸婆那點錢，她要賺錢，有的是來路。

族長沈思片刻。「二郎啊，你去看看挨著那邊的是誰家的地，你去把人喊來，我老頭子作主，讓他占點便宜，把這地一併換了，免得以後又要你整一頓飯。」

「老祖宗，那是我三叔家的。」

三叔周富貴可不是個好相與的，算盤更是打得精，這換地……周二郎怕他不大願意。自從上次周富貴罵過淩嬌之後，周二郎就沒跟他說過一句話。

族長心思一轉。「維新啊，你去喊。」

族長孫子周維新忙點頭。「爺爺，我這就去。」

周維新是內定的下一屆族長，本事又好，別說村長要給面子，就是去鎮上，鎮丞也要給幾分薄面。

周富貴聽了周維新的來意，心裡直罵娘，可族長開了口，一番計算下來，土地上他還賺了，也就忍著去了。到了周二郎家，看著一院子的人，淩嬌在廚房做飯，鍋裡冒著肉香，到處都是吃的，周富貴頓時明白，周二郎如今是真有錢了。

族長開口，周富貴二話不說把土地換了，依舊等穀子收了才作數。土地倒還好說，就是三嬸婆住的地方，周富貴不敢做得太過，忙道：「三嬸婆願意住多久就住多久，我作為晚輩，理應孝順的。」

「你能這麼想就好了。」

晚上的飯菜真是豐盛，豬頭肉、紅燒魚、豆腐青菜、包子饅頭、炒豆芽、炒南瓜、蘿蔔湯……簡直比娶媳婦辦酒席還豐盛。

三嬸婆給族長挾了煮得軟爛的菜、肉，族長樂得不行，孩子們一桌，倒也算是愉快的一頓晚飯。

吃了飯，大家端了板凳去院子外聊天，讓淩嬌收拾院子裡的一片狼藉。好在周玉手腳索利又勤快，周甘也不用出去陪，幫著幹活。

一番忙碌下來，淩嬌是累得腰都直不起了，送走了人，周二郎燒水給阿寶洗臉、洗腳，讓阿寶自己去睡，又提了熱水到屋子裡。「阿嬌，妳洗個澡，換身乾淨的衣裳好睡覺。」

淩嬌舒舒服服地洗了澡，頭髮還濕漉漉的，累得慌，本想歪在床上瞇一會兒，哪曉得就睡了過去。

周二郎在外面走了一圈，回到家裡，只見門開著，知道淩嬌洗好了，進屋子準備把水桶抬出去，卻見她睡了過去，頭髮還是濕的，他很心疼，忙拿了乾布巾給她擦頭髮，輕手輕腳的，生怕弄疼了她，也怕弄醒了她……

他這會兒小心翼翼的，連著換了兩條乾淨的布巾，淩嬌都呼呼睡著沒醒來，周二郎是又心疼、又懊悔，一個沒留神就扯痛了她的頭髮。

周二郎嚇了一跳，萬分歉意地看著淩嬌。她睜開眼睛，迷迷糊糊的，揉揉自己的頭，看著周二郎，軟軟道：「是你啊，很晚了，快睡吧，有什麼話明天再說。」

話到後面只剩呢喃，連淩嬌自己都不曉得自己說了什麼，翻個身又睡了過去。

周二郎拉了被子給淩嬌、阿寶蓋好，出去倒了水，又把他們的衣裳拿到院子外洗乾淨晾好。洗的時候，周二郎還沒多想，只是看著晾衣杆上那件醒目的肚兜時，他的眼睛瞪得老大，各種情緒閃過，然後呼出幾口氣，把家裡該收拾的都整理了一遍，又去給馬兒餵了水，伺候著牠吃了幾根鮮草，才關上院門，用石墩抵住，進屋睡覺。

今天忙碌了一天應該累了，周二郎倒在板車上卻是睡意全無，想著未來的日子、未來的路，他暗下狠心，定要讓淩嬌過上好日子。

最能改變一個男人的，不是家庭環境，而是——女人。

第二十一章

天色濛濛亮，周二郎就起來去看馬，見牠還活著，鬆了口氣，先餵牠喝水，又去河裡冒著冷意把魚給抓回來，殺了洗乾淨，放在筲箕裡瀝水，洗手煮稀飯，把昨晚吃剩下的饅頭放在蒸籠上蒸，此時淩嬌才起身。

「你這麼早起啊？」

「還沒睡醒吧？再去睡一會兒，等飯好了，我再喊妳。」

昨晚幹了不少活，這會兒還真有點腰痠背疼的，懶洋洋的不想動，淩嬌坐在板凳上。

「你行不行啊？」

周二郎笑。「像妳昨晚煮那麼多好菜肯定是不行的，不過煮稀飯、把昨晚的剩菜熱一下還是會的。」

灶孔的火光映紅了他的臉，淩嬌發現其實周二郎的五官是好看的，眉粗眼亮、鼻梁高挺，唇形也很好，時刻帶著點害羞，卻不失陽剛之氣。

周二郎發現淩嬌在看自己，摸摸自己的臉。「我臉上有髒東西嗎？」

淩嬌回神，忙搖頭。「沒有。」她起身去洗臉漱口。「馬還活著嗎？」

「活著呢，我剛剛餵了水，還給牠吃了幾口草。」

活著就好。淩嬌忙著把調好的佐料抹到魚身上，輕輕搓揉，好讓魚入味。

早早的，三嬸婆、周甘和周玉都來了，阿寶也乖乖起床，自己穿衣裳，照淩嬌教的洗臉、漱口。

吃了早飯，周二郎跟家裡說了一聲，去了何家村。

何家村村長何樹橋今年五十五歲，兒子何洪三十七歲，娶了本村何家女何翠娘，生下長女何玉蓮和三個兒子何明志、何明天、何明宇，因為家裡還算有錢，便把三個兒子都送去了學堂。何玉蓮今年十五歲，過了年就十六歲，長得如花似玉，家中經常有媒婆來說媒，但何玉蓮眼光高，總是嫌這家窮、那家後生長得不好，東不成、西不就的。

心中倒有那麼一個人，可爺爺、爹娘都說他娶了媳婦，讓何玉蓮很傷心。

周二郎一到何家村便引起很多人注意，找人打聽村長家，說明來意，有人立即帶周二郎去村長家，一路熱情得很，直言要周二郎去家裡坐坐，周二郎笑著婉拒。

「村長、村長，來客人了！」

有人快速跑到何樹橋家通知。

「誰啊？」

「周家村周二郎。」

「就是那個會編竹籠子抓魚的周二郎？」何樹橋忙問。

「對，就是他。」

何樹橋尋思，他怎麼來了？卻朝屋子裡喊。「玉蓮，快去燒水泡茶。」自己迎了出去，便見周二郎在村民的簇擁下走來，跟大家笑咪咪說著話。

見到何樹橋，周二郎連忙抱拳。「何村長。」

「喊啥村長，我家姪孫女還嫁到你們村本來家，喊我何大爺就好。」

何大爺按輩分比周二郎高了兩輩，但周二郎也不計較。「何大爺。」

「快快，裡面坐。」

何玉蓮正在屋子裡縫衣裳，聽得清清楚楚，尤其是聽到周二郎來了家裡，又聽得爺爺喊她燒水泡茶，連忙換下身上泛舊的衣裳，換了一套藍色繡碎花的新衣，又往臉上抹了胭脂，才出屋子。

她朝堂屋那邊看了一下，見自家爺爺和周二郎被圍住，踮起腳尖也沒瞧到周二郎，何玉蓮呼出一口氣，跑去廚房燒水，一顆心撲通撲通直跳，臉紅紅的。

周二郎說明來意，何樹橋心裡十分高興。「你是說，你願意免費教何家村的人編竹籠子，不過跟你學編竹籠子的人要免費幫你做五天活？」

「對。」

何樹橋在心裡快速地算了一筆帳。「那你得先教編竹籠子，讓大夥兒早上先把魚籠放下去，白天去你家幹活，晚上回來再拉一次，你看如何？」

「成，如果大家的魚拿去鎮上不好賣，也可以賣給我，至於價格，我肯定不會給得太低。」

何樹橋對周二郎帶來的消息非常滿意。看著周家村一天比一天賺得多，何家村人是羨慕嫉妒恨，可沒辦法，他們不會編那竹籠子；如今周二郎願意來教，只是五天的活而已，跟以後無數的銀錢比，相差太多了。

何玉蓮在廚房燒了水泡茶，端著朝堂屋走去，聽得堂屋裡的聲音，何玉蓮柔聲道：「爺爺，茶來了。」

何家村村民見何玉蓮端了茶來，連忙讓開一條路。她端著茶水上前，周二郎一眼就認出她。「是妳？」

何玉蓮笑了，忙道：「就是我，小哥，沒想到你還記得我。」

周二郎淡淡一笑。

何樹橋忙問：「你們見過？」

「爺爺，我大前年去鎮上，東西被小偷偷了，就是這個小哥抓住小偷，還送我去了外祖母家。」何玉蓮說著，把茶放到周二郎面前，笑得滿臉羞澀。

那天她在村口瞧見了周二郎，回家還問過爺爺，可爺爺說他已經娶妻，她心中才漸漸打消了念頭；可今兒見著，何玉蓮又有了期待，就算他娶了妻，如果他願意要她，哪怕是做妾，她也願意的。

何樹橋恍然大悟。「原來玉蓮一直念叨的大英雄就是你啊！」對見義勇為的周二郎又高看了幾分。

「不不不，談不上英雄，舉手之勞罷了。」周二郎忙道。

都過去兩年多了，那個時候爹娘還在，家裡條件還好，他也能跑去鎮上湊湊熱鬧；後來大哥死訊傳來，爹娘過世，他再也沒去過鎮上，再也沒有，直到阿嬌出現……

想到阿嬌，周二郎臉上頓時有了笑意，可這笑意落在何玉蓮眼裡，又是另外一番意思。

何玉蓮紅著臉退出了堂屋。她一定要找個時間單獨跟周二郎說說話，把自己的心思告訴周二郎。

何家村一行比周二郎想像的順利，說好明天來教大家，讓大家把竹子砍回家之後，周二郎便回了家。

何樹橋心裡高興，何家村若是能富裕起來，那真是太好了。他指派任務，動員全村的人來開會，一家一戶，只要是男人，不管年紀大小，只要願意學的都可以來報名，條件就是幫周二郎幹五天活。何家村村民想到以後能賺的錢，別說去幹五天活，就是十天也是願意的，紛紛表態之後，回家便拿了柴刀去砍竹子，對未來都是美好的憧憬、嚮往。

何玉蓮端了凳子坐在何樹橋身邊。「爺爺……」

「啥事？」

對這個唯一的孫女，何樹橋是寵愛的，因為她是女子不能去學堂唸書，何樹橋每月給她一百文零花。在這種小山村來說，一個月有一百文的零花，那也是相當不錯的，何況何玉蓮跟人學過刺繡，繡功非常不錯，平日裡也繡些手帕、荷包的拿去鎮上賣，賺的錢是自己保管，少說也有幾十兩。

何玉蓮又是個會來事兒的，對這個爺爺好得很，時不時買斤酒孝敬他，何樹橋就更疼這孫女了。

「爺爺，就是今天那個小哥，我……」

自己的孫女啥性子，何樹橋是曉得的，平日裡也沒見她關心過誰，女兒家嘛，都有個英雄、美人的夢，恰好周二郎那年幫了她，在玉蓮心中可不就是個英雄？但……

何樹橋拍拍何玉蓮的頭。「玉蓮，妳是個乖孩子，長得好看、心眼好，是咱們家的驕傲，人人見著爺爺，從不問三個孫子怎樣，都是問你家玉蓮訂親了沒？這些人什麼心思呢？妳肯定也曉得的。妳是爺爺疼著長大的，妳的心思爺爺曉得；可玉蓮啊，那周二郎已經有媳婦了，妳可千萬別鑽牛角尖，壞了自己的名聲，也讓人家夫妻感情不和。」

何玉蓮頓時紅了眼眶。「爺爺，我本來也淡了這心思，可今天又見到了，我……」

「嗯，那周二郎的確不錯，為人誠懇、行事公允、有勇有謀，我家玉蓮的眼光是好的；但我家玉蓮心地善良，是絕對做不出來奪人所愛、壞人家庭幸福的事，對吧？」

何玉蓮點頭，只是心裡還是有些不甘。「爺爺，就沒有兩全其美的辦法嗎？」

「沒有。」何樹橋搖搖頭。

周二郎回到家，淩嬌在準備午飯，三嬸婆、周玉在整理棉花，把棉花上的髒東西、棉球都揪掉，阿寶在破屋那兒餵馬，周甘砍了不少竹子回來，打算搭個簡易的馬棚。

「二郎回來了啊！」三嬸婆看見周二郎，忙出聲。

周二郎點頭，打了招呼便去看馬，見牠應該是在嚼草，精神不錯，周二郎也就放心了，才去廚房跟淩嬌商量事情。淩嬌對周二郎的決定基本上沒啥意見，周二郎又不是傻子，她根本不必事事都約束著他。

「嗯，這些事你看著辦就好。對了，你這幾天可得弄幾個大木桶出來。」
「要幾個啊？」
「十來個總是要的。」
周二郎想了想，十來個大木桶可要些時間。「行，我先去何家村教他們編竹籠子，等教好了，我就在家做木桶；反正包穀還有些日子才能收，這房子一時半刻還修不了。」
在這其間，他得先把木頭從山裡砍回來，總不能事事都等著別人來做，這個家是他的，他都不盡心盡力，別人更別想了。
吃了午飯，周二郎和周甘給馬蓋了個簡易的馬棚，又在一邊圍了院子，三嬸婆說家裡孵的雞都出殼了，再等個三、五天就能出來見光，雖說放養多吃蟲子長得快，但還是圍起來養比較好，免得去吃了人家的東西惹事。
一想起昨天去周二郎家，周二郎家中露出的富意，周旺財心裡特別不是滋味，回到家裡，倒在床上睡不著，弄得周田氏想罵又不敢罵，忍了一夜，現在白天又一副像人欠了他錢不還的樣子，周田氏實在忍不下去。「你到底怎樣了？」
「沒事。」周旺財轉身進了屋子，從床頭角落裡摸出一個泛舊的荷包，倒出裡面的銀子。以前看到這些銀子，周旺財就覺得日子一片光明，子子孫孫因為有了這些銀子將會變得不同；可此刻瞧著，只覺得一片黑暗，甚至有如墜入地獄深淵的錯覺。
那天，周二郎那席話，像幽靈一般，縈繞在他的夢裡，揮之不去……

快速收了銀子藏好，周旺財在周田氏錯愕的眼神下出了家門，去了柳寡婦家。

柳寡婦今年三十多歲，風韻猶存，搽脂抹粉地把自己弄得香噴噴的，見周旺財來了，眸子微微瞇了起來。「怎麼來了？」

柳寡婦笑著上前把周旺財拉進門，關好門，把周旺財往床上推去，不一會兒工夫便傳來周旺財直喊受不了、輕點、慢點的求饒聲。

床架嘎吱嘎吱作響，直至周旺財的聲音變小，最後停歇下來，屋子裡又傳出細小聲音，似乎在商量著什麼。

第二十二章

李本來逗弄著家裡的小狗，何秀蘭納著鞋底，李本來爹在一邊抽著旱煙，老娘剝花生，分別餵給幾個孫子、孫女吃。

「本來啊，有什麼想法，你倒是說啊！」李老爹說著，又吸一口旱煙。

「也沒什麼大事，就是想著要怎麼才能賺更多的錢，把日子過得更好。」

如果不是昨晚剛好碰到何潤之兄弟倆，何潤之跟他說了一些話，他還覺得周二郎忽然間富裕起來只是意外，如今想來，未必是……

何潤之的原話是——「一般人家曬的魚乾腥味很重，可周二郎家的魚乾不帶腥，甚至帶著淡淡的草香氣，我賣周二郎家一條魚乾，可抵上不少人家賺一年的錢，所以別人家的魚乾再便宜我也不要。周二郎家的魚乾只要價錢在合理範圍內，我都會悉數買下，若我們不是姻親，這些話我是萬萬不會跟你說的。」

不少人家指誰？而且，他從來不知道魚可以不帶腥。

想起昨晚周二郎家的那頓晚飯，周二郎媳婦燒出來的紅燒魚，味道真真好，他從來沒吃過這麼好吃的魚，香、嫩、鮮，腥味極淡，幾乎吃不出來。

李本來站起身。「我出去一趟。」

「去哪兒啊？」何秀蘭忙問。

李本來沒應聲，往周二郎家方向走去。有些話，李本來不會去問周二郎，可只要他跟周二郎打好關係，其中奧秘若想知道，應該不會太難吧？

可他不知道，如今的周二郎再不是過去的周二郎，性子和待人處事的態度都在改變。

周二郎正在把砍回來的樹去皮，和周甘兩人做得汗流浹背，淩嬌從屋子裡出來。「豆漿好了，快進去喝。」

周甘應了聲，放下手裡的東西就進去了，周二郎卻看著淩嬌笑。「阿嬌，妳猜這是什麼樹？」

什麼樹？她怎麼識得，她搖搖頭。「我不曉得。」

「這是水楠，我先把皮去了，等它稍微乾了，拿來做板凳。過幾日空下來了，我進山去，弄些香楠回來做床。」

周二郎說得頭頭是道，淩嬌似懂非懂。「有什麼區別嗎？」

「當然有啊，這水楠木質太鬆軟，色澤清淡，和水楊有些相似；香楠就不一樣了，它材質微微帶紫，香味濃郁持久，紋理美觀，材質雖然沒有金絲楠木那麼細膩，但是也很不錯了。」

「金絲楠木？」

「對，水楠、香楠、金絲楠木都屬於楠木，但材質可不一樣，價格也不一樣。香楠還好，山裡就有，可金絲楠木是可遇不可求的。」周二郎說著，心裡卻想著，以後一定要用金絲楠木親手給淩嬌做個飾品盒。

想不到一個楠木，還有這麼多說法。「這麼貴重的東西我可用不起。好了，快進去喝豆漿吧，趁熱喝，免得涼了喝了鬧肚子。」

凌嬌這麼貼心，周二郎特別受用，應聲準備進屋子去，卻見李本來背著手走來，凌嬌轉身進了院子。

想到才換了土地，周二郎連忙客氣上前。「本來哥。」

「二郎兄弟。」

「本來哥來得正好，阿嬌煮了豆漿，快進屋喝一碗。」周二郎說著，領著李本來進去，凌嬌舀了豆漿加了蔗糖，放在桌上，熱氣騰騰的，香味正濃。

李本來見大家都在，忙打招呼。「三嬸婆。」

三嬸婆笑瞇了眼。「是本來啊，來得正好，阿嬌煮了豆漿，快喝上一碗，味道特別好。」

李本來見桌子上剛好有兩碗，猜想一碗是他的，一碗是周二郎的，點頭。「那今兒真是好口福了。」

他坐下端了豆漿喝，豆漿又濃又香又甜，李本來家做豆腐的時候，他也會喝上一碗，可沒這個香。「弟妹這豆漿做得可真好，怎麼做的，讓妳嫂子也來跟妳學學可好？」

凌嬌聞言，眸子微微瞇了一下，笑道：「好啊！」

得到自己想要的答案，李本來笑了，喝著豆漿跟周二郎說話。「明兒我跟你一起進山，幫你砍樹。」

「明兒不行，我要去何家村教大夥兒編竹籠子，怎麼也得兩、三天才能教好大家，這幾天怕是都去不了了。」

「你去不了就別去，讓周甘跟著我去。對了，你要那麼多木頭是要修房子嗎？」

周二郎點頭。「是啊，家裡的房子太舊，圍牆也不大高，想要修幾間屋子，把三嬸婆也接過來一起住。三嬸婆年紀大了，她一個人住，我不放心。」

李本來就佩服周二郎的心胸，他捫心自問，自己肯定是做不到的。「唉呀，那我叫上本城、本林一起，他們兩個力氣雖然不怎地，可人多力量大。」

李本來忽然這麼熱情，周二郎挺不適應。「本來哥，不必的，我慢慢來，反正修房子的事還早。」

地裡的包穀還沒收，而且也還沒請風水師前來看位置和房子的朝向，家裡木頭不夠多，家具也還沒打，就算心裡急，可這事只能一步一步來，急也沒用。

「唉呀，我們兄弟之間還客氣什麼？」

李本來一意堅持，周二郎只得再三感謝之後同意，還讓凌嬌切了豆腐、豆芽給李本來帶回去。

晚飯後，周甘、周二郎去河裡把魚抓回來，周玉、阿寶送三嬸婆回去，凌嬌忙著收拾家裡，將裡裡外外清掃一遍，才準備乾淨的水去餵馬。

周二郎回來殺魚，凌嬌哄睡了阿寶，把早上醃的魚吊起來晾，想到李本來，她猶豫再三才開口。「你說，李大哥忽然待我們這麼好，是什麼意思呢？」

周二郎殺魚的手一頓，他其實心裡有些想法，可沒敢往深處去想，覺得人性不至於這麼現實，以前李本來待他也是不錯的。

「應該沒什麼心思吧？」

淩嬌見周二郎迴避這個問題，嗯了聲不再多說，轉身去把他曬好的衣裳收進屋子，想到今兒沒怎麼出汗，洗澡也不方便就算了。

到廚房打了熱水洗臉、洗腳，等周二郎把魚殺好，她坐在一邊指揮周二郎醃魚，小口喝著水。「對了，你問問有沒有人要賣番薯，還有，得弄個大石槽、一根大木頭，到時候要把番薯丟大石槽裡，用木棒子敲碎的。」

「要做什麼啊？」周二郎抬起頭問。

「做番薯粉。我跟你說，番薯粉的用處可多了，可以做粉條、粉絲，做菜的時候可以拿來勾芡，粉絲、粉條的吃法就更多了。」

所以這番薯粉必須做出來，可做出來也要有地方放、有地方曬，如今這家那麼小，放魚乾都不夠，哪裡有多餘的地方曬番薯粉？看來這房子還是早些修起來比較好。

「一個番薯粉還能做那麼多東西？」

「當然。」

周二郎笑，他知道淩嬌特別有想法，會做很多吃的，而且做得特別好吃。「妳放心，我等把何家村的人都教會了，就先幫妳弄石槽；等石槽做好了，再買番薯做番薯粉。」

「嗯。」淩嬌說著，打了個哈欠。

「快去睡吧，我很快就能弄好。」

「那你弄好早點睡，明兒的事情還很多呢！」

「好，去睡吧！」周二郎說著，快速抓了香料抹在魚上。

心細、穩重、踏實，他其實是一個很值得依靠的男人。

淩嬌看了周二郎一眼，起身進了屋子，倒在床上，聽著阿寶細微的呼聲，想著周二郎給她洗的衣裳。她長這麼大，還沒一個男人幫她洗過一次衣裳，就連她爸爸都不曾……

周二郎醃好了魚，洗淨手，又去看了看馬。馬兒吃了一日的草，可能心情比較好，看起來精神不錯，見周二郎走到身邊，睜開眼皮看了周二郎一眼，又閉上了眼睛，噴著粗氣。

周二郎弄了點水，舀了餵牠，見牠不理會。「阿嬌說你來歷不凡，我瞧著還真有點像。對了，你從哪裡來？你主人是不是很厲害？」

話一落，本不理會他的馬兒睜開了眼睛，咧嘴露出白森森的牙，咬著周二郎遞來的草，高傲地嚼著。

周二郎失笑。淩嬌說如果這馬不吃東西，只要一提到主人，牠一定會吃，果不其然。

餵了馬兒，周二郎清洗乾淨才進屋。淩嬌、阿寶已經睡去，看著油燈下的身影，周二郎滿心滿眼的柔情，輕手輕腳走到板車躺下，屋子裡幾個角落都堆得滿滿當當，他迫切地想要把房屋修起來。

隔天，周二郎早早起來，把魚都抓了回來，殺了醃好。淩嬌煮了早飯，周二郎吃完便去何家村。何家村人對周二郎的到來特別歡迎，把周二郎迎去了村長家，又把家裡砍好的竹子拖到村長家，周二郎連口水都沒喝，忙著教大家編竹籠子。
聰明的人沒幾下就掌握竅門，編出來雖不好看，但像模像樣；笨的就慘了，這個不對，那個不對，周二郎細心教著，一直帶著善意的笑，沒有不耐。
何玉蓮在屋子裡偷偷瞧著，越瞧越覺得周二郎好，只是想到周二郎已經娶了媳婦，心裡揪得難受。
忍了許久，何玉蓮換了乾淨衣裳，抹了胭脂，把自己打扮得漂漂亮亮的出了屋子，走到周二郎面前，嬌羞低喚。「小哥。」
周二郎看了何玉蓮一眼，客氣打了招呼，壓根兒沒注意看她的模樣，一聽到有人喊自己，忙過去教了。
村民中，有人眼尖。「唉唷，玉蓮這衣裳新的啊，沒見妳穿過呢？」
「不新了，穿過幾次的。」何玉蓮說完，快步去了廚房。
雖然農村的女子沒有那些大戶人家規矩那麼嚴，大門不出、二門不邁，可真要弄出什麼風言風語，她爹娘肯定會剝了她的皮。
在廚房，何玉蓮偷偷觀察周二郎，只覺得他很高、很結實，挽起袖子露出的手臂格外有力。何玉蓮咬了咬唇，洗鍋燒水。
周二郎去何家村教人編竹籠子，凌嬌在家裡也沒閒著，讓周甘在後院挖了坑，把壞的薑都挑選出來，再把整理好的埋在坑裡。

周玉特別好奇。「嫂子，昨天燒魚的時候，就放了這個嗎？」

「對啊，這是生薑，去腥味的。」

「跟嫂子弄的那些香草一樣的作用？」周玉抿唇。「嫂子，妳懂的可真多。」

凌嬌失笑，摸摸周玉的頭。「只要阿玉想學，我都教妳，可好？」

「好。」

周玉曾經想著，失去了娘，日子肯定特別難過；可失去娘之後，她又在嫂子身上找到娘親身上的感覺，淡淡的溫暖，淺淺的溫馨。

凌嬌平常話並不多，但心眼好，她知道的都會教給周玉，周玉對她很是相信、依賴。

周甘把坑挖好，就跟李本來去山裡砍樹。一路上，李本來談笑風生，說著外面的趣事，周甘聽著，時不時說上幾句話，顯得話有些少。

李本來忽然問：「阿甘，你二郎哥、嫂子待你好嗎？」

周甘一頓。「好啊！」他心裡對李本來有了防備，微微瞇了眼，繼續砍樹。

「你二郎哥是個好人，好好跟著你二郎哥，他不會虧待你們兄妹的。」

周甘點頭。

李本來見周甘情緒不高，想著平日都沒怎麼打交道，也不再說話，只招呼兩個弟弟快些砍樹。心急吃不了熱豆腐，這點李本來懂。

沈懿駕著馬車，一路打聽著來到周家村。他長得白白淨淨，穿著講究，嘴巴甜，口才也好，一路走來，打聽了不少消息。

他在村口遇到周旺財，停了馬車問道：「大叔，問你打聽個人啊！」

周旺財看著沈懿，瞇起了眼睛。「找誰啊？」

「周二郎。」

周旺財一頓，眼光一暗，片刻之後才說道：「咱們村沒這個人。」說完，也不管沈懿，轉身就走。

沈懿呵呵笑了起來。他進村子的時候，還有人指了周二郎家的方向，他繼續問，也只是想多認識個人，順便打聽些有用的消息，卻不想見著這麼個人，跟周二郎好像有仇似的，只是，周二郎曉得嗎？

沈懿撇撇嘴，跳上馬車，朝村子裡去，遇到村裡的小孩便送上從鎮上帶來的糖，小孩子們樂歪了嘴，沈懿問什麼，他們就答什麼，一個個熱情地要帶沈懿去周二郎家。

第二十三章

不一會兒工夫，幾乎整個村子的孩子都出動了，沈懿也客氣，只要小孩子們喊他一聲大哥哥，他就給顆糖，一行人熱熱鬧鬧地到了周二郎家。

三嬸婆第一個出來，孩子們見到三嬸婆，紛紛上前。「三太婆。」

三嬸婆笑著點頭。「阿寶，有小夥伴來找你玩了。」

「來了。」阿寶咚咚咚跑了出來，見著村裡的小孩，打了招呼，站在一邊好奇地看著沈懿。

沈懿笑著問三嬸婆道：「二郎哥在家嗎？」

「你是？」

「我沈懿，二郎哥請我來家裡作客。」

二郎請人來家裡作客？三嬸婆懵了，忙道：「快裡面請。」

沈懿轉身從馬車裡拎出好些東西，進了屋子，對著淩嬌熱情喚了聲。「嫂子。」

來者是客，淩嬌也不能把人往外推，再說這人她還記得，就是鎮上賣種子給她的，自己也有意結交，笑道：「進來坐吧！」家中有三嬸婆、阿寶，周玉也在，她行得正、坐得端，也不怕那些流言蜚語。

招呼沈懿進屋，又倒了茶，沈懿跟三嬸婆說些笑話逗趣，樂得三嬸婆合不攏嘴，阿寶驚喜連連，滿臉崇拜地看著沈懿。

「沈叔叔，是真的嗎？那些人真的黃頭髮、藍眼睛？」那不是妖怪嗎？

「當然，他們說的話我都聽不懂，不過他們特別喜歡我們帶過去的絲綢、茶葉、陶器，願意拿東西跟我們換。」

沈懿說得天花亂墜，三嬸婆笑咪咪聽著，周玉低垂著頭，專心做衣裳，偶爾笑一笑。

家裡來了客人，淩嬌忙著做飯，沈懿也不去看淩嬌，偶爾有問題，也喊她嫂子。

淩嬌做了雞蛋炒青菜、燒豬肉、魚頭豆腐湯，招呼沈懿過來吃。「家常便飯，你多吃點。」

「嫂子客氣了。」

沈懿走南闖北，農村生活是啥樣的，他心裡有數，淩嬌能弄出這三道菜已經十分難得，尤其青菜青翠欲滴，紅燒肉酥軟色澤亮麗，魚頭豆腐湯白香濃，湯入口無半點腥氣，魚肉鮮嫩美味、豆腐滑嫩，咬一口，口齒留香，真真美味之極。

他又挾了一口紅燒肉。「唔……」這滋味，肉香軟綿、油而不膩，帶著點甜又帶著點香，簡直是人間美味。

要怎麼做，才能讓嫂子心甘情願跟他去鎮上或鳳凰城、都城開鋪子呢？

何家村裡，村民們都熱情邀請周二郎去家裡吃飯，何樹橋虎著臉。「都別囉嗦，都回家去吃飯，吃了飯隔一個時辰再來學編竹籠子。」

周二郎來何家村教大家編竹籠子，可得了不少好處，雞蛋就拿了足足三百個，臘肉也不少，青菜、南瓜、蘿蔔更是堆了幾竹筐。

飯桌上，何樹橋不停給周二郎挾菜。「二郎啊，多吃點，在大爺家別客氣，玉蓮廚藝還是不錯的。」

周二郎笑，微微點頭。這菜雖然好，味道卻不及淩嬌十分之一，吃慣了淩嬌做的飯菜再吃別人做的，周二郎有些難以下嚥，只是在別人家，他也不能挑嘴。

何樹橋讓周二郎去何家三小子的房間睡一會兒，周二郎惦記家裡，只是來去也要些時間，索性進屋去睡了。

陌生的地方，沒有熟悉的味道，他怎麼也睡不著。

忽然，門輕輕被人推開，一股香風飄進屋子，周二郎蹭地坐起身，防備地看著進來的何玉蓮。

何玉蓮以為周二郎已經睡去，想要仔細看看他，卻不想他根本沒睡熟，還這麼警醒，她一進屋子，他就坐起身，臉上的防備讓何玉蓮又羞又窘，說不出話來。

周二郎快速下床，穿鞋子出了屋子，他這會兒如果還不懂，就是傻子了。

他並沒有因為被姑娘喜歡而竊喜、興奮，反而滿心難堪，他覺得女子就應該如淩嬌一般，恭順賢良、潔身自愛。

要不是想著家裡的房子，想著給淩嬌更好的生活，他都要甩手不幹了。

下午，周二郎是一見著何玉蓮就快步走開，不看她也不理睬她，何玉蓮一靠近，他就渾身防備、臉色嚴肅，弄得氣氛很是緊張，村民們編竹籠子是大氣不敢出，也沒人嘻嘻哈哈。

天還沒黑，周二郎就起身告辭，說明兒再學。

他想回家，不然在何玉蓮眼皮子下，他渾身都難受。

周甘和李本來三兄弟扛著樹回來，見著家裡的陌生人，周甘淡淡打了招呼，就去忙活別的了。淩嬌留李本來三兄弟吃晚飯，三人推辭一番便留了下來，李本來有一搭、沒一搭地跟沈懿說話，一得知沈懿從鎮上來，還去過異國，說話的聲音都不一樣了，甚至還有些討好。

沈懿不動聲色地打量了李本來一眼，呵呵笑著，卻見周二郎背著手快步走來。沈懿站起身，看著周二郎走近，抱拳。「二郎哥。」

周二郎壓根兒忘記了沈懿，蹙眉。「你……」這人是誰？好像跟他很熟悉的樣子。

一時間，周二郎還真沒記起沈懿，沈懿也不惱，笑了起來。「二郎哥，我是沈懿啊，就是那天廟會賣種子的那個沈懿。」

賣種子的？周二郎想了起來，忙道：「快裡面請。」心裡雖然納悶、疑惑，可面上不顯，招呼沈懿進屋，又跟李本來三兄弟打招呼。

進了院子，周二郎就去找淩嬌，見她在廚房忙碌，他頓時安心，也心疼淩嬌勞累，忙去幫她洗洗刷刷，時不時跟她說上句話。淩嬌淡淡應上一句，周二郎就興奮得不行，咧嘴笑著，煩惱也散去不少。

周玉端了茶水過來，沈懿笑咪咪地衝周玉道謝，周玉微微點頭。「不客氣。」

晚飯做得很豐盛，雞蛋羹、炒青菜、清蒸魚頭、紅燒肉、炒蘿蔔絲、肉片炒豆芽，每一道菜都色香味俱全，周二郎招呼沈懿吃，沈懿也不客氣地大快朵頤，心裡想著，若是來杯酒下菜，人生也就美滿了。

先前明明瞧見淩嬌做菜有用燒酒的，怎麼不拿出來招呼他呢？看來下次來，得自備酒水才是。

吃了飯，李本來三兄弟告辭回家，沈懿卻不說要走，周二郎想著家裡實在沒房間留給他睡，思來想去，讓周玉跟三嬸婆回去住一晚，讓沈懿去周甘家睡，沈懿呵呵笑著答應。

「二郎哥，我過幾日就要跟叔叔去異國，你有啥想帶的？」

周二郎一愣，他其實也沒啥想要的，就算有，他也沒錢……不過，周二郎還真想請他帶點什麼回來，只是猶豫一會兒，還是搖搖頭。「沒。」

「真不要？」沈懿不信，靠近周二郎。「你就不想帶個稀奇玩意兒送給嫂子？」

想，可他手裡沒銀子。家裡的錢都給了阿嬌，他手裡真的一文錢沒有。

「我沒錢。」周二郎小聲道。

沈懿錯愕，那日瞧著淩嬌買東西，可是很俐落地掏錢，莫非周二郎是妻管嚴？也不對，瞧淩嬌溫溫柔柔的，待人也和氣，不像是凶悍的，唯一說得過去的就是周二郎疼媳婦，錢都給媳婦管了。

「不怕，二郎哥，算我借你的，等你將來有了銀子再還我。」

「真的可以？」

周二郎是想送淩嬌一樣東西，不必太貴重，也不必太華麗，最好能讓她戴在身上。

「當然。」

但周二郎笑了起來。「還是不用了，等我以後有錢了再說吧！」

周甘帶著沈懿回家。看著周甘的家，沈懿嘆一聲，卻不見周甘爹娘。「你爹娘呢？」

「我爹娘都過世了。」

「我爹娘也過世了。」沈懿說著，失落地笑了笑。

周甘訝異地看向沈懿，沈默不語，把床整理好了，才說道：「早點睡吧！」

周甘的床，怎麼說呢，很乾淨，很破舊，棉絮肯定是舊的，蓋著除了重，根本不怎麼暖和。周甘則睡在角落的板床上，中間隔著一道布簾子。

沈懿想著這應該是周玉的床。

「周甘。」

「嗯？」

「要不要跟我一起去異國？像你這樣肯吃苦耐勞的，去一趟回來至少能賺十兩銀子。」

十兩銀子對周甘來說是一筆鉅款，他沈寂的眸子裡泛起了光。他想去，可想著周二郎家要修房子，二郎哥身邊也沒個幫襯的人，還有那麼多村民虎視眈眈，等著看他笑話，更有個黑心肝的村長蟄伏在暗處。

「不去。」

「有十兩銀子也不去？你二郎哥一年給你多少銀子啊？」

「我二郎哥沒打算給我銀子，就算他給我，我也不要。」

恩情，周甘記得清清楚楚，銘記於心。

周甘的心思，沈懿明白，也不再提，打了個哈欠。「好睏啊，我睡了先。」

周二郎醃好魚，又給馬兒餵了水後才進屋睡覺，見淩嬌靠在床頭，有一下、沒一下地擦著頭髮，睏得眼皮都在打架，他上前接過淩嬌手裡的布巾。「妳睡吧，我幫妳擦。」

淩嬌嗯了聲，睡意一下子少了不少。白天一天都沒閒著，做了兩頓飯，把何家村村民送的蘿蔔切了曬蘿蔔乾，又泡了些鹽水蘿蔔，發了豆芽，本來也不是特別多的活，可這身體就像養尊處優慣了，禁不起折騰，懶洋洋地不想動，任由周二郎小心翼翼給她擦頭髮。

「今天去教人編竹籠子還順利嗎？」

「嗯。」周二郎說著，手一頓。想到何玉蓮，他就不想去何家村，可答應了的事，出爾反爾他又做不出來，心裡暗暗下決定，以後見著何玉蓮一定要遠遠就躲。雖然他沒有那些心思，可何玉蓮有，他可不能讓阿嬌為這些破事鬧心，更不會讓阿嬌以為他有喜歡的姑娘，就要成全他。

喜歡……周二郎腦子裡忽然閃過這兩個字，愣住了。

他一直不知道自己對阿嬌是什麼心思，就是一門心思要對她好，讓她過好日子，這會兒，他懂了，他喜歡淩嬌，他願意為她做任何事。

雖然淩嬌不喜歡他，但是，他心裡還是歡喜得厲害，比賺了幾百兩銀子還高興。

「呵呵……」周二郎傻兮兮笑了出聲。

淩嬌錯愕，扭頭看他。「你笑什麼？」

「沒……」周二郎頓時紅了臉，低頭不敢看淩嬌。

昏暗的油燈下，淩嬌還是看見周二郎紅透的耳根子，有些好奇起來。「我說，你莫不是在何家村遇上大姑娘，人家大姑娘看上你了吧？」

周二郎聞言，大驚失色，一個不穩，從凳子上摔倒在地，結結巴巴問道：「妳怎麼知道……」

淩嬌一聽，頓時來了興趣。來這裡快一個月，根本沒什麼娛樂，每天除了幹活就是睡覺，要不就逗弄阿寶，認識的人也有限；倒也有人上門來聊天，可實在沒什麼水準，她們說的她不感興趣，她說的她們又不懂，相當於對牛彈琴，再加上她們心思不純，幾次下來，淩嬌也不大說話了。

「快說，快說，那姑娘長得好看不？」難得有消遣，淩嬌急切地問。

見周二郎坐在地上，傻愣愣的，她催促道：「傻坐著做啥，快起來好好跟我說說啊！」

周二郎見淩嬌眼睛亮晶晶，坐在床上，衣襟微開，露出雪白的肌膚，在昏暗的油燈下，就那麼一眼，他只覺得氣血倒流、心跳加速，整個人熱起來。他嚥了嚥口水，爬起身，扶正板凳坐好，仔細想了想，他壓根兒沒注意何玉蓮長啥模樣，只是瞧淩嬌滿臉好奇，他真怕淩嬌上門去提親，給他弄個媳婦回來。

「好看什麼啊，都嚇死人了。」

「嚇死人了？怎麼說？」淩嬌好奇問。

周二郎嘆息一聲。「妳是沒瞧見，那人膀大腰粗的，手臂比我的還大，腰跟咱家圓桶一樣，臉堪比我們家木盆，一笑露出一口大黃牙，一股噁心的口臭，笑起來眼縫都找不到，更別說眼珠子了。」

淩嬌一愣，這哪裡是人，分明是妖怪嘛！長得這麼寒磣還出來嚇人，太不厚道了……不對，依周二郎的說法，那人肯定胖得很，只是這農村哪裡來那麼多糧食讓一個人肥胖至此，莫非是病？

一時間，淩嬌也沒心思八卦了。「不說了，你也早點關門睡吧！」

她聲音軟糯，讓周二郎心驀地一悸，乾咳一聲，快速出了屋子，壓抑心中的異動。

回頭看向屋內，他多想衝進去將淩嬌抱住，繾綣纏綿一番，可他不敢。

第二十四章

翌日，周二郎很早就起了，把魚抓回來，燒了熱水，殺魚醃魚，煮了稀飯，本想隨便吃點，可想到家裡有個客人沈懿，只得讓淩嬌來準備。

淩嬌麻利地揉麵、剁肉，等人都到了才貼餅，吃了一頓豐盛的早飯。沈懿倒是願意留下來，可回去還有許多事，昨夜留了一宿已然難得，吃了早飯便跟周二郎告辭，還順便送周二郎去何家村。兩人在路上又說了好些話，周二郎特別羨慕沈懿的口才和本事，暗下決心要多學說話，做個有本事的人，給阿嬌、阿寶撐起一片天地。

到了何家村，周二郎一見著何玉蓮便忙垂下頭，快步去教大夥兒編竹籠子，話也多了起來，還會問人家家裡的情況，將關係又拉近了一步。

淩嬌待沈懿走了，才打開他帶來的禮物，是幾疋顏色翠綠繡紅花的棉布，兩包黃糖，一些淩嬌認不出來的種子，卻是稀罕的。

只是家裡的地，修了房子後還能剩下多少猶未可知，這麼多種子怎麼辦？

「三嬸婆，村裡有土地可以租嗎？」

三嬸婆一愣。「徐地主家租田地，不過這租金可不少，一年要兩百斤穀子呢！」

穀子雖不如大米值錢，好的也要三文一斤，差的兩文。

「這田地租來後，不管種什麼都可以嗎？」

「可以，只要妳付了租金，愛種什麼徐地主才不管呢！」三嬸婆說著，眉頭輕蹙。「阿嬌要租田地？」

「嗯，我想著如果要修房子，就修大一點，以前手裡沒錢沒辦法，如今手裡有錢了，索性修大些，放東西也好，有客人留宿也方便。」

三嬸婆點頭，這些事她插不上手，她是吃閒飯的，指手畫腳只會惹人嫌棄，只是問道：「二郎曉得嗎？」

「還沒跟他說呢，等他回來再跟他說這事。」

「嗯，你們商量著來就好。」

午飯時，周二郎沒在何樹橋家吃，而是去了一戶村民家，吃得也不好，就一碗雞蛋麵，他卻吃得安心。

他害怕見到何玉蓮，怕鬧出什麼事來。阿嬌本就不喜歡他，如果知道他在外面惹出什麼風言風語，肯定會惱他。

「大叔，何家村還有比村長家更大的場地嗎？」

周二郎這話問得突兀，何桂明愣住，看向周二郎。「怎麼了？村長家不好嗎？」

周二郎搖頭。「不是，我就是隨口一問的。」

「哦。」何桂明本就滑頭，不然也不可能力排眾議把周二郎請到自己家吃午飯。「二郎啊，你是在躲玉蓮吧？」

周二郎忙搖頭。「不是。」雖然不喜何玉蓮，可事關人家名聲，周二郎還是厚道地否認了。

何桂明淡淡一笑。「二郎啊，玉蓮可是咱何家村最漂亮的姑娘了，又懂事能幹，誰娶了都是福氣，你不考慮考慮？」

「大叔莫開這種玩笑，我有妻子了，再說這對何姑娘的名聲不好。」

何樹橋把何玉蓮喊到屋子裡，厲聲詢問。「妳都幹什麼了？讓周二郎去了別人家吃飯？」

「爺爺，我……」何玉蓮心裡難受極了，周二郎不喜歡她，一點都不喜歡，甚至見了她就躲，看都不看她一眼。她一向被人捧慣了，哪裡受得了這般無視，紅了眼眶就要哭出來。

何樹橋厲喝。「哭什麼哭？還不告訴我，妳都做了些什麼？」

「我做什麼了？我什麼都沒做，爺爺，你可不能冤枉我。」何玉蓮打死也不會說，她昨天刻意去勾引周二郎，還趁周二郎休息的時候進了屋子，甚至想睡到周二郎身邊去，弄成了事實，讓他必須對自己負責。

哪曉得周二郎一下子就醒了，還跑出了屋子，自此之後根本不給她靠近的機會。

「妳……」

何樹橋氣得說不出話來，何玉蓮嗚咽一聲，跑出了家門，往何桂明家跑去。

周二郎在何桂明家吃了麵，喝了不少開水，正在茅房方便，剛剛繫好褲腰帶，出了茅廁，就見何玉蓮哭紅了眼立在茅廁門口，嚇得他大叫。「妳、妳想幹麼……」

何玉蓮也沒想到會在這麼尷尬的地方遇到周二郎，尤其想著他剛剛在裡面小解，更是紅透了臉，支支吾吾說不出一句完整的話。「我、我……」

她想問周二郎，為什麼瞧不上她？是她不夠漂亮還是不夠賢慧，或者家中妻子比她漂亮能幹？

可見周二郎一臉驚恐、防備，何玉蓮硬是說不出一句話。

周二郎深吸一口氣，挺直了腰桿。「何姑娘，請自重。」說完便越過何玉蓮準備離開。

「等等。」何玉蓮驚呼。這是她唯一的機會了，如果爺爺、爹娘知道她來找周二郎，以後肯定不會讓她隨便出門的。

周二郎停住腳步，扭頭冷冷看著何玉蓮。他是個溫厚的人，平時很少記恨、厭惡誰，可這一會兒，他有些討厭何玉蓮，討厭她不知廉恥地往他身邊湊。

他要是如一個月前，吃了這頓沒下頓，家中一文錢都拿不出來，誰會多看他一眼？也只有阿嬌不嫌棄他。

「我哪裡不好，你看不上我……」何玉蓮哭出了聲，淚流滿面，甚是惹人憐惜。

周二郎瞧著，卻煩躁得很，很想問何玉蓮「我哪裡好」，可他不能這麼糾纏下去。「何姑娘，我有妻子，我很喜歡我的妻子，妳千萬別在我身上花心思，我不值得。真的，我就是一個窮人，連自己都養活不了，真沒妳想像中那麼好的。」

「我不在意，我可以做繡品去鎮上賣，我針線活可好了，還有六十多兩存銀，我可以拿出來，我甚至願意做小，我——」

「別。」周二郎打斷何玉蓮下面的話。

就算何玉蓮願意給他做妾，他也不要，別說他養不起，就算養得起，他也不能弄回家裡去噁心阿嬌。哪怕阿嬌不喜歡他，以後可能會離開，他心中也已經有了打算；大不了一輩子不娶，守著心裡有過的美好過下去，再不濟，他還有阿寶養老送終。

何玉蓮哭得更傷心了，周二郎卻沒有絲毫憐香惜玉之情，轉過身，忽然說道：「何姑娘，妳已經造成了我的困擾，以後找個合適的人嫁了吧！做妾並不是一件風光的事，我周二郎也不是有錢老爺，做不來那些有錢老爺的風月事。」說完就走，毫不留情。

何玉蓮愣在原地，死死咬住嘴唇，任由淚水流下，久久說不出一句話。

周二郎走得飛快，見何玉蓮沒追上來，才鬆了口氣。他性子本來就好，從不對人疾言厲色，這還是第一次，又是對一個姑娘，心裡直打鼓；可幾番衡量之下，他覺得還是要拒絕得徹徹底底，雖然會傷了何玉蓮的心，總比她死纏爛打，弄出閒言碎語讓阿嬌傷心好。

下午在何樹橋家教編竹籠子，他一開始提心吊膽的，就怕何玉蓮跑出來發瘋，後來聽說她被送去外祖家了，他才放下心，認真教大家編竹籠子。

太陽下山，周二郎見大家大致上都會編了，便起身告辭，表示明兒還會再來，村民們紛紛送上家裡的蘿蔔、南瓜，周二郎猶豫片刻還是收下，問人借了輛板車給拉了回家。

「二叔回來了，嬸嬸。」阿寶喊著，快樂地奔向周二郎。「二叔，嬸嬸做了豆腐，村裡好多人都來買，還給你留了豆漿，我去端。」

周二郎看著臉色好了很多、又長了肉的阿寶，笑了起來，把板車上的三筐南瓜、蘿蔔朝院子裡搬。

忙活一通之後，在後院看著地裡綠油油的菜，周二郎心情特別好，回到廚房幫著淩嬌做晚飯。「本來哥今天又來幫忙扛樹了？」

淩嬌點頭，心裡總覺得不對勁。「你還是找個機會跟人家說說，總幫我們家扛樹也不行，記得含蓄些，免得傷了感情。」

「我曉得的。」

一開始，周二郎或許沒什麼心思，但今兒在何家村遇到何玉蓮死纏爛打，讓周二郎明白，人心並沒他想的那麼好。

「阿嬌，妳去歇著，我來做晚飯吧，妳也累了一天了。」

淩嬌失笑。「你行不行啊？」

「行不行一會兒就曉得了，味道肯定沒妳做的好，但總有幾分樣子，不然妳在一邊指揮我來做，怎樣？」

「好。」淩嬌還真做了甩手掌櫃，親自把圍裙給周二郎繫上，周二郎只覺得背脊一陣軟綿貼上來，柔軟的手臂從他腰處伸到腹部，片刻後離開，他心跳得快，心裡竊喜得厲害，暗道以後定要多做飯，讓阿嬌幫他繫圍裙，雖然心思有點齷齪，可他覺得，齷齪的心思居然很美好。

淩嬌在一邊脆聲指揮，周二郎手腳麻利地切菜、下鍋、翻炒，還真像模像樣。

周玉坐在一邊抬頭瞧著，嘴角掛著笑。她以後也要找一個像二郎哥這般會疼人的夫婿。

三嬸婆笑瞇了眼，實在看不下去周二郎這般憐惜淩嬌，便拉著阿寶去外面走走，她怕再看下去，一把年紀了，還會羨慕嫉妒恨。

「撒鹽，不要太多，一點就好，多了會鹹。」淩嬌甚至去弄了盤瓜子，抓了一把，一邊嗑瓜子，一邊指揮周二郎幹活。

周二郎拿了筷子挾了菜，小心翼翼遞到淩嬌嘴邊。「妳嚐嚐味道如何？」

淩嬌嘴接過他餵到嘴邊的菜，細細咀嚼。「嗯，不錯。」

得到淩嬌的鼓勵，周二郎轉身把菜舀到盤子裡，兩人淺淺細語，那股溫馨甜膩讓周玉羞紅了臉，只好輕手輕腳出了院子。

稍晚，周甘和李本來三兄弟扛著樹回來，飯菜已經做好上桌，周二郎跟李本來說著話，招呼他們三兄弟上桌吃飯，熱情周到。

吃了飯，淩嬌開始收拾，周二郎送李本來出門。「本來哥……」

李本來失笑。「二郎，我曉得你要說什麼，無非叫我以後不要幫你扛樹，怕欠我太多人情不好還，得，那明兒就不來了。」

「不是，本來哥，我不是這個意思。」周二郎連忙解釋，卻沒有挽留李本來。

李本來深吸口氣。「二郎啊，還是那句話，有用得上本來哥的，儘管開口。」

「好。」

送走李本來，周二郎和周甘去河裡抓魚。天氣越來越冷，河水越來越涼，周二郎一下水就冷得直哆嗦，周甘在岸上瞧得心驚。「二郎哥，你小心些。」

「無礙，很快就好了。」

抓好魚回到家裡，淩嬌早已經燒好熱水，讓周二郎洗了個熱水澡，又端上一碗滾燙燙的紅糖薑湯。「快喝了祛祛寒氣，河水這麼冷，這魚咱們就先不抓了吧！」

周二郎也想不抓了，可想到家裡的境況，只是笑笑，端了薑湯喝。「無礙，我身子好著呢！」

「身子好也不能這麼胡來，看來其他都不重要，這木船一定要先做出來。」淩嬌接過碗，轉身去洗了。

淩嬌的關心讓周二郎宛若吃了蜜糖，滿心的甜，點頭道：「也是，何家村的人大多會了，明兒再去一次就可以不必去了，回家後我先把船做出來再說，再熬也就這幾日了。」

淩嬌點點頭，接著把換下的衣裳洗了，周二郎在一邊殺魚洗魚醃魚，農家小院，平添溫馨。

第二十五章

「哥，咱們明兒真不去了嗎？」

連著幹了兩天活，累得要死要活，周二郎還不識好歹沒句好話，李本城實在不想去了。

「是啊，哥，我是不想去了。」李本林幫腔道。

李本林不大明白，周二郎家有啥值得自家大哥圖謀的，窮成那個德性，雖然最近抓魚賺了點，可那魚乾不是被偷了嗎？

看著兩個弟弟抱怨，李本來臉色變了變。「不去了，早點睡吧！」

回到家裡，何秀蘭在油燈下納鞋底子，見李本來情緒不對，何秀蘭忙起身。「怎麼了，誰招惹你了？」

「沒事。」

李本來坐到床上，何秀蘭出去打了熱水進來，伺候李本來洗臉、洗腳，柔聲說道：「累了吧，一會兒我給你按按，舒坦舒坦身子。」

李本來看著低眉順眼的何秀蘭，成親多年，太熟悉，早已經沒了年少時的激情，只是淡淡應了聲，便脫了衣裳上床。

何秀蘭快速清洗了自己，吹了油燈，摸黑睡到李本來旁邊，不一會兒床便發出嘎吱聲響，伴著女人淺淺的喘息呻吟和男人的大喘粗氣。

李本來一邊動著，腦子忽然浮現淩嬌纖瘦的身影和好看的眉眼，心中邪火頓生……

翌日。

周二郎把家裡安頓好，拉著板車去了何家村，確定大家都會編竹籠子了，他便和村長告辭，並約定好等收了包穀就開始修房子，到時候他親自來何家村請人。何樹橋想到何玉蓮，有心想跟周二郎說幾句，可村民拉著周二郎你一言、我一語，讓何樹橋硬是沒尋到機會。

回到家，周二郎見天色還早，去山裡砍了三棵樹回來，弄了木墩，把工具該磨的磨、該調的調，跟淩嬌商量怎麼做木船。

「阿嬌，我覺得木板要厚實些，可以多用幾年，船做大一點、深一些，免得魚跳了出去。」

「嗯，這些聽你的。」

她沒想到周二郎木工這麼好，跟周甘兩人折騰了三天，一艘木船便出現在面前。周二郎看著自己做出來的木船，心中自豪，跟周甘兩人抬了去河裡嘗試。

村民們早就知道周二郎在家裡折騰船，好奇得很，又見周二郎跟周甘在河裡划船把魚抓了上來，衣裳都沒濕，心思更活泛。

「二郎、二郎，你這東西借給叔用一下唄！」周鐵蛋笑嘻嘻上前。

因為家裡和周二郎換了土地，周鐵蛋覺得這個面子周二郎應該還是願意給的。

周二郎略微尋思，笑道：「鐵蛋叔啊，這船我不打算借。」

「咦？」

「鐵蛋叔，咱們兩家的關係素來好，我這麼跟你說吧，這船我打算出租，用一次三文錢，一天五文錢。你看這天冷了，河水冷得刺骨，一個不好就會染上傷寒；吃藥能好還是小事，若是吃藥好不了，一命嗚呼見了閻王爺，留再多錢又有何用？你說是這個理吧……」

周二郎這話說得讓周鐵蛋臉色變了變，可是說得又在理，年紀輕的下水還能忍受，要是年紀大的，一下去冷得骨頭都痛了，說不定就上不來了。跟命比起來，一天五文錢真算不得什麼，可這長年累月下來，也不是一筆小數目啊……

「二郎，能便宜點嗎？」

周二郎萬般歉意地搖頭。「鐵蛋叔，這已經是最便宜的價格了，我還打算做幾艘船出來，如果有人要買，我就賣了。」

「多少錢一艘？」

「十五兩銀子。」

十五兩銀子！那可真是貴。周鐵蛋仔細算了算，一天五文錢，一年三百六十五天才一千八百多文，又不可能天天來抓魚，一艘船的銀子可以抓魚十年，而這船還不知道能不能用十年呢！

何況這些日子賣魚雖然得了些錢，可鎮上賣魚的人越來越多，魚的價格是越來越便宜，也沒幾戶人家能一次拿出十五兩銀子來，想想還是一天一天地租比較划算。

「可你只有一艘船，咱們村這麼多人，明顯不夠啊！」

周二郎笑。「鐵蛋叔你放心，我會趕緊多做幾艘出來的。」

「那這錢是一天一付呢，還是一月一付？」

周二郎微微想了想。「一天一付呢，五文錢不能少，如果是一月付一次，還能給個優惠，但是這個月不管你用還是不用船，我都是不退錢的；也可以一兩銀子包走這艘船，隨便你再給誰用，收多少錢。你們也可以找幾家關係好的，合著包一艘船。」

那樣一兩銀子到手，也不用去管他們什麼時候用船，省事省力。

周鐵蛋和村民們又算了算，一天五文錢，一個月就是一百五十文，如果找十戶人家合著租，那一個月就一百文，足足少了五十文。

周二郎知道大家都要回去商量，合租也要找關係好的，並不急。回到家裡，他跟周甘又忙著開始做木船，第一次做生疏，有些慢，第二次可就快多了，一天半就做了一艘木船出來。

村子裡有人相約來包船，一手給了錢，便讓他們把船抬走了。

連著又忙活了十五天，做了十艘船出來，周二郎包租出去十一艘，自己留了一艘；包船的十一兩銀子，周二郎又原封不動交給淩嬌保管，想著家裡有了八十多兩銀子，周二郎心情極好。

瞧著地裡包穀可以收了，一家子又忙著收包穀，一串串掛在柱子上，金燦燦的特別好看；馬也好了起來，能吃能喝，力氣也有了，就是性子傲得不讓人騎。

晚飯，淩嬌把包穀磨碎，做了包穀餅，香脆可口，除了三嬸婆小口小口吃著，其他人都大快朵頤。周二郎給淩嬌挾了肉片。「阿嬌，包穀也收了，這地也算是咱們的了，明天去鎮上請個大師來看看，這房子要怎麼朝向，位置選在什麼地方吧！」

周二郎又做了個馬車架子，用油布包著，乾乾淨淨的，特別好看，可馬就是不讓他套，揚著蹄子嘶鳴著，周二郎好說歹說，馬兒就是不妥協。淩嬌換了衣裳出屋子，見周二郎還在跟馬周旋，冷淡道：「二郎，既然牠不想咱們去鎮上找牠主人，就讓牠待在家裡吧，咱們走著去。」

淩嬌說完，朝他眨了眨眼睛，周二郎詫異，卻感覺腰處一熱，衣角被扯著，扭頭看去，只見馬兒咬著他的衣角，兩眼水汪汪地看著他。

周二郎失笑，暗暗佩服淩嬌本事，三言兩語將這烈馬給降服了，忙給馬兒套上馬鞍，再把馬車套上。

淩嬌本來沒打算帶阿寶去鎮上，可有了馬車，想著來去不用走路，便招呼阿寶上馬車。阿寶一見自己也能跟著去，開心壞了。「嬸嬸最好了。」歡呼一聲爬上馬車，跟三嬸婆、周玉和周甘揮手告別。

到了鎮上，他們先去了何潤之家，卻得知何潤之出去許久未歸，連封書信都沒有，何潤玉不放心，昨日收拾了行李去鳳凰城尋他。

周二郎有些擔心，卻沒敢在何潤之媳婦面前表現，起身告辭離開。

出了何潤之家，走了幾條街，他才擔心說道：「也不知道出了什麼事，何大哥出去這麼久還未歸來……」

凌嬌心裡也頗為擔憂。「但願何掌櫃吉人自有天相，早日歸來。」

「嗯。」

想著家裡馬上要修房子，麵粉、豬肉什麼的最好多準備一些，免得人多了，還要特地跑一趟，又買了豬肉、麵粉，才去找風水大師。

只是見那風水大師家門庭冷落、大門緊閉，根本沒人上門，淩嬌錯愕。「真的準嗎？」

「準倒是很準的，就是一般人請不到，我也是來碰碰運氣的，人家給不給看還不一定呢！」

淩嬌撇嘴。一般有些本事的，大多脾氣古怪、性子孤僻，更會弄出許多規矩。

周二郎下了馬車，前去準備敲門，開門的小廝一臉笑意。「剛剛老爺說有生意上門，我原本不信，準備開門看看老爺算得準不準，卻不想真有生意上門，小哥快裡面請。」

淩嬌在馬車裡聞言，驚訝不已，心想真這麼邪乎？可一想到自己都能穿越過來，也就釋然了。

周二郎回到馬車邊跟淩嬌說了幾句，便進了屋子，大約半刻鐘後，他樂哈哈地出來。

「阿嬌，成了，大師願意去周家村幫咱們看風水。」

「銀子怎麼算？」大師一般價格比較貴吧？

「這個可以隨意的，不過不能少就是了，這關乎以後家宅安寧、子孫繁榮，馬虎不得。」周二郎說著，樂得不行。

適才大師見到他時，盯著他看了好一會兒，開口說：「瞧後生天庭飽滿、地閣方圓、眉眼開闊，眼角眉梢愁苦散去，是大富大貴、封妻蔭子之相。」

周二郎一聽這話，心裡就樂得跟撿到金元寶似的，又問了幾句姻緣，大師說只要遵從本心，不變初衷，定能得到今日所思所想。

他一開始還沒聽明白，後來仔細一尋思，便明白了過來。愛情最忌見異思遷，只能共苦不能共甘，待女子年華老去，外面花花世界越來越美好，誘惑越來越多，心也就變了。

淩嬌點頭。「那大師說了什麼時候去我們家嗎？」

「明兒一早去，我們先回家去準備準備。」

「都要準備什麼啊？」

「香案、豬頭、活公雞、蠟燭，幾樣果子、糕點。」

淩嬌聞言，忙道：「這些我們都沒買，走吧，早點買了回家。」

周二郎駕了馬車到了菜市場，買了需要的東西，又給阿寶買了個皮影，樂得阿寶拿在手裡把玩個不停，稀罕得很。

想到選了屋基和黃道吉日後就要修房子，淩嬌又買了幾大缸酒，讓酒莊幫忙送到周家村去，總不能讓人幫忙幹活，卻連酒水都沒有；有了酒水，總不能沒有瓜子、花生，又去乾貨店買了炒好的瓜子、花生，以及十來斤生花生米，準備炒了下酒。

滿滿當當裝了一馬車，才去麵館吃了麵，兩人不放心何潤之，又去了一趟何家，依舊沒有何潤之的消息，只好帶著擔憂回周家村。

三嬸婆看著一馬車的東西，房間都堆滿了，有些心疼銀子，可一想著家裡要修房子，不多準備些，到時候拿什麼來招待人？對於淩嬌買這些東西，三嬸婆還是贊同的。

「明兒大師要來家裡看風水，選了房屋位置、挑了黃道吉日，就可以破土修房子了。」周二郎說著，滿臉的笑，整個人洋溢著一股幸福。

三嬸婆聞言十分開心，仔細想想，好像除了初嫁到周家時有過這種期盼、欣喜、嚮往的心情，似乎後來就再也沒有過了……

第二十六章

周二郎家今日特別熱鬧，因為有個白鬚白髮、仙風道骨的人來了，年輕人不認得，村裡年紀大的長輩卻是知曉一二，尤其有見識的，更曉得這人就是隱居在泉水鎮、算無遺漏的空虛大師，於是全跟著去了周二郎家湊熱鬧，順便討杯酒喝。

要是口福好，還能吃到二郎媳婦做的糕點，村子裡的人都在說，二郎媳婦廚藝極好、心思極巧，做出來的東西味道好得讓人吃一口，恨不得連舌頭都吞下去。

一早，淩嬌就起床準備了，糯米糕已經做了很多，院子裡漫著香甜氣息。三嬸婆是長輩，換了新衣裳在門口等著，阿寶、周玉和周甘也換了新衣裳，頭髮梳得整整齊齊，幫著做糕點、燒開水泡茶。周二郎忙前忙後，總怕錯漏了什麼，整個人緊張得不行，時不時找淩嬌問一句，只要聽到淩嬌的聲音，他的心總能夠平靜下來。

「阿嬌，妳說，一會兒荷包裡放多少銀子合適？」

淩嬌看了周二郎一眼。「一會兒再說。」

給多少還得看大師本事，若他真能說出個子丑寅卯，這荷包，她一定裝得滿滿的。

「大師來了，大師來了！」

淩嬌聽到有人在喊，催促周二郎出去迎，周二郎忙走出院子，瞧著那邁步走來的老者，頓時肅穆。「大師。」

空虛大師抬手摸了摸自己的鬍鬚，看著周二郎家破舊的茅屋，微微點了點頭。

進了房子，空虛大師看向在廚房忙碌的淩嬌，頓時笑了起來。「嗯，倒是有點意思。」

茶水端上，空虛大師輕輕抿了一口，擱下碗，看向周二郎。「這屋基倒是不用看了，這周圍老夫剛剛瞧了瞧，不管是風水也好、地理也罷，沒有比這老屋基更好的地方了。」

「只是我打算多修幾間，這老屋地基會不會顯得太小了？」

「多修幾間的確小了點，我一會兒給你畫個位置，你可以修兩層嘛，下面堆放雜物，上面住人不是更好？」

周二郎聞言，覺得空虛大師的提議真是太好了，修兩層住著也不潮濕，對人身體還好，忙道：「謝大師指點。」

空虛大師微微搖頭，起身朝後院走去，周二郎拿了鋤頭跟在空虛大師身後，大師指哪個地方，周二郎就挖哪個地方，並插上竹片，做了記號。

一番看下來到了中午，淩嬌把飯菜端上桌，招呼空虛大師吃午飯，三嬸婆陪席面，又特意去請了族長過來。空虛大師也不客氣，大快朵頤，對淩嬌的廚藝讚不絕口。

族長吃過一次淩嬌做的飯菜，回去還念叨著，卻不想這麼快又能吃上，心裡美滋滋的，對周二郎不免高看起來。

吃了午飯，下午便是看挖屋基的日子，空虛大師此時忽然看向淩嬌。「小娘子過來，讓老夫先給小娘子看看相。」

淩嬌失笑。「我就不必了吧！」

「不不不，其他人不看沒事，可小娘子是一定要看的。」

凌嬌頗有些無奈，怕被看出端倪，可不看又顯得心虛，只得把手擦乾淨，到空虛大師身邊坐下，攤開右手。

空虛大師仔細看了看凌嬌的手心，一本正經說道：「看小娘子面相乃大富大貴之相，而小娘子手相雖有早夭之相，仔細一看卻又是長命百歲、子孫滿堂、福澤綿延，小娘子可有什麼奇遇？」

凌嬌聞言一頓。這身體本尊已經死了，恰巧印證了早夭之言；她穿越而來，借這身體繼續活了下來，算不算奇遇？可這話凌嬌是萬萬不會說的，怕招來危險，更怕為這個家帶來災難，於是微微搖頭。

「沒有嗎？」空虛大師又問。

「沒有。」

空虛大師撫了撫自己鬍鬚，雙眸炯炯有神，眸中有思量、有窺探。凌嬌面色平靜，她不相信空虛大師真能看出什麼來。

空虛大師呵呵一笑。「那小娘子說說自己的生辰八字吧！」

生辰八字？凌嬌想了想。「我前些日子病了一場，忘了。」

「忘了？」空虛大師微微詫異。他是窺探到一些，可若沒凌嬌的生辰八字，他也算不大準。

不過，面前的女子福澤是極好的，一生順逐，並無太多憂愁，就算稍有不順，也會遇上貴人逢凶化吉，堪稱大富大貴之中最吉之相；而他們金家透露太多天機，天譴將至，需依附此大貴之相才能逃過這一劫，不然他也不會隱居在泉水鎮，等這貴人來。既是助金家滿門千餘口渡劫之人，他便是豁出老命，也會幫襯一二。

「忘了便忘了吧，總有一天小娘子會想起來的。」

空虛說完，掐指一算，三日後，十月初九便是黃道吉日，天降祥瑞，宜動土、建屋，吉時在巳時一刻。

「我等三日後再來。」

淩嬌轉身進了屋子取荷包，她起先裝了二兩銀子，這會兒想了想，又裝了四兩進去，讓周二郎拿出去。

周二郎本覺得六兩銀子太多了，可想著若是得罪大師，時辰上有了偏差，弄得以後不順，得不償失，便不心疼了。

拿了荷包出屋，塞到空虛大師手中，空虛大師捏了捏荷包，笑了起來。「客氣了。」

「應該的。」

空虛大師看了周二郎一眼，又道：「後生可畏。」

送走空虛大師，看熱鬧的人也走了，周二郎又愁了起來，要在老房子上建屋子，他們要住到哪裡去？沈思片刻，他已然有了主意，忙找淩嬌商量。

「阿嬌，既然房子建在老位置，咱們便先搬到三嬸婆家去住，東西全都搬過去，晚上你們睡床，我打個地鋪，先將就下來。至於做飯，也在三嬸婆家，在邊上搭個棚子，我們就在棚子下吃飯，桌子、板凳去村子裡借一下，應該能借來幾張，實在不行，我跟阿甘這兩天熬著做幾張出來。」

凌嬌點頭。「行，就是這碗、筷子也不能少，一會兒你套了馬去鎮上，大碗、小碗各買兩百個回來，免得還要問人家借；反正以後有點啥事這碗也用得上，記得再買三口大鍋。」

「買碗和大鍋的事，讓阿甘去，他年紀也不小了，該歷練歷練。」周二郎說道。

對周甘，他是當親兄弟看，自然希望周甘有本事，他這個做二哥的也跟著沾光，更不負周甘娘所託。

「行。」

凌嬌給了周甘十兩銀子，讓周甘去鎮上買鍋、買碗。周甘也是個膽子大的，俐落地接了錢套了馬車。「嫂子、二哥，我會把事辦好的。」便駕了馬車去鎮上。

家裡也沒停歇，忙去三嬸婆家打掃，周玉和凌嬌又忙碌起來。周二郎力氣大，角落裡用不到的東西都讓他搬到外面，弄得全是灰塵，凌嬌端著盆子，揚手掬了水朝周二郎潑過去，潑了周二郎一臉。他先是一愣，隨即呵呵笑了起來，跑了出去，不一會兒進了屋子，手一揚，凌嬌只覺得一股馨香撲來，然後是黃澄澄的花瓣。

花瓣掉在凌嬌頭上，從她臉上拂過，落到地上。

凌嬌仔細一看，是菊花，哭笑不得，周二郎知道菊花代表什麼意思嗎？

抬頭看向周二郎，只見他呵呵一笑，手一抬，有什麼東西插到了凌嬌髮間。「好看。」周二郎由衷感嘆。

「是什麼？」凌嬌抬手摸去，發現是一朵花，就想拿下來，但周二郎壓住她的手。

「別拿下來，戴著好看。」

他本想也捧水進來潑凌嬌一臉，誰教她捉弄他，可想起三嬸婆屋後種了幾株菊花，便去採了幾朵，見一朵花開得正豔，漂亮至極，他心一動，覺得凌嬌戴著肯定好看，便摘了回來，果然好看。

凌嬌一愣，臉漸漸染上紅霞。「真好看？」

「好看。」在他眼中，不管凌嬌是啥樣子，都是好看的。

一番收拾打掃也費了一個下午的工夫，周二郎來來回回跑了好多趟，把米糧和暫時不用的東西都往這邊搬，只想快點將老屋空出來。

周甘在天黑的時候回來了，花了三兩銀子辦齊了事。凌嬌、周玉忙著做晚飯，周二郎、周甘又忙著做桌子，卻不想許久不見的村長周旺財來了家裡。

這些日子，周旺財一直暗中觀察周二郎，想猜出周二郎到底有多少存銀，瞧著周二郎家的花銷吃食，周旺財猜想肯定不少；加上這些日子，周二郎做木船賺了不少，現在又要修房子，還請了風水先生來看屋基……周二郎認識的人越來越多，關係越來越廣，他是吃不好、睡不好，一入眠，夢中都是他的子子孫孫像黃牛一樣被周二郎騎在身下，不得自由。

他渾身痙攣，醒來心慌不已，才短短數日，頭上黑髮變白髮，足足老了十歲不止，這才動了心思來周二郎家探底，他絕不能讓周二郎把日子過起來——

周二郎一見著周旺財，便渾身戾氣瀰漫，本來還呵呵笑的阿寶嚇得一軟，摔倒在地，委屈不已，卻不敢哭出聲。淩嬌瞧著，微微嘆息，上前扶起阿寶。「去餵馬兒吃草。」

阿寶紅了眼眶，點了點頭，咚咚咚跑了。

淩嬌走到周二郎身邊。「小不忍則亂大謀，君子報仇十年不晚，你這般洩了仇恨，讓他有了警覺，對以後報仇百害無一利。」

如今真相還未揭開，一切都只是猜測，周二郎便情緒外露，若真相來臨之時，他又該如何？

周二郎聞言，深深吸了幾口氣。

如今的他不是一個人，他有了要保護的阿嬌、要養育長大的阿寶，三嬸婆年邁無依，也需要他孝養，根本沒有衝動的本錢。

他衝淩嬌微微一笑，安撫地點頭，轉身朝周旺財迎了上去。「是村長來了啊？快裡面坐。」

面對和往昔無二的周二郎，周旺財一愣，心突突跳，乾乾一笑，隨周二郎進了院子。見周二郎家屋簷下掛著魚乾，廚房堆著肉、蘿蔔、南瓜，一邊還放著一個架子，架子上堆著十來個竹子編的大筲箕，筲箕上蓋著芭蕉葉，整個家籠罩在一片欣欣向榮的富裕之中。

才短短一個多月，周二郎家的日子便有了天翻地覆的變化，而這變化似乎是從周二郎買了媳婦之後開始的。

這一刻，周旺財真是懊悔死了，他就不應該拿錢出來給周二郎買那勞什子媳婦，搬起石頭砸自己的腳。

淩嬌端了茶水上來。「村長喝茶。」

周旺財看向淩嬌，一個多月吃得好、睡得好，淩嬌臉色好了許多，以前看不出啥樣子，此刻瞧著，五官竟是十分精緻。

淩嬌覺得周旺財的打量實在無禮，哪怕她是個穿越來的，心裡也泛起噁心，便轉身去了後院。

周二郎見了村長的眼光，放在桌子下的手瞬間握拳，要不是淩嬌離去前朝他微微搖頭，他非起身撲過去將周旺財打殘不可。「村長怎麼過來了？」

周旺財心一緊，乾咳了咳。「聽說你要修房子了，準備修幾間？」

「正屋三間，中間拿來做堂屋，兩邊住人；偏屋三間，給三嬸婆一間，阿甘、阿玉一間，廚房這邊跟偏屋一樣大，除去燒飯和吃飯的，都拿來放糧食雜物，豬圈什麼的修在正屋後面，圍個大院子。」

「準備修泥土牆還是石頭的？」

「石頭瓦房，泥土的終歸不牢靠。」

周二郎是故意的，村長家房子在村子裡是獨一份的好，今兒開始，他周二郎家的房子要比村長家的好上一倍，家中擺設自會悉心打造，讓周旺財瞧了氣得吐血才好。

周旺財心裡瞬間恨死了周二郎，咬牙切齒問：「那銀子可有了？」

「有了有了，別說修這幾間屋子了，就是再修這麼幾間銀子也是夠的，就是土地不夠，這才作罷。」

周旺財一聽，實在坐不下去，起身氣呼呼地離開。

周二郎看著周旺財的背影，恨恨地握緊了拳。

淩嬌從後院出來，招來周甘。「阿甘，你現在去跟著村長，小心一點，莫要被他發現，看看他回家之後有沒有出門。」

周甘何其聰明，一聽淩嬌這話，立即就明白了。「嫂子，我曉得怎麼做了，放心吧！」

「切記不要讓他發現了，你就看看他去了什麼地方，如果出村了，你也別跟上去，知道嗎？」

周甘點頭去了。

周二郎不解。「阿嬌，怎麼回事？」

「我猜想他一定會有所行動，咱們先別急，等阿甘回來就有答案了。」

周旺財回了家，坐立難安，又起身出了門，到了柳寡婦家，兩人在屋子裡唧唧嘟嘟說了好一會兒話，周旺財才滿意地回了自己家。

周甘躲在窗戶邊，把兩人的合謀聽得清清楚楚，恨不得上去把周旺財打殘，可想著淩嬌的叮囑，周甘恨恨地回了家，把聽到的事一說，三嬸婆聽得直罵祖宗。都將這兒當成了家，如今有人這般算計，豈能不恨？

淩嬌看向周二郎，也想瞧瞧周二郎有何打算。

周二郎也恨也惱，不過面色從震驚憤怒之後，已然平靜下來，尋思片刻。「阿嬌，妳多做幾個菜，我去請維新哥過來吃飯喝酒。」

凌嬌頓時笑了。「去吧，我這就去弄菜。」

周二郎到了族長家，見到周維新，他忙上前。「維新哥。」

周維新和周二郎是同輩，是族長最小的孫子。族長年紀大，見多識廣，村子裡的晚輩都喊他族公，以示尊敬。

「二郎啊，怎麼來了？」

周維新如今對周二郎是高看的，自然也有深交的心思，加上周維新為人正直，本事也好，平日裡也會去外地做生意，在鎮上是極其有面子的一個人。

「這不，家中要修房子，我也是第一次修房子，有些事想請教維新哥，所以厚著臉皮過來請維新哥去我家吃飯，順便請教一二。」

周維新本不是特別重口腹之慾的人，可念念不忘凌嬌做的那些菜，滋味實在是好，忙道：「你等等，我去換身衣裳。」

族公得知周維新要去周二郎家吃飯，偏偏周二郎沒叫他，氣得直敲枴杖。「滾滾滾，沒良心的白眼狼。」

周維新出門，拉著周二郎就走。「快些，不然我爺爺就跟上來了。」弄得周二郎哭笑不得，回家和凌嬌一說，凌嬌一尋思，立即勻了菜，讓周玉帶著自己親自給族長送去，樂得族長直誇凌嬌懂事，又喊來周維新媳婦趙苗。「維新媳婦，這是二郎媳婦，以後妳們兩個多走動走動，二郎家過幾日要修屋，妳過去幫忙做飯。」

「是，爺爺。」

趙苗是個厲害的女子，平日裡把家操持得井井有條，上孝公婆、爺爺，對幾個妯娌也很寬厚；對孩子們雖嚴厲，但恩威並施，該疼的時候疼，該責怪的時候責怪，孩子們反而更親近這個小嬸娘。

趙苗送淩嬌、周玉出了屋子，呵呵直笑道：「爺爺起先見維新去妳家吃飯，眼巴巴想去，奈何二郎兄弟沒請他，心裡悶著火氣，對我做的那幾個菜真是左挑右揀，瞧得我是好笑又心氣。」

淩嬌聞言也笑。「嫂子，那妳明兒來吧，族公年紀大了，牙口不好，太硬肯定吃不了，我教妳做一些鬆軟可口、適合老人吃的。」

「那敢情好，起先我一直想去妳家跟妳說說話，又怕我莽撞，惹惱了弟妹，今兒得了弟妹這話，明兒我肯定是要去的，到時候弟妹莫要藏私哦！」

「絕不藏私。」

送走淩嬌，趙苗才轉身回了屋子。

第二十七章

周二郎招呼周維新喝酒吃菜，時不時問上幾句，周維新一邊吃菜一邊說話，無非說著建屋子的注意事項，說著說著，說到了淩嬌，周維新擱下筷子，慎重其事說道：「二郎啊，你媳婦戶籍還沒落下吧？」

周二郎點頭。「嗯。」他不知道淩嬌從哪裡來，也不知道淩嬌會不會留下來。

「這樣子可不行，沒戶籍在泉水鎮還好，若是以後去別的地方，做不了路引，會生出很多事端來。」

周二郎聞言，忙道：「這不是曉得維新哥路子多，想請維新哥幫忙一二，把阿嬌的戶籍給辦下來。」

周維新一愣，隨即呵呵笑了起來。「好說好說。」

一番勸酒吃菜，兩人又說了些話。周甘坐在一邊給周維新倒酒，三嬸婆、阿寶在外面等淩嬌、周玉，豎起耳朵聽他們說話。

「維新哥，問你打聽件事。」

「啥事？」周維新有些發暈，明顯是喝多了。

「你在縣城衙門裡，可有認識的人？」

周維新挑眉，看向周二郎，呵呵笑了起來。「縣城啊？我是不認識的，不過我有個朋友應該認識。怎麼？你要查什麼？」

「不瞞維新哥，我大哥當年為國捐軀，按道理應該有一筆撫卹銀，我就是想打聽打聽，到底有沒有這筆銀子，如果有，這筆銀子去哪裡了？」

周維新一個激靈，酒意瞬間醒了不少。「阿甘，去幫我弄碗冷水來。」

周甘忙起身去弄了碗冷水過來，周維新拿冷水往臉上拍，待自己清醒些了才說道：「按道理說，是該有這筆銀子的。當時我爺爺還念叨了幾句，說如今聖上勤政愛民，有將士為國捐軀，怎麼可能沒有撫卹銀？這筆銀子肯定是有的，怕是被人貪了。」

「維新哥，以前的我蠢笨如豬，識人不清，今兒維新哥一番話，如醍醐灌頂，可我是個笨的，還望維新哥指點一二，讓我心裡有個數……」周二郎說著，眼眶紅了。

周維新瞧著心裡也不是滋味，這貪的何止是銀子，還間接害死了周二郎父母，大郎媳婦跟人跑了，阿寶成了孤兒，簡直是罪大惡極、罪該萬死！

「二郎，我心裡雖然有懷疑的人，可也沒有證據，一時半刻我也不知道要怎麼跟你說。」

「維新哥，我也懷疑這麼個人，不知道和你懷疑的是不是同一個？」

「哦，二郎說說看。」

「那人在咱們村也算得上號人物，兩年前家裡日子並不好過，可忽然蓋了屋子、養了豬，日子好了起來，名義上特別照顧我，實際上卻處處告訴我外面的世界多麼危險，外面的人多麼可惡，弄得我歇了心思，做一個庸碌的人；想來也是怕我見識了外面的世界，識得更多人，探聽到更多的事，把他幹下的惡事挖了出來，我定饒不了他和他的家人……」

周維新一聽，頓時明白，周二郎怕是知道什麼了，今日請他來喝酒吃飯是別有心思。

「二郎，這事你放心，我定幫你打聽打聽。縣城的事不好說，但鎮上我多少有些關係，用得上我的，儘管開口，撇去同村、同姓不說，咱們算得上近親了。」

周二郎端起酒杯。「那就謝謝維新哥了。」

周二郎把喝得醉醺醺的周維新送了回去，大家才坐下來吃飯，只是胃口都不怎麼好。凌嬌一邊吃飯一邊等周二郎回來，心裡也已經有了打算。

若是按照周旺財的計劃，今晚一定要抓住那小賊，就算不能把周旺財供出來，也要讓那小賊脫層皮，讓他知道這個家不是那麼好算計的。

等周二郎回來，淩嬌把計劃說了，周二郎和周甘都極其同意，然後各自忙了。

深夜，三個黑影偷偷摸摸靠近周二郎家，如上次一般翻牆而進，輕手輕腳。其中一個到了門口，從懷裡摸出了一個東西，朝門縫裡吹，然後拿了刀子準備撬門，卻不想門一下子開了，三人還在錯愕，其中一人後腦勺被什麼狠狠敲了一下，叫一聲便暈了過去，其他兩個見勢不妙，轉身想逃，便聽到敲鑼聲。「有小偷啊！抓小偷了，抓小偷了——」然後棍棒狠狠敲打在身上，痛得他們直叫。「不要打，不要打！」

只是根本沒人聽，周二郎和周甘下了狠手，把兩人打得鼻青臉腫、渾身是傷，凌嬌、周玉拿著鑼用力敲著，大聲喊。「有小偷啊！抓小偷了——」

而那廂，周二郎和周甘已經拿了繩子把三人捆綁起來，嘴巴裡塞了臭抹布，嗚嗚嗚地說不出話來。

村子裡已有人聽到了聲音，卻沒一個人來。周二郎按照淩嬌說的，把三個人綁在柱子上，也不問他們話，只等天亮送他們去衙門。

「二郎？」

周二郎聽到聲音，連忙出去，看著站在門口的周維新。「維新哥？」

「我聽到聲音，你家遭賊了嗎？」

「是，已經抓到了，我準備明兒送去鎮上衙門。維新哥，你能不能跟我一起去，我心裡有些發怵。」

周維新聽到聲音會過來，自然有心幫周二郎一把。「二郎，有東西被偷嗎？」

周二郎微微搖頭。「還沒進屋就被我們抓住了。」

「東西還沒偷到手就被抓住了，送去衙門，衙門怕是也不會受理，說不定還得花一大筆錢。不如這樣子，明兒一早開了祠堂，讓爺爺作主，請了全村人，先把這賊認出來，再去他們村子討個公道。」

周二郎尋思，周維新說得很有道理，而阿嬌的意思和周維新差不多，如今他們還沒有本錢鬧到鎮上去。「我聽維新哥的。」

周維新連忙讓周甘拿了鑼鼓去村子裡敲。「你順便喊小偷已經抓到，族公說明兒一早開祠堂，當堂審理。」

周甘點頭，拿了鑼就敲著去了，不一會兒有村民來到周二郎家，一臉的緊張。「二郎、二郎，有沒有被偷東西？」

周二郎仔細一看，可不就是李本來，身後還跟著他兩個兄弟。周二郎搖頭。

「人抓住了？」

「抓住了。」

「抓住就好。」

接著也有村民跑來，但小貓三兩隻，不管這些人因為什麼來，周二郎都記住了他們今日的好意，至於那些沒來的……他微微勾了勾唇。

周旺財在聽到敲鑼聲的時候便大感不妙，後來聽說賊被抓住了，嚇得差點從床上滾到地上，冷汗濕透了背脊心，大口喘氣。

「怎麼了？」周田氏問。

「周二郎家遭賊了。」

「遭賊了好啊，最好被偷光了才好呢！」

周旺財覺得和周田氏說話簡直雞同鴨講，他都要嚇死了，她卻壓根兒不知發生了什麼。

全村都被召集了，人擠滿了祠堂，族長端坐在椅子上，身邊坐著周家村德高望重的長輩，中間跪著三個被套了麻袋的人。周旺財是村長，也被請入座，只是看著跪著的那三個人，他坐立難安，恨不得挖個地洞，把這三個人活埋了。

「把麻袋揭開。」族長一聲怒喝，周維新立即上前扯下麻袋，露出他們的頭。有兩個被打得鼻青臉腫，這會兒就是親媽都認不出來，另外一個卻被認了出來。

「呀，這不是那趙家村的趙什麼來著？」

族長一聽。「去，請趙家村村長過來。」周家村雖然小，但也不能被人欺負。

三個小偷大氣不敢出，低著頭，他們知道完蛋了，就算周家村人放過了他們，趙家村也容不下他們了，以後誰家被偷了點什麼，就算不是他們幹的，他們也賴不掉。

族長年紀大了，一直等也吃不消，有人抬來躺椅，讓族長躺上，等趙家村的人來。

快晌午時，趙家村來人了，一見地上的人，趙家村村長就確認了。「是我們趙家村的人。」

趙家村村長只恨不得弄死地上的三個人，丟人現眼的東西！

「既然是你們趙家村的，就帶走吧，這次就不報官了，若有下次……」

「族長放心，再不會有下次了。」

偷盜事件就這麼落幕了，周二郎沒想到結果是這樣，淩嬌也沒想到，別說送官了，就是懲罰都沒有。

在祠堂門口，淩嬌看到了徐嬸子。徐嬸子死死盯著她，雙眸淬著陰狠，恨不得活生生撕了她，周二郎瞧見了，微微側身把淩嬌護到身後。「嬸子。」

徐嬸子作夢都沒想到，淩嬌被周二郎買走後，竟安心跟周二郎過日子，還把日子過得這麼好，家裡都要修屋了……她冷冷笑了。「敢情還是二郎好啊……」說完，轉身走了。

回到家裡，周二郎有些不得勁，坐在凳子上發呆，淩嬌端了碗水遞給周二郎。「心裡難受？」

周二郎點頭，何止難受，簡直難受至極。「為什麼沒人問問村裡那麼多人家不偷，偏偏來偷我們家？背後是不是有人通風報信？」

「因為我們無依無靠，沒有勢力讓人忌憚。二郎啊，這一刻你還不明白嗎？一個人不強大，在這世間怎麼走一條康莊大道？」這也是她為什麼不去鎮上或者城裡闖蕩的原因，沒有靠山，這條路全是荊棘，走不出去的。

周二郎一手端碗，伸手握住淩嬌的手，淩嬌微微掙扎，只得由著他，坐到他身邊。

「阿嬌，我懂。」以前怯弱，以後再也不會了，他再不要把日子過得渾渾噩噩，讓人欺辱至此。

淩嬌微微點頭，鼓勵道：「我們一起努力，前路多少困難，我們都一起。」

見她目光閃閃、面容姣好，眸子裡全是信任，周二郎一顆心頓時揪疼，重重點頭。「好。」

三嬸婆看著並坐的兩人，很是欣慰，和周玉一起煮了荷包蛋。「來吃飯了，手忙腳亂的，也沒做什麼好吃的，將就著。」

五個人圍坐著，一人兩個荷包蛋，小口小口吃著，誰也沒有開口說話，卻在這瞬間，心都堅毅了。

何潤之被關在鳳凰城的一處宅子裡好些天了，每日有丫鬟伺候，吃穿有人管，就是不讓他出屋離開半步，弄得他心裡發慌，擔心家中懷了身孕的媳婦，又不敢輕舉妄動。

面前的人，正是這些日子伺候他的丫鬟翠心，他忙起身跟在翠心身後，半點不敢馬虎。

「爺要見你。」

到了大廳，何潤之才見到翠心的主子，只見他一身華衣，年紀輕輕卻氣勢不凡，面若春花、風度翩翩。

「你就是賣魚乾的人？」

何潤之聞言心一緊。早知道這魚乾會引來注意，卻沒想來得這麼快，面前的人他並不認識，也沒聽人說起過，但那滿身的風華，非富即貴，又豈是他這種升斗小民招惹得起？忙道：「是。」

「魚乾是你醃製的？」

男子聲音清冷壓抑，一股強大的氣勢讓何潤之微微抖了抖。「不敢隱瞞公子，這魚乾不是小人醃製的。」

李彥錦沈寂片刻，仔細打量何潤之，看他穿著打扮並不似特別富貴之人，再瞧他神態，此刻心裡一定非常害怕，才說道：「我姓李，你可以叫我李公子。」

「是，李公子。」

李彥錦微微點頭。「說說魚乾的來歷吧！」

何潤之不敢隱瞞，把周二郎家魚乾沒有腥味一事，還有兩人商定的協議也一併說了之後，默默站在一邊，等候李彥錦說話。

「可願意在我下面做個管事？」

「啊……」何潤之有些回不過神來，這簡直是一個大餡餅從天而降，將他砸得正好。

「怎麼，你不願意？」李彥錦微微挑眉。

「不不不，我願意，我願意！」何潤之忙道。他怎麼可能不願意？

「既然你願意，便回去等候差遣吧！」

何潤之懵懵懂懂從李府出來，還沒弄明白，李府的大門已經關了。何潤之回頭看去，高門大宅，門口的石獅子張牙舞爪，甚是凶悍，腦子還有些發悶，他這算是找到靠山了嗎？可為什麼一點都不真實？

儘管如此，何潤之也不敢多問，連忙找到小廝回泉水鎮。他被圈禁了有些日子，也不知道家中媳婦如何了？

連夜趕路，總算回到泉水鎮，好在家中並無大礙，店鋪依舊開著，生意不好不壞。何潤之忙回了家，媳婦袁氏聽到何潤之回來，挺著大肚子跌跌撞撞出來，哭倒在何潤之懷中。

「相公，你總算回來了……」

「好了，好了，莫哭了，這些日子身子可還好？」

「我好，很好，相公回來就好。」袁氏說著，喜極而泣，拉著何潤之進屋子，吩咐丫鬟燒水給何潤之梳洗，煮些吃的伺候他用下，忙碌一番後才進了房間。

「兩個孩子呢？」

袁氏一頓。「娘帶街上玩去了。」

「這些日子辛苦岳母了，妳得空了買些東西回去看看，或者私下給岳母一些錢，讓她老人家自己買。」

袁氏笑。「不是我娘，是咱們娘。你幾日不歸，我心裡害怕，就讓人去何家村接了娘跟奶奶過來，這些日子多虧了娘跟奶奶，我這心才定了下來。」

何潤之一愣。「妳把娘接來了？」

他心裡對袁氏那句咱們娘哄得心特別熨貼，對袁氏又喜愛了幾分。

「是啊，接來了。相公，這些日子真是多虧娘了，要不是娘，我這腹中孩子也不知道能不能保住。相公，你就疼我一次，別送娘和奶奶回去可好？」

「娘和奶奶沒給妳苦頭吃？」何潤之不放心地問。

「沒呢，娘對我挺好的。相公，家和萬事興，娘這些年也不易，雖然以前有些不對，可那都過去了，咱們要朝前看，哪能一直揪著過往不放？相公，你說我這話對是不對？」

袁氏的話句句在理，字字都說在何潤之心上。「對對對，妳啊……」嘆息一聲。「就聽妳的。」

夫妻兩人又小意說著話。何罵精在門外聽到兒媳婦的話，五味雜陳，眼眶泛紅，轉身去了廚房。

第二十八章

家中東西已經全部搬到三嬸婆那邊，為了看家，周二郎在三嬸婆家旁邊搭了個棚子，四周用苞米稈遮風，上面鋪了一塊木板，稻草鋪在木板上擋雨，一張草蓆、一個枕頭、一床被子，簡單得很，周二郎瞧著卻也幸福滿滿。

他跑了一趟何家村，找了何樹橋說了明兒修屋的事，何樹橋滿口答應，周二郎便開始忙碌起來。

明天便是十月初九，開始挖屋基的日子，要做饅頭、糯米糕，淩嬌打算做多一點。趙苗這兩日都過來幫忙，累得她腰痠背疼，拉著淩嬌好一通抱怨。「阿嬌，我跟妳說，為了我家老爺子，我真是拚了。」

淩嬌聞言，湊到趙苗耳邊，小聲道：「嫂子孝順，族公心中有數，這兩夜想必維新哥有好好照顧嫂子吧！」

「妳這壞胚子，看我不撕爛妳的嘴！」

相處下來，淩嬌特別喜歡趙苗的隨興、大方得體。這兩天，周維新也過來幫忙，借桌子、板凳，把修房子需要的東西都準備得妥妥當當，周二郎和淩嬌都很感謝他們夫妻倆。

十月初九，黃道吉日，空虛大師早早來了，何家村足足來了五十多人，都扛著傢伙。空虛大師擺好了香案，待吉時一到，空虛大師唸了一些誰都聽不懂的咒語，殺公雞祭天，又唸唸有詞，才把嶄新的鋤頭遞給周二郎。「跟在我身後，我指哪兒你就挖哪兒，並唸『綿延福祉，繁榮子孫，昌隆康泰。』」

「好。」

周二郎跟在空虛大師身後，大師唸完之後指一處，周二郎挖一處，並唸道：「綿延福祉，繁榮子孫，昌隆康泰。」

村民們訝異，他們修屋子可從來沒弄過這個，可這空虛大師好像很有名氣，便也平心靜氣，不敢大聲喧譁。

周二郎挖下最後一個坑，晴朗的天空忽地出現了彩虹，而那些坑，若是識得陣法的人便會明白，這是個昌隆至極的福陣，風水大師一般是不會為他人苦心指點這麼個富陣而讓自己遭天譴的。

「禮畢，放鞭炮，嚇退牛鬼蛇神，讓主人家百子千孫，福壽無雙，夫妻和美恩愛。」

空虛大師話落，周甘上前點燃了鞭炮，頓時砰砰聲震耳欲聾。淩嬌開始分饅頭、米糕給村裡人，忽然，她的手被一隻大手抓住——

淩嬌嚇了一跳，手中的饅頭差點掉到地上，仔細看去，才看清楚原來是徐家傻子——徐冬青。

邊上有村民在看熱鬧起鬨，徐冬青見著淩嬌，委屈地紅了眼眶。「媳婦，媳婦，妳跟我回家吧，我知道錯了，我以後再也不鬧妳了，嗚嗚……」

周二郎一見徐冬青，臉色大變，只恨徐家太過分，今兒怎麼把徐冬青給放了出來，剛想說話，徐冬青又鬧騰了起來。

淩嬌也是頭疼，可今日是修屋挖屋基的大日子，豈能因為一個傻子攪和了。「哭什麼啊？喏，這是給你的饅頭，快嚐嚐，我親手做的。」

徐冬青一愣，沒想到淩嬌不只不凶他，還給他饅頭吃，傻兮兮地接了饅頭放到嘴裡咬，笑了起來。

「好吃嗎？」淩嬌又問。

徐冬青傻兮兮點頭。「好吃，好吃。」

「那你先去那邊坐著吃，等我分好饅頭，一會兒給你更好吃的，好不好？」

淩嬌柔聲哄著徐冬青，生怕他反抗，還朝阿寶使了使眼色，阿寶立即上前，拉著徐冬青的手。「來啊，你跟我來，我給你好東西吃，好好吃的，都是嬸嬸親手做的。」

徐冬青一聽有好東西吃，想去，又怕媳婦跑了，看向淩嬌。

「快跟阿寶去吧，我一會兒就過去給你東西吃。」

徐冬青是傻子，周家村的人都曉得的，何家村卻沒幾個人曉得，交頭接耳，有人忙解釋。「這二郎媳婦以前是被這徐傻子買回家的，卻不知道怎麼回事，差點把徐傻子咬死，才被徐傻子他娘賣給了周二郎，這不，才跑過來喊媳婦。」

農村買媳婦不是什麼大事，像徐傻子這種更是常見，何家村人點頭表示明白。

淩嬌分好饅頭，轉身回三嬸婆家，徐冬青連忙跟上，阿寶也跟上。周二郎看著離去的三人，心裡特別不是滋味。他知道淩嬌不喜歡徐冬青，可徐冬青是個傻子，著實有些可憐，要他狠心把人攆走，他也做不出來。

他呼出一口氣，轉身把準備好的荷包遞給空虛大師。空虛大師接了荷包，告辭回家，周二郎才一一安排，讓二十人去山中砸石，把石頭砸成一條墩，二十人進山砍樹做屋樑，十人留下跟他一起挖屋基。周家村基本上都是來看熱鬧的，真真正正幫忙的也就周鐵蛋父子三人、周福堂父子兩人、李本來家三兄弟，和周二郎血緣比較親的三叔和五叔家一個人都沒來。

淩嬌還未到三嬸婆家，遠遠就聽見媳婦、婆子的笑鬧聲，沒想到除了趙苗還有人會來幫忙，有些意外。

「阿嬌回來了啊？」

三嬸婆見淩嬌回來，樂呵呵的，但見到後面跟著的徐冬青時，臉色變了變，拉著淩嬌進去。「這便是二郎媳婦阿嬌。」

「是阿嬌啊，我是妳福堂叔家的，這是妳甜妞嫂子。」福堂嬸個子有點矮，但瞧著很是精明。

甜妞個性靦覥，秀秀氣氣，有些拘謹，伸手拉著淩嬌的手。「阿嬌。」

淩嬌不是好壞不分的人，忙熱情喚了聲。「嫂子。」

三嬸婆又拉了淩嬌解釋道：「這是妳鐵蛋嬸。」

鐵蛋嬸胖嘟嘟的，看著很是福氣。「嬸子。」

鐵蛋嬸呵呵一笑。「瞧著便是個伶俐的，這是妳兩個嫂子，大嫂子姓楊，二嫂子姓梁。」

「大嫂、二嫂。」

兩個嫂子也是個伶俐人，對淩嬌頗為熱情，拉著好一番誇獎，看得出來兩妯娌感情不錯，淩嬌也樂意跟她們交往。

一番介紹下來、相互認識後，彼此親近不少，徐冬青坐在凳子上，好幾次想跟淩嬌說話，可見淩嬌太忙，他愣在原地，不知如何是好。

午飯時，淩嬌準備吃飯，擺了七張桌子、碗筷，等著幹活的人來吃。

「冬青！」

徐嬸子在家裡得知兒子不見了，心焦火燎地趕來，見徐冬青挨著阿寶坐著，正啃著手裡的骨頭，歡喜的樣子是她從未見過的，她愣在原地。

猛然想起徐冬青年少時的聰明模樣，後來因為發燒，燒壞了腦子變成傻兒，她滿心維護，不讓他接觸外面的世界，整日關在家裡，而淩嬌是他接觸的第一個陌生人，所以他記住了淩嬌。

或許，她錯了。

「冬青……」徐嬸子低喚。

徐冬青啃得滿嘴是油，見到徐嬸子，很是歡喜。「娘，妳來了，給妳吃骨頭。」

「誰給你的？」

「媳婦給我的，媳婦還給我吃了包子、饅頭，還有米糕。娘，好好吃的！」

徐嬸子失笑。「你喜歡吃，回去娘給你做。」

「不要，媳婦做的好吃。」

徐嬸子給徐冬青擦嘴，轉身去找淩嬌，她有些話想對淩嬌說，也想問淩嬌一些事。

淩嬌見到徐嬸子的時候，一愣。「有事嗎？」

「二郎家的，能和妳單獨說幾句話嗎？」

淩嬌錯愕，卻還是點頭，跟著徐嬸子到了田野，徐嬸子才開口說道：「當初，一開始妳和冬青相處得很好，是因為我逼著你們洞房，妳才咬冬青的？」

過去的事，淩嬌壓根兒不知道發生了什麼，可這的確是最好的藉口。

「嗯。」

徐嬸子心一凜。「妳跟周二郎圓房了嗎？」

「沒有。」

這也是她願意留下來的原因。如果一開始，周二郎霸王硬上弓，她哪裡是周二郎的對手？但周二郎寬厚、良善，讓她願意留下來。

徐嬸子看著淩嬌，想到她剛剛來的時候，和徐冬青相處得很是融洽，是她逼著兩人洞房，她才開始反抗，如今周二郎沒逼著她圓房，她才安心留了下來。

「阿嬌……」

淩嬌看著徐嬸子不語。

「妳幫幫冬青吧，他最聽妳的話，妳幫幫他吧！」
淩嬌錯愕，她和徐冬青根本不熟好不好！
「我幫不了他。」
「不，只有妳能幫他，阿嬌，這些年我把冬青養壞了，我不應該把他拘在身邊，我……」
淩嬌想著徐冬青，說道：「其實他並不傻，只是太單純了。妳如果真疼愛他，應該給他找個師傅，教他日常生活、待人處事；或者帶他出去走走，看看外面的世界，而不是拘在身邊。」
徐嬸子沒想到淩嬌會跟她說這些話，一時間有些回不了神。
淩嬌看著徐嬸子。「我還有事，我先去忙了。」今天是修屋第一天，不能有半點閃失，她還有很多事要處理。
她走了幾步，忽然想起。「一會兒妳把徐冬青帶回去吧，他在這裡，我怕會出事。」
徐嬸子心一狠。「只要妳能幫我教教冬青，不管結果是什麼，我都認。」
這是在事情沒發生之前，如果徐冬青真有個三長兩短，出了點什麼事，徐嬸子能說這樣子的話？她是不信的。
而且她也沒這麼多時間關照一個傻子，家裡大大小小的事還等著她安排。「我還是那句話，我幫不了妳，妳另請高明吧！」
淩嬌說完，轉身就走，再不給徐嬸子開口的機會。

回到家裡，趙苗忙上前關心問道：「徐家嬸子跟妳說啥了？」

「沒什麼。」

見淩嬌不願意說，趙苗識趣不多問。

淩嬌本來準備做個點心的，可三嬸婆說實在麻煩，想想也是，上午、下午都做點心，的確要費不少心思。

「三嬸婆，不如下午做些糯米糕，晚上的時候分給大家，讓他們帶回家給家中孩子，也算是我們的一份心意。」淩嬌提議。

「嗯，應該要給，畢竟人家願意來幫忙，著實難得。」

哪像村子裡那些人，想當初要找二郎學編竹籠子，一個個狗皮膏藥似地貼了上來，如今二郎要修房子，一個個躲得遠遠的，著實可惡。

倒是趙苗聽到這話，拉著淩嬌到角落，說道：「阿嬌，妳家修房子，二郎去各家各戶說過嗎？」

淩嬌搖頭。「好像沒。」

「這就對了，也難怪大家不來。阿嬌啊，咱們農村人呢，啥都沒有，就是有力氣，這修房子是大事，也是喜事，妳早早就應該讓二郎挨家挨戶去請，請叔伯兄弟過來幫忙修屋，請叔伯嬸娘過來幫忙做飯。妳不去請，人家說不定想妳如今富裕了，瞧不上他們，這會兒心裡都窩著火。先前妳去分饅頭，村裡來的人多不多？」

淩嬌聞言，如醍醐灌頂，她還真沒想到這其中的彎彎繞繞，一開始以為村子裡人不來，是人性涼薄，如今想來問題是出在他們自身，忙感謝道：「嫂子，幸虧妳提醒，這邊妳先幫我照料著，我去找二郎說這事。」

「快去吧！」趙苗也是看淩嬌並非那種小氣、斤斤計較之人，才出口提醒，見她恍然大悟，絲毫沒有猶豫，這才放下心來。

徐嬸子見淩嬌根本不為所動，心思微轉。想就這麼獨善其身？作夢！

她轉身去了修屋處，找到周二郎。周二郎是主人家，處處需要安排，雖然大家幹活不偷懶，可有的事只能主人家來安排，正忙得團團轉。

見到徐嬸子，周二郎還是客氣低喚。「嬸子。」

「二郎啊，我有些話跟你說。」徐嬸子猶豫了下。「這邊人多，咱們去那邊說吧！」

周二郎訝異，卻還是點頭。「行。」

兩人走到不遠處，周二郎想著還有許多事，便催促道：「嬸子，妳說吧！」

「二郎，你能不能幫嬸子一個忙？」

周二郎心一緊，暗想他要錢沒錢、要人沒人，能幫得到徐嬸子什麼事？他和徐家唯一的牽扯就是用二兩銀子買了淩嬌，如今徐傻子又來了家裡，他不能不胡思亂想，片刻工夫，他心思已經轉了幾轉。「嬸子說笑了，我哪能幫得到嬸子？」

「不，這事只有你能幫。二郎，你看在嬸子以前待你不薄的分上，可千萬答應嬸子這個要求可好？」

周二郎一聽，心裡有了防備。「嬸子倒是說什麼事，妳都沒說，我怎麼能幫得到妳？」

徐嬸子卻沒想那麼多，在她心中，周二郎還是原先那個老實木訥、良善好騙的周二郎。「二郎，嬸子看你是個好的，可你冬青兄弟卻是個傻的，原先也是嬸子腦子一熱便把人賣給了你，壓根兒沒去想你冬青兄弟的意思。嬸子知道你是個好人，能不能看在你冬青兄弟癡傻的分上，把阿嬌賣還給嬸子吧？嬸子給你五兩銀子……不，十兩。」徐嬸子見周二郎臉色不大好，忙道：「二十兩！二郎，二十兩可不少了。」

周二郎只覺得好像有一道雷差點劈死了自己。這徐嬸子早上是吃屎了嗎？說出來的話怎這般的臭？心肝八成也爛透了，才說得出這種不要臉的話來。

「嬸子，妳怎會有了這要不得的心思？阿嬌是我周二郎的媳婦，媳婦是拿來疼的，可不是拿來賣來買去；我周二郎雖然窮，可這點骨氣還是有的，這話嬸子以後莫要再說了。」

周二郎本就氣憤，說話聲音提得高，說得毫不留情，弄得那邊幹活的人都聽見了，竊竊私語。

徐嬸子沒想到周二郎會大聲回絕，弄得她老臉丟盡，恨恨瞪著周二郎，恨不得將周二郎生吞活剝。「周二郎，算你狠！」

她轉身準備離開，周二郎忽然開口。「嬸子，我有句話應該告訴妳……」

徐嬸子冷冷哼了哼。「有什麼好說的？」

「今兒嬸子這席話好無道理，也實在欺人太甚，要不是家中今兒有大喜事，嬸子說這話，我周二郎就是丟了名聲，定會拿了棍子把嬸子攆回去的。」

「你——」

徐嬸子作夢都沒想到周二郎會來這麼一句，氣得臉色青了又白，恨不得上前撕爛周二郎的嘴。她冷哼一聲，扭身去找徐冬青，卻在路上遇到凌嬌。

徐嬸子惡狠狠地瞪了凌嬌一眼。「妳等著！」

凌嬌莫名其妙，心思微轉。「徐嬸子，我其實特別好奇，妳兒子早不出來、晚不出來，為什麼偏偏今兒跑了出來？再一點，他可不知道我們家，這其中怕是有人特意放他出來。徐嬸子就這麼一個兒子，肯定當眼珠子看，兒子跑了出來，肯定要出來找，就算徐嬸子找到了兒子，他也未必會乖乖跟徐嬸子回去，兜兜轉轉怕是要好些時間；聽說徐大叔一直想納妾……」

凌嬌這麼一說，徐嬸子豈有不明白的？心裡有了主意，她也不急著帶徐冬青回家，反正徐冬青在凌嬌家，跟阿寶玩著出不了事。

冷冷看了凌嬌一眼，徐嬸子輕手輕腳回了家，只聽見屋子裡一陣咿咿啞啞之聲，已是過來人的徐嬸子一聽到那聲音，還有什麼不明白的？惱恨上心，卻什麼都沒說，轉身又出了家門。

第二十九章

淩嬌回來的時候，只見大家議論著什麼，見到她來，一個個頓時噤聲。

周二郎快跑到淩嬌身邊。「阿嬌。」

淩嬌點頭，拉著周二郎走到一邊。「二郎，咱們修房子，你去喊過村裡人來幫忙嗎？」

「沒啊！」

「剛剛趙苗嫂子跟我說起這事，我才想了起來。二郎，或許村裡人都等著咱們去喊他們過來幫忙呢！咱們也別小氣，你一會兒就去村子喊大家晚上來吃飯，順便道歉，你看如何？」

周二郎沒修過房子，不大懂這些規矩，三嬸婆年紀大了，這些日子又開心，很多事情也沒深想，周甘、周玉更不用說，這才漏掉了。

如今趙苗一提醒，兩人醒悟過來，周二郎哪裡敢猶豫。「阿嬌，我這就去，請大家晚上過來吃飯。」

從周二郎說要修屋子起，五叔周富有就經常在院子裡轉來轉去，等著周二郎來家裡請自己；可左等右等，望眼欲穿，還是不見周二郎來，五叔心裡有些冒火。

五嬸坐在屋簷下，剝著苞米，見五叔心神不寧的，嘆息道：「你別走了，二郎要來請你早來了，現在都還沒來，肯定是不來了。」

「妳胡說什麼?!」

「我胡說?呵呵。」五嬸冷笑兩聲，不免感慨。「這周二郎也算是本事，才多少時日，便把日子過得這般好了。嘖嘖嘖，聽說他媳婦做的飯菜可好吃了，隔這麼遠我都能聞到香味。」

五嬸說著，有些羨慕能被周二郎請去幫忙的人家，不只有好吃的，還能學到本事。她其實也想去，可周二郎沒來請，她丟不起這個老臉。

五叔看了五嬸一眼。「妳給芸娘捎個信去，讓她在二郎上樑的時候回來一趟，自家兄妹，怎麼可以一點走動都沒有?」

「妞子那邊……」

「叫什麼妞子?福氣都叫沒了!說了多少次了，要叫芸娘。」

五嬸一聽，笑了起來。「小時候就你喊得最歡，如今倒是嫌棄起來了。」

「小時候她就是我一個人的閨女，只喊我一個人爹，我再厲害也不曾苛待她，她犯點啥事，我罵了也就過去了;如今她卻要喊別人爹，行事要看人臉色，犯點錯能被人反反覆覆拿出來說幾十次，能一樣?」

女兒嫁過去沒生出兒子來，公婆那臉色拉得比驢臉還長，要不是娘家還算有些地位，時常幫襯著，在婆家還不得被搓揉死?

五嬸眼眶微微發紅，就是知曉嫁出去女兒的難，才對幾個媳婦特別好，幾個媳婦也是厲害的，對這個姑子也極好，五嬸心裡才安慰些。

她嘆息一聲，進屋去了。

周二郎遠遠看見五叔坐在家屋簷下抽旱煙，煙霧繚繞的，像是有心事。

「五叔，你怎麼了？」

五叔見周二郎走來，眼睛頓時亮了起來。「是二郎啊，怎麼過來了？」

「五叔，我、我第一次修屋，太緊張，很多事沒顧慮到，五叔……這等大事也沒找五叔商量。」

「傻孩子，修屋是大事，你也是第一次修房子，一點經驗都沒有，手忙腳亂是正常的，五叔沒怪你。」

「五叔不怪就好。五叔啊，一會兒你跟五嬸過去吃午飯吧！」

五叔心情頓時大好。「成！唉呀，修房子是大事，別人幫忙看哪能比得上自家人盡心？你快去忙吧！我喊你五嬸一聲，先過去了。」

五叔樂呵呵地就要朝周二郎家走去，走了幾步，忽然開口。「二郎啊，別村再好，那也是別村人，咱們村人再不好，也是自己人，還同一個姓。你這會兒去喊大家一聲，人家來不來是人家的事，你不喊卻是你不對。聽五叔的，去各家喊一聲，費不了你多少時間。」

「五叔說得是，幸虧五叔提醒，不然我就犯大錯誤了。」

五叔見周二郎還肯聽他的話，心裡極滿意。「對了，你三叔那裡去喊了嗎？」

「還沒呢，這不第一個來五叔家了。」

「你這孩子，倒是懂事。成了，我這兒你已經來過了，快去喊你三叔吧！你三叔性子不好，他說啥你也別跟他計較，左耳進、右耳出就好。」

「聽五叔的。」

五叔心裡樂呵啊，高高興興地去了周二郎家，也是真出力，又幫著安排事情。大家一看是周二郎的五叔，也給面子，五叔安排了也會盡心去完成。

周二郎又去了周三叔家。

周富貴見著周二郎，眉頭蹙起。「你來幹啥？」

「喊三叔過去吃午飯。」

「吃午飯？」三叔冷冷地笑了笑。「別，你周二郎家的飯菜我可吃不起！你趕緊走吧，我是不會去的。」

若是真心早就應該來，先前幹什麼去了？當他是要飯的嗎？來喊就要去吃？說到底，還是看不起周二郎。

周二郎也不勉強，笑了笑。「那三叔，我走了。」

看著周二郎背影，周富貴氣得不行，轉身進了屋子，卻怎麼也坐不住。

周二郎對三叔本就沒什麼好感，從他說淩嬌不好開始，他便決定要遠離三叔；如今來喊一聲不過礙於彼此是近親，既然已經來了，三叔去不去都沒事，就算去了，依三叔的性子也未必會幹活，指指點點的徒惹大家不喜。

又去了別的人家，周二郎好一番解釋，又喊去吃晚飯。村民見周二郎來喊，也是開心，如今周二郎日子忽然好過了起來，還要修房子，那房子修好在村子裡就是獨一份，他們想巴結周二郎，又怕貼上去惹人厭煩，這才守在家裡。現在但凡被周二郎請了的，無不覺得有面子，準備早早吃了午飯，下午就去周二郎家幹活，好跟周二郎拉近關係，以後有啥賺錢的好辦法也帶上他們。

凌嬌回到三嬸婆家，又忙著做飯菜，見那廂一大群孩子圍著阿寶，嘰嘰喳喳跟阿寶鬧得歡，凌嬌瞧著，滿心滿眼的喜歡。

趙苗拐了拐凌嬌。「喜歡啊？喜歡和二郎兄弟生一個啊！」

凌嬌頓時紅了臉。「嫂子！」

「害羞啥，咱們女子不都是要過這一關嗎？我瞧二郎兄弟人高馬大，力氣也好，妳有福氣了。」

其他幾個嫂子似乎也聽到了，頓時笑鬧起來。

「是啊，阿嬌，妳既然喜歡孩子，就跟二郎兄弟生一個。咱們二郎兄弟是個好的，妳懷了孩子肯定啥也不要妳做，天天拿妳當祖宗供起來。」鐵蛋叔家兒媳婦梁氏說得呵呵笑了起來，其他幾個嫂子也跟著打趣。

「我才不要呢！」

趙苗卻湊近凌嬌，道：「阿嬌，嫂子跟妳實話實說，那事吧，就第一次疼，以後如果二郎體恤憐惜妳些，滋味還是不錯的。真的，相信嫂子沒錯的。」

凌嬌頓時鬧了個紅臉。自從穿越過來，周二郎也就抱過她一次，這實在是……

「啊哈哈，啊哈哈！」

見嫂子們笑，淩嬌拿了糯米糕去塞她們的嘴。「還堵不住妳們的嘴？」

「阿嬌，妳莫害羞，一會兒見到二郎，我們跟二郎仔細交代交代，讓他對妳溫柔些，定讓妳舒舒服服，不會痛的。」

這下子別說幾個嫂子笑了，就是三嬸婆和兩個嬸娘也笑了起來。

「這幾個媳婦，真是！」鐵蛋嬸說著，也笑得不行。

「那是她們感情好才鬧起來，若是感情不好，怕是說句話都嫌煩；說到底還是年輕好，我啊，是老了。」福堂嬸說著，感慨不已。

「呸，妳們兩個都說老，我這老婆子豈不是老妖怪了？」三嬸婆打趣。

人逢喜事精神爽，三嬸婆今兒穿著新衣裳，瞧著年輕不少。

「嬸婆才不老呢，看如今二郎、阿嬌這麼孝順，嬸婆的好日子還在後頭呢！」

福堂嬸、鐵蛋嬸哄三嬸婆開心，也欽佩淩嬌，能對三嬸婆這麼孝順，著實難得，心裡更是高看幾分。

徐嬸子來接徐冬青，就聽到那一陣一陣的笑聲，氣得臉都青了。

她找到徐冬青，費了好大勁才把徐冬青哄回去，回到家裡，又悄悄安排了一些事情，才去告訴丈夫徐厚才，自己要帶著徐冬青回娘家。

徐厚才巴不得徐嬸子離開，心思微轉。「那我就不去了，妳帶著冬青去吧，路上小心些，早日回來。」

「嗯……」

為了自己的兒子，她什麼都做得出來。

周旺財在家中抽著煙。最近晚上睡不好，總是作惡夢，夢中，周二郎爹娘陰沈恐怖的臉，聲聲淒厲地叫他償命，那伸過來的手白骨森森，直掐得他心慌，喘不過氣來。

在屋子裡轉來轉去，他抽了幾口煙，心慌更甚，便走出屋子，孫子周興看見他忙跑上前。「爺爺，周二郎家修房子了，修得比我們家還大，爺爺，我們也修新房子吧，修得比周二郎家更大，好不好？」

周旺財這會兒最聽不得周二郎三字，更是心浮氣躁，推開周興，呵斥道：「小孩子家家懂什麼！」

周興只有三歲，哪裡禁得起這一推，摔倒在地，後腦勺生生撞在凳角上，痛得嗚嗚哭了起來，邱氏連忙上前抱住周興。「摔哪兒了，娘看看。」

周旺財聽見周興哭，更鬧心，怒喝一聲。「哭什麼哭？我還沒死呢！」拂袖出門，直接往柳寡婦家走去。

邱氏哄著周興，卻見周興後腦撞破一個洞，血不停往外冒，嚇得她三魂七魄差點沒了，大喊。「娘，娘，妳快過來，興兒腦袋摔破了！」

周田氏在後屋餵雞，聽到周興哭聲和周旺財怒罵聲便放下籃子出來，又聽得兒媳婦邱氏大喊，嚇得差點沒暈厥過去，跑出屋子，只見周興後腦血流不止。「天啊！怎麼會這樣子，妳怎麼看孩子的？」

「不是我，是爹推了興兒，撞在凳角上了……嗚嗚，娘，怎麼辦？」

「愣著做什麼？快拿東西捂住！妳爹呢？」周田氏吼著，臉色慘白。

「剛剛出去了……」

「這找死的老東西！」周田氏怒罵一聲，把周興塞到邱氏懷中，跑了出去。邱氏更是六神無主，拿了衣裳捂住周興後腦，哄著兒子不要哭。「沒事的，沒事的，爺爺一會兒就回來了，等爺爺回來就帶興兒去看大夫，興兒會沒事的，不要怕啊，娘在的，在的……」

周旺財一到了柳寡婦家，便進了內屋，滾到床上。

周田氏進了柳寡婦家院子，就聽到這聲音，氣得差點吐出一口老血，跑到廚房拿了把菜刀，揮著菜刀就衝進了屋子，朝床上砍去。

她一菜刀砍在柳寡婦背上，痛得柳寡婦尖叫一聲暈了過去，周旺財嚇得回過神來，一腳踹在周田氏心口，把她踹了個仰倒，菜刀也掉在地上。

周田氏摔在地上，渾身都痛，差點暈了過去，可想到以前挨的那些打，周田氏怒叫一聲。「周旺財你這個畜生，老娘今日跟你拚了。」

聞訊趕來的村民看著光溜溜的周旺財，再看周田氏洶洶燃燒的怒火，還有什麼不明白的？

「村長跟柳寡婦被捉住了。」不知道誰暗笑一聲，引得人悶笑。

還是有人去勸架拉人，也有人進屋子去看，只見柳寡婦一身血地躺在床上，尖叫一聲。

「殺人了！」

不知道誰跑去喊族長，誰去請大夫，頓時整個周家村都鬧騰起來，那些幹活的一下子都跑去看熱鬧，連飯都不吃了。

「誰家殺人了？膽子這麼大？」趙苗嘀咕，也想去看看。

凌嬌失笑。「嫂子去看看不就知道了？」

「妳不好奇？」趙苗問凌嬌。

凌嬌搖頭。她不好奇，有那些時間去看熱鬧，不如家裡的事多做一點。

「反正大家都去看熱鬧了，要吃飯肯定還要一會兒，我也去看看。阿嬌，妳等我回來跟妳說說，放心，我肯定在大家回來前先趕回來。」

凌嬌點頭。「嫂子去吧！」

三嬸婆念叨道：「誰家殺人了啊？這年頭，好好的日子不過，殺什麼人哦……」

第三十章

柳寡婦家裡擠滿了人，柳寡婦被放在門板上抬了出來，一條被子簡單地蓋在她身上。好在傷口不深，人還活著，正大口喘著氣，也不知道有沒有傷及五臟六腑。

族公怒喝一聲。「愣著做什麼，還不把衣服穿上！」

大家見熱鬧也就如此，沒了興趣。何家村人暗呸一聲，回了周二郎家吃午飯，族長也沒心思管這破事。「周田氏傷了人，報官吧！至於這丟人現眼的東西，等開了祠堂，看看是攆出去呢，還是浸豬籠；留下幾個人看著點，別讓人跑了。」

「是，族長。」

周田氏此刻出氣多、進氣少，顯然被傷得不輕，腦子裡忽然想起受傷的周興，叫了起來。「興兒！我的興兒……」

周旺財忽然腦子一悶。「興兒怎麼了？」

「周旺財，你這個黑了心肝的，興兒若是有個三長兩短，大家都別活了……」

周旺財也是慌了，想起先前推了周興一下，孫子似乎撞到了凳角上。「興兒怎麼了？」

「你幹的好事……」周田氏怒罵，血水從嘴角溢出。

「我回家去看看。」

「要走也得等衙門來了人再說，現在不能走！」族長怒喝一聲，自有人攔住不讓周旺財走。

周旺財一陣急火攻心，直接暈厥了過去。

至於周二郎家，飯菜一樣一樣地端上桌，周二郎招呼大家不要客氣，何家村村民一開始還在議論周旺財一家，可見菜餚實在豐盛，色香味俱全，挾了一口放到嘴裡。「唔……」簡直是美味啊！嚼了幾口，恨不得連舌頭也吞下去，再沒人說周旺財那點破事，快速掃著桌子上的菜餚。

淩嬌也客氣，村子裡的孩子們只要來了，都被留下來吃飯，菜也是一樣的。

她讓阿寶招呼孩子們，把周二郎拉到遠處才說道：「二郎，像周旺財這種事，要怎麼處理？」

「浸豬籠、沈塘。」

淩嬌微微冷了臉。「沈塘？真是便宜他了！」

周二郎自然明白所為何事，微微抿唇，思慮片刻才道：「讓他這麼死了，的確便宜他了。阿嬌，妳放心，我一會兒跟維新哥說說這事。」

周旺財暫時還不能死，他若是死了，欠下的債誰來還？

見周二郎明白了，淩嬌也不多說。

回到廚房，趙苗就說起周旺財和柳寡婦的事情。「嘖嘖嘖，真是不要臉，光天化日之下行這苟且之事，簡直丟人現眼！」

「村長做出這等事，還能做村長嗎？」凌嬌淡聲問。

「呸，就這德性還做什麼村長？誰會信服他？」趙苗不屑說道。

「我倒是覺得維新哥挺適合的，公正、熱心，嫂子妳說呢？」

趙苗本來沒往這方面想，被凌嬌這麼一提，心思微轉，笑了起來。「妳維新哥年歲還小呢，妳可別亂說。」

「我可沒亂說。」凌嬌說著，轉身去添菜了。

趙苗想著凌嬌的話，臉色變了變，吃飯時，她找到周維新嘀咕了幾句。周維新臉色微沈，轉身找周二郎，周二郎藉機又跟周維新說了幾句話。

「二郎兄弟你放心，這事包在哥身上，下午我有事，就不過來了。」

「沒事，維新哥去忙吧，我等著維新哥好消息。」

周維新笑，拍拍周二郎肩膀。「好小子，等著，你報仇的機會，哥肯定給你留著。」

下午，鎮上的衙門來了人，最終以不追究柳寡婦、周旺財不能再繼續做村長而了結，高高抬起，輕輕放下。

族長深吸一口氣。「走吧！」

周旺財起身，也不管周田氏，一個人跌跌撞撞朝家裡走去。還未到家，遠遠就聽到兒媳婦邱氏悲痛欲絕的哭聲，周旺財只覺得有一道雷把自己劈得暈頭轉向。

周旺財知道，他的孫兒，他唯一的孫兒沒了……

被送回來的周田氏悲哭出聲，只恨不得死去，雙眸宛若淬了毒一般看向周旺財，兩眼通紅。「周旺財，你這個畜生，老娘跟你拚了！」

她尖叫一聲撲向周旺財，撕扯抓咬，把吃奶的力氣都使出來了。

若是以往，周旺財肯定不會讓周田氏囂張，說不定沒兩下就把周田氏打趴下，可這會兒，周旺財淚流滿面，任由周田氏瘋狗一般將他打得渾身是傷，頭髮一撮一撮扯掉。

直到周田氏沒了力氣，周旺財已經兩眼發花，不知今夕是何夕。

周田氏的哭聲幾乎讓整個周家村都聽見了，村民紛紛好奇，這周田氏是怎麼了？平日裡被周旺財打得半死也沒聽她這麼哭叫過。

「這周田氏發什麼瘋呢？」

有人嘀咕，有人問：「要不要去看看啊？」

「看啥哦，人家兩口子打架，你是去看熱鬧呢，還是去勸架？」

「就是就是，麻利地幹活，晚上聽說有酒喝。」

「真的嗎？那我可要多喝幾大碗。」

周二郎家是一片祥和歡樂，村裡也來了幾十個人幫忙，周二郎帶著周甘到處借桌子、板凳。

一蒸籠一蒸籠的糯米糕端出來，放在桌子上，涼了之後切成小塊，放在洗乾淨的芭蕉葉裡，用乾淨的稻草捆綁好，等吃了晚飯，大家要走的時候再分送。

這時，雞蛋香氣飄散在屋子周圍，甜得人心都醉了。周二郎聞著，嘴角露出了笑意。

「二郎兄弟，恭喜、恭喜啊！」

周二郎聞聲，見是何潤之兄弟帶著賀禮上門，忙笑著上前迎接。「何大哥、何二哥。」

接過何潤之和何潤玉送來的禮物，周二郎招呼兩人到三嬸婆家小坐。路上，周二郎問何潤之。「這些日子，何大哥去了哪裡？怎麼一點消息都沒有？」

「遇到一些事情，一時半刻也說不清，二郎兄弟，等空閒了我再仔細跟你說，倒是害你擔心了。」

「哪裡的話，如今見你安然回來，我這心總算可以放回肚子裡了。」

何潤之聞言，微微錯愕，周二郎以前可不會這麼說，他不免失笑。「二郎兄弟倒是越來越會說話了。」

「何大哥謬讚了。」

一起到了三嬸婆家，淩嬌立即端上茶水和糯米糕，周二郎忙道：「何大哥、何二哥，快嚐嚐，看這糯米糕味道如何。」

何潤之點頭，拿起筷子挾了糯米糕咬了口。「嗯，這糕味道可真不錯，怎麼做出來的？」

「是阿嬌用雞蛋、紅糖拌了糯米粉蒸的，何大哥待會兒一定要帶些回去給孩子們嚐嚐，如今嫂子懷有身子，吃這個再好不過了。」周二郎說道，比起以前與何潤之的泛泛之交，此時倒是有了八分真心。

何潤之也不拒絕。「成，一會兒你多包幾塊，我娘跟奶奶也在我家。」何潤之說著，不著痕跡地打量周二郎，畢竟當初自己家著實對不起他，雖然已經有些日子了，可記憶這玩意……

「嗯，一定一定。」

周二郎面色平靜，當初的事雖然沒有忘記，但漸漸也淡忘了，就連阿寶和周玉提起那個時候的事，也說自己也是有錯的。連兩個孩子都知曉的事，他一個大人真沒必要放不開。

見周二郎沒有不悅，何潤之微微鬆了口氣，才說著恭喜的話，讓周二郎點了魚乾、算了錢，拿了糯米糕便走。「二郎兄弟，別送了，如今家裡修房子是大事，等有空了，咱們兄弟坐下來好好喝幾杯，有些事我也想告訴你。」

「好，何大哥慢走。」

這次賣魚乾得了三十兩銀子，周二郎等何潤之兄弟走了，轉身就給了淩嬌，兩人說了幾句。

也不知道周二郎說了什麼，把淩嬌給氣著了，她抬手在周二郎手臂上打了一下，才去廚房幹活。周二郎愣在原地，好一會兒才噗哧笑了出聲。

其實他也沒說什麼，只是說大家都等著他房子修好，來吃喜酒。

喜酒，洞房花燭夜……周二郎想想，霎時臉紅一片，看向忙碌的淩嬌，笑咧了嘴，見淩嬌看了過來，心跳加速，傻傻看著她。

幾個嫂子鬨然大笑，周二郎臉更紅，忙低下頭，逃也似地跑開。

「哈哈哈！」趙苗率先笑出了聲。「看見沒，二郎兄弟還會害羞。」

她沒想到淩嬌面皮薄，脹得通紅。「有句話說得好，不是一家人不進一家門，妳和二郎啊，真是天生一對，都這麼害羞。好了好了，我不說了，不過阿嬌啊，咱們二郎兄弟這麼好，妳可要看牢了，別被其他女人給迷走了。」

凌嬌笑笑不語。

若是周二郎被迷走了，她也沒什麼損失，那本來就是她期盼的，只是為何心裡有一點難受？

這感覺……簡直糟糕透了。

第三十一章

夕陽西下，大家開始收工。

晚飯有紅燒肉、蒸魚乾、油炸花生米、炒豆芽、涼拌豆腐、蒸雞蛋，因為晚上有酒，瓜子、花生也裝了碗端上桌，十五桌人簡直鬧鬨得很。

吃了飯，三三兩兩邀約回家，周二郎送上給他們帶回去的糯米糕。「唉唷，這客氣的！」

這一夜，不管是在何家村還是周家村，周二郎的地位已經有所不同。

幹活的吃完飯就走了，淩嬌帶頭忙碌收拾，等送走了幾個嬸娘、嫂子，她腰痠背疼地坐在凳子上休息。

她到後面小棚子裡洗了澡，卻獨獨不見周二郎。

「二郎人呢？」淩嬌問，她還有話要跟周二郎說，卻找不到人。

周玉搖頭表示不知，周甘抿抿嘴。「朝新屋那邊去了。」

「我過去看看。」

「嫂子，我跟妳一起吧，烏漆抹黑的，摔了可不好。」周甘忙道。

「不用了，你們兩個早點睡，明兒一早還要去鎮上買東西呢！」

周甘和周玉點頭，目送淩嬌離去。

「早點睡吧，明天去鎮上。」周甘想了想又說道：「晚上別做衣裳了，免得眼睛熬壞了。」

「才做幾件衣裳，哪能熬壞？」

「妳懂什麼？二郎哥說的肯定是對的！」他記得，上次叫周玉跟他一起下地去收稻米，二郎哥把他喊到沒人處，狠狠訓斥他的話。

他說女子身子本就受不得涼，還到田裡去，以後嫁人不利子嗣，遭婆家嫌棄怎麼辦？這些事，周甘以前哪裡懂？

周玉噘嘴。「哥，我這不想早點做出來，你有得穿嗎？」

「我現在也沒赤胳膊啊，快去睡吧，今天妳忙了一天，不累啊？」

「不累，哥，我心裡開心。我沒想到以後能跟嫂子住在一起，哥，我很喜歡嫂子。」周玉滿眼的孺慕，對淩嬌甚是佩服。

周甘笑了，他何嘗不喜歡淩嬌？

「以後的事，以後再說。」周甘揉揉周玉的頭。「去睡吧，我等二郎哥他們回來就睡。」

周玉點點頭，進屋去睡了。

周甘坐在門口的板凳上，看著夜空，心裡空落落的；要是娘能多撐些日子，或者、興許也能沾點光，過幾日能吃得飽的日子，可惜……

周二郎看著新屋基，感嘆一聲，找了地方坐下，想起死去的爹娘、大哥，跟人跑了的嫂子，只覺得心堵得厲害；若是爹娘還健在，見他能翻修家中的屋子肯定很欣慰……

他想，等有空了，要帶淩嬌去他爹娘和大哥的墳上看看。

淩嬌遠遠就看見一個黑影，她輕手輕腳走到周二郎身邊，感覺他似乎在吸鼻子，她瞪大了眼睛，暗想這周二郎不會是在哭吧？

走到周二郎身邊坐下，雖然看不清他的臉，卻能感覺到這個高大的男人此刻的脆弱，他是真的哭了。

「怎麼了？」

周二郎見淩嬌來了，胡亂地擦臉，只是鼻子更酸。「阿嬌，我沒事，就是……」

「修房子是大事，也是開心的事，你怎麼哭了呢？」

「我只是想起我爹娘，如果他們還在，該有多好。」

她拉了拉周二郎的衣袖。「你知道嗎？傳說中，每死去一個人，他的靈魂便會變成夜空中的星星，而他的親人瞧見最亮的那一顆就是他的靈魂。周二郎，你抬頭看看，夜空最亮的那幾顆星，便是你父母、大哥，他們不曾離開你，只是換了一個地方看著你。」

「真的？」周二郎疑惑問。

「當然，不信你抬頭看，夜空中是不是有幾顆星星在衝你眨眼睛？」

夜空中，星斗閃爍，一顆顆密密麻麻，似乎真有那麼幾顆閃爍著，就像那眼瞼，一眨一眨的，格外地亮。周二郎的心在這一刻溫暖起來，鼓起勇氣伸手握住淩嬌的小手。「阿嬌，謝謝妳。」

周二郎的手好熱，凌嬌猶豫片刻，還是沒能狠心抽出自己的手，任由他握在手心。

周二郎的心撲通撲通跳著，欣喜溢上心頭，嘴角勾起笑。「阿嬌，很早以前我就在想，將來我要是娶了媳婦，要像我爹對我娘那般好。」

「那個時候你多大？」

「八歲。」

「噗哧。」凌嬌笑出聲。「你倒是早熟，八歲就想著娶媳婦，那怎麼蹉跎到如今才娶上媳婦呢？」

周二郎乾咳了聲。「早些年爹娘還在的時候，家境還是挺好的，也有人給我說親，只是那些姑娘我都看不上。」

「想來都是些醜八怪，所以你才看不上吧？」凌嬌打趣，抽出了自己的手。

手心一空，心頓時也空了。

周二郎搖頭。「不是，有幾個長得好看的，臉跟雞蛋剝了殼一樣，白嫩白嫩的，身段也好，媒婆都說那姑娘好生養，將來肯定能生兒子，後來嫁了別人，果然好生養，到現在都生了四個兒子了。」

「誰叫你不娶回來，如今後悔了吧？」

「呵呵。」周二郎笑著，才不後悔呢！

「呵呵什麼呢，如果後悔了，以後眼睛擦亮些，見著漂亮的就告訴我一聲，我肯定幫你訂下來。」

「不用了，我暫時、暫時……」周二郎說著，雙眸灼灼地看向淩嬌。他很想低頭去親親她，想知道是不是如那些老爺們說的，甜甜的、香香的，親一口還想親第二口，又怕淩嬌氣惱。「暫時不急呢！」

淩嬌扭開頭，周二郎那眼神太具侵略性，她瞧著有些害怕，身子往邊上挪了挪。「那就以後再說。」

如果剛剛周二郎親了過來，她應該怎麼做？是回應呢，還是氣得狠甩周二郎幾巴掌，再狠狠踹他幾腳，氣急敗壞罵他流氓、登徒子、色狼？

一時間，淩嬌心裡竟沒有答案。

「嗯，以後再說。阿嬌，妳可得答應我，千萬別偷偷幫我相看姑娘，我怕、我怕會耽誤了人家。」

「行。」淩嬌保證，她又不是吃飽撐著，沒事就顧著給周二郎相看媳婦，她總覺得，愛情還是隨遇而安才好。

周二郎笑。「妳怎麼過來了？」

「找你有事。你看家裡這麼多人幹活，我怕米、麵不夠，讓阿甘、阿玉明兒去鎮上買些回來，順便買些糯米、豬肉，我看大家都喜歡喝酒，要不再來三大缸？」

「都聽妳的，妳安排就好。」

淩嬌點頭。「那就這麼安排了。對了，這房子大概多久能修好？」

「要是按照今天這樣，最多一個月，或許用不著一個月，半個月便足夠了，等差不多了，我就去借板車拉瓦。上大樑時的喊樑人，我打算請族公喊，他年紀大、輩分高，眼睛雖然不好，可耳朵靈，妳看怎麼樣？」

「喊樑？」

「對啊，上大樑的時候，人得站在屋頂上，拉著紅繩子，旁邊都是來修房子的人，族長在房子周圍走，大家要喊：『族公這房子修得好不好？』族公要回：『好。』接著其他人又要喊：『這房子漂亮不漂亮？』族公要在邊上應聲，喊一回，往上拉一尺，等吉利話喊完，大樑上了屋頂，喊樑就算完成了。」

凌嬌頓時來了興趣。「到時候我一定要來看。」

「妳肯定是要來的，順便還要撒銅錢。」周二郎說著，笑了起來。「不過要給喊樑的人荷包，好在阿玉繡功好，繡了好些個荷包出來。」

「放心，我會準備好的。」

說了一陣，心也不那麼沈重了，周二郎站起身，朝凌嬌伸手。「走吧，我們先回去。」

「這邊不看嗎？」

「都是些不值錢的東西，山裡都有，沒人稀罕的。」

凌嬌猶豫片刻，終歸還是自己起身，走在周二郎前面，朝三嬸婆家走去。

周二郎微微失望，收回手，跟在凌嬌身後。

第三十二章

第二日，有人議論著。「村長孫子周興死了。」

周家村頓時炸開了鍋，家家戶戶都商量著要不要去看看。

周二郎得到消息的時候，抿了抿唇。「好端端怎麼死了？」

大人有仇不假，可孩子是無辜的。

「是村長推的，頭撞在板凳上了，流了好多血呢！」

三嬸婆和淩嬌聽到消息後，只聽三嬸婆感嘆道：「周興那孩子雖然不懂事，可年紀小，這莫名其妙地去了，也不知道邱氏以後怎麼辦？」

本就陌生，淩嬌無感，倒是感嘆一個孩子就這麼去了。「那孩子幾歲了？」

「才三歲呢，說來也是周旺財那畜生造孽，報應沒報在他身上，卻報在了一個孩子身上，唉。」

淩嬌卻不這麼認為，白髮人送黑髮人，其實對周旺財來說，也算是報在他身上了。

天亮時分，徐嬸子帶著徐冬青走了，順便帶走了家裡的田契、地契、房契、銀票存契和銀票，只留下二十兩銀子和一些銅板，壓根兒不管徐厚才去了哪裡，也不出來送送他們。徐冬青對徐厚才也沒什麼感情，爹總是黑著臉，不大喜歡他。

「娘，爹不來送我們嗎？」

「你爹忙，不來了，我們走吧！」

「哦。」

馬車駛動，徐冬青又問了句。「娘，等我回來，媳婦就會回來了嗎？」

「嗯，只要冬青乖乖的，等咱們回來，你媳婦就會回來了。」

「那我乖乖聽娘的話。」

馬車一啟程，徐嬸子便真的將徐家的一切都拋下了。

周甘和周玉去了鎮上買東西，快到晌午時，帶回來了豬肝、豬腰、豬心、豬大腸、一百斤大米、一百斤麵粉、一百斤糯米，淩嬌手腳索利，中午就有了爆炒豬肝和豬心湯，真真美味至極。

五天後，是何家村村民幹活的最後一天，可人家重情誼，加上淩嬌做的飯菜實在好吃，紛紛表示要留下來等房子修好、吃了上樑酒才作罷。

轉眼間，半個月過去，房子按照預期地修好，周二郎親自去鎮上找空虛大師，算上大樑的好日子。

「啊哈哈，擇日不如撞日，就明兒吧！」

「明天？」

「對啊，就是明天，相信我，錯不了的。」空虛大師說得信誓旦旦。

「好，聽大師的。」

送走周二郎，空虛大師撫鬚淺笑。一個身著紫色衣袍、頭戴玉冠的年輕男子走了出來。

「祖父，這就是我們要借福的人？可我瞧著，他身上雖有福氣，卻不是很深厚，未必能讓我們金家一族依附。」

「不是他，是他身邊的一個女子，那是我算命至今，唯一算不出個所以然的人，但她身上福澤綿延、貴不可言，怕是當今太后也比不了的。」

金城時大驚。「怎麼可能？」

「城時啊，聽我的話，莫要急躁，咱們幾十年都等了，還等不了這一、兩年嗎？且矜貴非彼矜貴。」

十月二十五日，黃道吉日，難得好日子，周二郎家的房子上大樑。

族公早早便穿了繡滿福字的衣裳，由周二郎揹著過來，坐在凳子上，喝著香噴噴的茶，吃著糕點。

一般被請來喊樑的，都是極有面子的，哪怕是族長也要慎重其事地對待。

族長一般不說話，也不能去跟他說話，等吉時一到，族長被請了過去，牆上、牆下站滿了人，牆上的人拉著紅布編的繩子，大樑上站了一隻大公雞，等鞭炮一響，那公雞嚇得撲騰翅膀飛了起來，族長忙道：「公雞展翅，願二郎大鵬展翅，一飛沖天！」

「說得好！」

第二輪鞭炮又放了起來，開始喊樑。
「族長、族長，我們問你，二郎家的房子修得好看不？」
族長呵呵一笑。「好看。」
大樑往上拉一尺。
「族長、族長，我們問你，二郎家的房子安逸不？」
「安逸。」
大樑往上拉一尺。
「族長、族長，我們問你，二郎家以後發財不？」
「發大財！」
大樑往上再拉一尺。
族長沿著屋子周圍走，待人問一句，他回一句，熱鬧得很。
眼看大樑就要到頂，人們又喊。「族長、族長，我們問你，二郎夫妻和睦不？」
「和睦。」
「族長、族長，我們問你，二郎將來兒子多不多？」
「多，三年抱兩，五年抱三，兒孫滿堂，福厚無雙！」
大樑到頂，落在了固定的位置，淩嬌和周二郎站在樓梯上，面對面，抓了盆子裡的銅錢往下丟。農村有個習俗，丟的銅錢越多，以後賺得越多，福氣越多，而這些銅錢都是要分給來幹活的人，為此，淩嬌特意讓周甘去鎮上換了十兩銀子。

這些銅錢都要蓋瓦那天才能撿，好在人多，一個上午，房樑全部架好、固定好，下午就開始蓋瓦。

淩嬌帶著周甘、周玉、阿寶和三嬸婆在下面撿銅板，撿得淩嬌兩眼發花，早知道就少丟點了，這一萬個銅板撿起來一點都不好玩。

一個下午不只瓦蓋好了，就連圍牆都砌好，那些銅板也撿了足足一下午，周二郎請大家明天來吃上樑酒，順便分銅板，也算是慶祝修房子圓滿結束。

當然明天還有一件事，就是丟進門錢，只要來了的，不管大人、小孩都要丟，不管多少，哪怕是一文錢也是要丟的。

吃了晚飯，幾個嫂子、嬸子都留下來幫忙數錢、串錢。

「阿嬌，不是我說妳，當初妳就應該少弄點，弄這麼多，數得我手都痠了。」趙苗抱怨。

這些日子和淩嬌相處下來，趙苗是越來越喜歡她，大氣溫柔、有見識，而李本來媳婦何秀蘭是後來的，也是個索利的人。

「就是就是，我這邊點第二遍，也好累啊！」何秀蘭也抱怨。

其他三個嫂子、嬸子也跟著抱怨，弄得淩嬌哭笑不得。

「我就是想著，撒得越多，以後賺得越多，哪裡曉得還要分？為了不讓大家少了，還要數清楚，早知道我數了人數，一人一文錢丟下去還省事了。」

「唉呀，我還是第一次喊樑的時候分這麼多錢呢！阿嬌，妳以後可得多修幾次房子，說不定我的私房錢就都靠妳了。」趙苗這麼一說，逗得大家哈哈笑得肚子都疼了。

為了明兒的午飯，大家也沒回去睡覺，留下來幫忙蒸米糕、包子、饅頭，這些都是要拿來明天分給大家的，還要做明天中午的飯菜。

趙苗忽然想起一事，拉著淩嬌走到一邊。「阿嬌，二郎修房子是大事，二郎有沒有送信去給他妹妹和幾個姑姑？」

「啊？」周二郎還有個妹妹嗎？他倒是提過幾個姑姑，但自他爹娘死後，幾個姑姑嫌棄周二郎家窮，就沒來往了。至於這妹妹……

「唉，看來二郎是沒跟妳說啊！」

「嫂子跟我說說唄。」

「這我可不能多嘴，妳要是真想知道，去問二郎兄弟吧，我去幹活了。」

淩嬌本來想問，可一忙又忘記了。

進門的吉時到了，大家開始往裡面丟錢，基本都丟兩文，圖個好事成雙。

何潤之和何潤玉也來了，兩兄弟一人往裡面丟了十兩，連沈懿都趕過來了。

這時，一輛紅木馬車停在了門口，車上下來兩個丫鬟，接著扶了一個女子下了馬車。

何家村人只是看熱鬧，周家村人卻一個個瞪大了眼睛。那女子下了馬車，一身金光閃閃、錦緞華衣，端是美貌娟秀、款款動人，看著煥然一新的房子，眼眶便紅了。

「二郎、二郎，你快看誰來了。」

周二郎聞言，走出屋子。那女子不是別人，便是早年拋棄一切，寧願私奔去做妾的周敏娘，周二郎的小妹。

周二郎爹娘為了孩子好養活，大兒子取周大郎，二兒子周二郎，卻給女兒取了敏娘，寓意聰慧敏捷。對這個小妹，周二郎也是滿心滿眼疼惜，可她實在不應該在成親那天跟人跑了；而大哥也是為此才離家去從軍，只為建功立業，給爹娘爭光，讓這個妹妹將來有個依靠。

誰知道大哥卻一去不復返，爹娘也因為大哥離去而病逝，他又怎麼原諒這個妹妹？

周敏娘把荷包丟進堂屋的時候，周二郎發瘋一般跑去撿了荷包，塞到周敏娘懷裡。「拿著妳的錢，走吧！」

「二哥……」周敏娘委屈極了，從小疼她的二哥居然這般對她，疾言厲色，不留情面。

「滾！」周二郎怒吼。

見周敏娘紅著眼眶不肯走，周二郎拽著她往外走，周敏娘傷心欲絕，一點力氣都使不出來，任由周二郎拖著她走，可這舉動卻嚇壞周敏娘的兩個丫鬟。「你快放開姨奶奶，姨奶奶可懷著身子呢！」

周二郎聞言，嚇了一跳，忙看向周敏娘，眼眸裡全是擔憂，輕輕鬆開手，退後好幾步，神情變幻莫測，好一會兒才說道：「妳走吧，這裡不歡迎妳。」

「我不，我要見爹娘，我——」

「爹娘已經死了！」周二郎怒喝。

周敏娘懵了。爹娘那麼健康，怎麼會死？而且這些年，她都有託人帶錢回來，如果不是如此，二哥哪裡來的錢建這麼好的房子？

「不，不……你騙我，我要見大哥……」

「大哥也死了，戰死沙場！都是因為妳，如果不是妳，大哥不會去從軍；如果不是妳，大哥不會死，爹娘也不會死……周敏娘，妳趕緊走吧，我不想見到妳……」周二郎氣得紅了眼眶，咆哮出聲。

周敏娘禁受不住失去爹娘、大哥的打擊，兩眼一翻，直接暈厥過去。

「姨奶奶……」

周二郎其實很擔心，那是他親妹妹，見她有事，心還是揪疼，想上前去看看，確認她是否無礙。

村民們紛紛勸周二郎想開些，今兒是大好日子，周敏娘能回來，說明她還是有心的。他想了想，剛邁步準備上前，馬車卻駛了出去。

周二郎看著馬車離去，呼出一口氣。

第三十三章

凌嬌給周二郎拌了碗雞蛋紅糖水，遞給周二郎。「有些燙，你慢點喝。」

周二郎接過，拿了勺子攪拌，慢慢喝著。

雞蛋紅糖水入喉，奇異地撫平了他心裡的傷痛，煩躁的心漸漸平息下來。一碗下肚，周二郎感覺整個人都好受多了，心口不堵，也不發悶了；而凌嬌只是安安靜靜地坐在他身邊，不說話，陪著他。

「阿嬌……」

「嗯。」

「謝謝。」

凌嬌笑了，伸手在周二郎腰間擰了一下。「呆子。」接了周二郎手裡的碗，起身去忙。

周二郎伸手摸摸腰處。其實凌嬌力道不重，只是酥酥麻麻的，他摸著感覺似有火在燒，整個人都熱了起來，又想著她離開時那又嬌又羞的眼眸，他忽地笑出了聲，心情大好。

管那麼多呢，他還是過好日子，至於恨啊怨啊，都順其自然，或許有那麼一天，也就隨風飄散了。

那廂，卻有個穿著富麗的小丫鬟淚流滿面地跑來，見到周二郎，撲通一聲跪在他面前。「舅老爺，求求你去看看我家姨奶奶吧，她、她快不行了……」

周二郎一聽，臉色頓時蒼白一片，忙問：「到底怎麼回事？」

「姨奶奶驚了胎，這會兒已經見紅。」

周二郎不懂懷孕，但一聽丫鬟說見紅，忙要跟過去瞧瞧，淩嬌上前拉住周二郎。「馬上就要吃午飯了，你這一去也不知道什麼時候能回來，而且你一個大男人，去了也是什麼都做不了；不如我過去，跟你妹妹去鎮上找大夫瞧，你等大家吃了午飯，再趕來鎮上。況且你現在過去，你妹妹肯定更激動，你相信我，我一定能夠處理好的。」

周二郎是相信她的，想著今兒上樑酒的確是大事，他作為主人家的確不能走開，可妹妹……

「相信我。」淩嬌說著，轉身對趙苗說道：「嫂子，這裡就麻煩妳了。」

「妳去吧，放心，我會處理好的。」

淩嬌怕周敏娘不信她，索性帶上周玉，跟著那丫鬟去看周敏娘。

周敏娘在馬車裡，吃了藥，血已經止住，肚子也不痛了，可心裡又開始擔憂，她怕二哥此刻來了，見她無恙會不會惱？會不會以為她只是作戲騙他？

心裡七上八下的，就聽到丫鬟喜鵲的聲音。「姨奶奶，舅夫人來了。」

舅夫人？是大哥的媳婦？一想到周大郎媳婦趙氏，周敏娘就非常不喜，剛想出聲，卻見馬車簾子被掀開，淩嬌進了馬車。

周敏娘一愣，不是趙氏，莫非是二哥的媳婦？難道二哥成親了？想到這個可能，周敏娘舒暢不少。

凌嬌見周敏娘氣色還可以，只是馬車裡有股血腥氣，周敏娘靠在靠枕上，丫鬟輕輕給她按摩著保胎穴位。凌嬌關心道：「還好嗎？」

周敏娘點頭，目光看向馬車外。

「今天是上樑的大日子，妳二哥走不開，他讓我先過來陪妳去鎮上看大夫。」凌嬌說著，坐到周敏娘身邊，握住她的手，發現周敏娘的手冷冰冰的，便拉了錦被給她蓋上，柔聲道：「別多想，妳二哥已經原諒妳了，等大夥兒吃了午飯離開，妳二哥就來鎮上看妳。」

周敏娘聞言，鼻子一酸。她知道二哥的性子最是固執，一旦認定的事，轉圜的餘地微乎其微，這些話明顯是凌嬌在哄她。

可她不是個笨的，更明白枕頭風的厲害，這會兒見凌嬌來瞧她，在家中肯定是說得上話，也能夠作主的，相信她二哥會聽的。於是她身子一歪，倒在了凌嬌懷中，傷心低喚。「嫂子……」

不管周敏娘是真傷心還是假傷心，這聲嫂子還是讓凌嬌格外憐惜，畢竟她現在懷著孩子，最忌情緒波動，凌嬌伸手輕輕拍著周敏娘。「好了，好了，咱們去鎮上吧！」

「我聽嫂子的。」這會兒不管凌嬌說什麼，周敏娘都聽，反正她是賴上凌嬌了。

凌嬌喊了周玉進馬車，可馬車實在坐不下，周玉想了想。「嫂子，要不我回去幫忙吧？」

凌嬌想著如今周敏娘已經沒事，跟著去鎮上也只是安她的心，讓她不要胡思亂想，周玉的確幫不上什麼忙。「行，妳回去吧！」

一路上，周敏娘都柔若無骨地靠在淩嬌懷裡，渾身香噴噴的，只是味道有點不對。「妳叫……」

周敏娘心一痛，嫂子不知道她叫什麼，想來二哥並沒有提過她。「嫂子，我叫敏娘。」

「敏娘，妳身上用了什麼香料，聞著香噴噴的。」

周敏娘一聽。「嫂子喜歡？」

淩嬌但笑不語。

周敏娘坐起身，從腰間扯下一個荷包遞給淩嬌。「嫂子，送給妳，這荷包我早上才掛的，裡面的香料都是新的。」

淩嬌接過，放在鼻子下嗅了嗅，證實了自己的想法。她默默把荷包掛在腰間，才仔細打量周敏娘，只見她眉眼彎彎、容貌姣好，堪稱絕色；一身貴氣，顯然過得不錯，眼角眉梢是藏不住的幸福，身上衣裳服飾無一不精緻，舉手投足間流露出滿滿自信，明顯很得寵愛。

周敏娘見淩嬌打量自己，也不氣惱，大大方方由著淩嬌看，也仔細打量淩嬌。只見她一身棉布衣裳，渾身上下無一樣飾品，就連腳上的鞋子都舊得很，又想起先前見到的二哥，周敏娘不解，她這些年託人帶回家的銀子，加起來有幾千兩甚至上萬兩，為什麼家人依舊過得這麼窮苦，直到現在才修房子？

「嫂子……」

「嗯？」

「妳嫁給我二哥多久了？」

「我是妳二哥用二兩銀子買的，到妳家才幾個月。」

周敏娘驚訝得好一會兒才回過神。「我二哥在哪裡發現妳的，這麼便宜就把妳買了回來？」還這麼好。

總之周敏娘是喜歡淩嬌的，無關淩嬌好看不好看、穿得好不好，從淩嬌上馬車先摸了她的手，見她手冰涼給她蓋錦被時就喜歡了。

這女子，聰明中帶著天真，天真中帶著嬌憨和實誠，和周二郎有些像。淩嬌噗哧笑了出聲，對周敏娘倒是喜歡了幾分。

「二哥也真是，我這些年託人帶了那麼多銀子回來，怎麼還讓嫂子穿這破舊的衣裳，等一會兒到了鎮上，我那裡有好些套新衣裳，嫂子若是喜歡，都拿走吧！」

淩嬌卻聽出弦外之音。周敏娘說託人帶了銀子回來，可周二郎這些年並未得到一文錢，那麼這些錢去哪裡了？

「敏娘。」

「嫂子妳說。」

「這些年，妳二哥並未得到妳託人帶回來的銀子，一文錢都沒有。」

淩嬌肯定地道。周二郎是不會瞞她的，如果真有周敏娘託人帶回來的銀子，周二郎家的日子不會過成那個樣子。

「什麼？」周敏娘震驚，震驚後是憤怒。「怎麼可能，我明明託人帶了的？」

她向來得郡王寵愛，郡王也知道她娘家貧窮，所以每月都給她不少銀子，還在外面給她置辦了三間鋪子，生意極好，每月所賺她拿出五成，託人帶回周家村，希望爹娘得到這些銀子，能把日子過好。

可這會兒嫂子卻告訴她，家裡根本沒收到過這筆銀子，讓她怎麼不憤怒？

淩嬌握住周敏娘的手，輕輕拍了拍她手背，也不說安慰的話，此刻不管她說什麼，周敏娘都是聽不進去的。

周敏娘感激地看著淩嬌，微微笑了笑。「我沒事。」只待她回去查，總能把這貪墨之人查出來，將他剝皮抽筋！

到了鎮上，馬車沒去客棧，而是去了一個兩進小院，兩個丫鬟小心翼翼扶周敏娘下馬車，進了院子。外面瞧著院子沒什麼區別，可一走進屋子裡才發現區別大了，瞧這裡面的擺設，哪一樣不是精品，哪一樣不值錢？

「是姨奶奶回來了啊，郡王有事出去了，吩咐奴才等姨奶奶回來，先把安胎藥喝了，郡王會在晚飯前回來陪姨奶奶用飯。」一個四十來歲的婆子笑咪咪地走了過來，對著周敏娘福身行禮，恭恭敬敬說道。

周敏娘點頭，表示知道了，招呼淩嬌坐。「嫂子，咱們坐下說話。」

淩嬌坐下，周敏娘讓丫鬟上了茶，吩咐她們都出去，才說道：「嫂子，其實我並無大礙。」

「沒事就好。」

「先前我是見紅了，不過郡王給我準備了安胎藥，吃了便好多了。我在馬車裡還擔心如果二哥來了，我要怎麼解釋，好在是嫂子來。嫂子，妳幫幫我，在二哥跟前，替我多說說好話吧！」

「嗯。」

其實周二郎就是個刀子嘴、豆腐心，哪裡會一輩子都不理周敏娘？

兩人又說了會兒話，淩嬌才把荷包遞還給周敏娘。「這裡沒人，我也就實話跟妳說吧！妳這荷包總有些不妥，妳還是找個靠得住的大夫仔細檢查這裡面到底多了些什麼，我雖然聞到了麝香，可到底是不是還難說。」

周敏娘聞言，臉色都白了，雙眸燃燒起怒火。她沒想到那女人居然連她身邊的人都收買了！好！好得很啊！

「嫂子，謝謝妳。」

「一家人，說什麼見外的話？」

大宅裡爭鬥多，不安生，淩嬌也不知道周敏娘能不能應付，可更不曉得要怎麼提醒周敏娘，怕自己說得太多，讓周敏娘覺得她挑撥離間，管得太寬。

第三十四章

忽然，聽得外面傳來一陣爽朗笑聲，接著，一道墨色身影進了屋子。「敏娘，今兒可還好？」

周敏娘連忙起身，福身行禮，可還沒福下去，手臂就被一雙大手托住。「妳有身子，還行這些虛禮做什麼？」

周敏娘笑。「郡王，嫂子還在呢！」

大曆國國姓聞人，面前的男子聞人鈺清的曾祖父與大曆國開國皇帝是親兄弟，賜忠王，王府爵位世襲罔替，聞人鈺清是王府嫡次子，上面還有一個大哥，已經被賜封為忠王世子，而聞人鈺清也被賜封為忠郡王，子承三代後收回爵位。

聞人鈺清對周敏娘的感情不一般，自然也對淩嬌高看，但他沒想到淩嬌的穿著實在……就連周敏娘身邊的小丫鬟都穿得比她好。

又見淩嬌渾身上下連個配飾都沒有，聞人鈺清眸子微瞇，卻還是抱拳。「見過嫂子。」

淩嬌來到這兒，還是第一次見到身分高貴之人，哪怕聞人鈺清已經紆尊降貴跟她打招呼，可身上那與生俱來的貴氣還是讓人感嘆。她學著周敏娘的樣子，微微福了福身，也不知道自己對不對。

周敏娘卻開了口。「喜鵲，妳帶嫂子去歇息片刻。」

凌嬌知道，周敏娘是有話要跟聞人鈺清說，也不留下，跟喜鵲出了屋子。

到了院子裡，凌嬌想了想，跟喜鵲說了句後便獨自一人出了院子，去了大街上。

屋裡就剩周敏娘和聞人鈺清，沒了外人，聞人鈺清直接把周敏娘抱到了懷裡。「孩子可鬧騰了？」

周敏娘一聽，眼眶微微發紅。

「怎麼了？」

她把荷包遞給聞人鈺清。「你找個人看看這荷包有什麼不妥吧！今兒我見紅了，好在隨身帶著保胎丸，不然……」說著，後怕不已。

聞人鈺清也驚怒不已。「這荷包誰給妳的？」

「昨兒個身邊的喜萍給的，我聞著似乎不那麼噁心了，才戴在身上，沒想到今兒就見了紅，我、我……」

聞人鈺清哪裡還有不明白的，周敏娘身邊的人全是他安排的，卻不想那賊人膽子忒大，居然連他的人都敢收買，好得很！看來，他真是太念著這些年的情分，讓她越發肆無忌憚了。

「莫怕，有我在呢！」

周敏娘靠在聞人鈺清懷中，又小聲說道：「我這些年託人帶到家裡的銀子，家裡人竟一文錢都沒拿到。」說著，落下滾燙的淚水。

當初，她雖然救了聞人鈺清，可沒想過要跟他走的，是聞人鈺清在她要出嫁的前一晚潛入她房中，百般相求之下，才決心跟著他離開。這些年，聞人鈺清待她的確好，只是她終歸念著爹娘和哥哥，但凡手裡有了銀錢，總想爹娘也能過得好。

周敏娘給家裡銀子，聞人鈺清是知道的，也十分贊成，畢竟他把人家閨女給拐跑了，都說娶為妻、奔為妾，他已經對不起周敏娘，自然想補償一二。

「這事交給爺來查，妳只需要好好養著身體，把孩子好好生下來，其他事交給我。」

「嗯，我聽你的。」

兩人說了會兒話，甜蜜了一陣，喜鵲進屋子喊吃飯，周敏娘才想起淩嬌，一問之下得知淩嬌一個人出去了，嘆息一聲。「罷了，先吃飯吧！」

她可以餓著等，可聞人鈺清不行，他的身分在那裡擺著，就算她周敏娘再得寵，也只是個妾……儘管她只是一個妾，那些人依舊不肯放過她。

等大夫來看了那荷包，確定荷包裡有麝香之後，聞人鈺清臉色極其難看，周敏娘想著自己先前失去的三個孩子，抬頭看他。

聞人鈺清心一揪。「敏娘……」

「鈺清，我以前不爭不奪，可她們依舊不肯放過我。」

聞人鈺清把她擁入懷中。「敏娘，這次我定護妳周全，妳想要的，我都給妳爭來，妳的手應該乾乾淨淨，不應該沾染了血腥，妳的眼睛也應該乾乾淨淨，不應該沾染了恨。相信我，那一天不會太久的。」

泉水鎮雖然走來走去都是那幾條街，鋪子還是開了不少。淩嬌也不知道自己要買些什麼，只是隨便看看。這時，空氣中忽然飄來香氣，淩嬌聞著香氣往前走，進了鋪子。「掌櫃的，你家在煮什麼，好香。」

「呵呵，小嫂子謬讚了，是我家內人在煮湯，小嫂子來一碗嚐嚐？不貴，才三文錢一碗。」

「那來一碗吧！」

不一會兒，湯端到淩嬌面前，淩嬌瞧著那乳白色的湯，攪拌了準備吃，一個婆婆坐到她面前。這婆婆兩鬢斑白，雙眸倒是有神，只是盯著淩嬌面前的湯。「好喝嗎？」

淩嬌一愣。「我還沒喝過。」

「那妳喝一口，告訴我好喝不好喝。」

淩嬌仔細打量婆婆，只見她衣服上都是補丁，想來是家境貧寒，便把碗往婆婆面前推了推。「婆婆喝吧！」

「那妳呢？」

「我再叫一碗。」

「那就謝謝了。」

婆婆也不客氣，舀了湯小口喝著，臉上露出滿足的笑。「我老婆子在鎮上轉了好久了，這還是第一次有人請我喝湯。丫頭，妳一個人啊？」

「嗯。」

「唉呀，那真是緣分，我也是一個人。」

淩嬌笑笑，付了錢，起身出了鋪子。婆婆看著淩嬌的背影，笑了起來，倒是個心腸好的，也不知道以後還能不能遇得到？

出了鋪子，淩嬌不想回周敏娘的宅院，索性朝鎮門口走去，等周二郎來了，兩人一起去看周敏娘後，便回周家村去。

不知不覺，淩嬌已經把周家村當成自己的家了。

午飯一吃完，周二郎送走幫忙的人，便套了馬車朝鎮上趕，遠遠就瞧見鎮口坐著一個人，特別像他家阿嬌。周二郎放慢速度，待瞧清楚是淩嬌之後，心中五味雜陳。停了馬車。「阿嬌，妳怎麼在這裡？」

「等你啊！」淩嬌呵呵笑著。

「等我？莫非敏娘她……」周二郎一驚。

「烏鴉嘴，你妹妹好著呢！我就是見他們夫妻太黏乎，才在這裡等你的。」淩嬌說著，爬上了馬車，問道：「家裡都還好吧？」

「好，吃了飯都回去了。」修房子的事算是徹底告一段落了。

「先去敏娘那兒吧，等見過敏娘，咱們就回家。對了，我剛剛路過一家鋪子，我看我們家的家具都買新的吧，等你親手打出來，不知道要等到何年何月呢！」

聽淩嬌說周敏娘無礙，周二郎揪起的心也就放鬆了。「阿嬌想住新房子了？」周二郎打趣道。

「廢話，別說你不想。」

周二郎是想的，只是搬了新家，他以後晚上想看淩嬌就不行了……

淩嬌帶著周二郎來到周敏娘宅院，周二郎讓她去跟周敏娘告辭。

「你不去？」淩嬌問。

「我不去了。」

淩嬌撇撇嘴，在喜鵲的通報下見到了周敏娘，跟周敏娘告辭。

「二哥還是不肯原諒我？」

「不是的，妳二哥肯來，心裡已經原諒妳了，他只是一時拉不下這個面子。」

周敏娘苦澀一笑，拿了一個錦盒遞給淩嬌。「嫂子，這是給妳的。」

「給我的？」

「嗯，裡面是我的一點心意。嫂子嫁給二哥，二哥卻連件像樣的首飾都沒買給嫂子，這裡面是我一些首飾，很多都是新款，平日裡我也極其喜歡，嫂子務必收下。」

淩嬌笑了。「敏娘，這錦盒妳先收著吧，等哪天我確定了，再來問妳要。」

「嫂子……」敏娘看著淩嬌，忽然間似乎懂了，也不勉強。「那我等著。」

周敏娘在泉水鎮也住不了多久，聞人鈺清的事情辦好了，就要回封地去，縱然她有千言萬語也不知道要怎麼說，給淩嬌銀票，她不要，首飾也不要，周敏娘都不知道她這個嫂子到底喜歡什麼了。

兄妹倆在院門口瞧見，周二郎抿唇不說話，周敏娘紅著眼眶也不說話，淩嬌嘆息，跟周敏娘揮手再見，上了馬車離去。

看著馬車遠去，周敏娘才哭出了聲。

聞人鈺清從屋裡走出來，輕輕擁住周敏娘，安慰道：「妳那嫂子一看就是個精明能幹的，妳且放寬了心，妳二哥遲早會原諒妳的。」

「真的嗎？」

「嗯。」

「鈺清，我不後悔跟你走，我只後悔這些年沒回來看看，我……」

「等孩子生了，月份大些，那些瑣事都處理好了，我陪妳回來省親，妳愛住多久我都陪妳。」

既然來了鎮上，淩嬌可沒打算白來，去了家具鋪子訂了五張新床、五個衣櫃，讓人明兒一早送去周家村；又去布莊買了布，鍋碗瓢盆也買了一通，這才開開心心回了家。

周二郎家過得順風順水，而周旺財歷經孫子周興夭折一事，大受打擊，如今滿頭白髮，整個人瘦得不行，只剩下皮包骨。

周田氏也不洗衣做飯了，整日對著周旺財冷嘲熱諷，什麼難聽說什麼；若是以前，周旺財肯定狠狠打她一頓，可現在的周旺財只是任由周田氏在那兒說，而媳婦邱氏因為兒子死了，自己也瘋了，不知道跑到哪裡去了。

周旺財清醒過來時，只覺得滿心的乾澀，他忍不住捫心自問，自己是不是真的錯了？

「報應！報應啊……」

——未完，待續，請看文創風489《賢妻不簡單》2

2016年12月出版

佳人非淑女

文創風 475～476

從母系社會穿越到了男權世界？
雖說古代生活對女性充滿惡意，
但她相信若拳頭夠大，身為女人也無妨……

文思通透人心，筆觸風趣達理／昭素節

穿到古代，不過是眨下眼的工夫，
要適應生活，卻得花上十分力氣。
青桐雖不幸的穿成了個棄嬰，但幸運的有養父母疼愛，
她一邊學習古代生活，想著要一輩子照顧爹娘，
可是人算不如天算，京城來的親爹娘竟找上了門 ?!
本來她不願相認，不承想一家三口卻被族人趕了出來，
這下子她只得領著養父母，進京討生活了。
然而京城的家竟是十面埋伏，面對麻煩相繼而來，她是孤掌難鳴，
未料那個愛找碴的紈袴小胖哥竟會出手相助，
禮尚往來，她決意幫他減肥，卻不知這緣結了，便再難解開。
她和他一同上學、一起練武，甚至一塊兒上邊關打仗，
他對她日久生情，她卻生性遲鈍、不開情竅，
幸而他努力不懈，終究使她明白了他的心意，
此情本該水到渠成，誰知最後關頭，他爹居然不答應婚事 ?!
這下兩人該如何是好？

相見不晚 緣來就是你

2016

年終幸福特別企劃

一年很快又過去啦～～在2016年的寵物情人裡，
也有傳來喜訊唷！一起來看看這些溫馨的小故事吧！

第258期耐思 約翰 台中／Lenon

我總覺得生命似乎無法盡善盡美，所以領養了一隻有特色的貓，並用我喜歡的搖滾明星給牠取名，於是我們就變成了約翰和藍儂。

約翰不只是個搖滾明星，還是一隻相當有文藝氣息的貓。牠不抓沙發，也不咬電線，牠還有特別愛的一本書，就是謝爾．希爾弗斯坦的《失落的一角》，每次經過都要啃個兩下，現在書皮的確是「失落的一角」了。

有時候我覺得牠並不是貓，而是一位詩人。每天早上天亮前牠會醒來，喝一點水，然後爬上書櫃，掀開窗簾的一角，看著窗外平平淡淡的光，直到日出結束，才開始自己一天的活動（不過在假日時會陪我睡回籠覺）。

由於約翰的可愛與乖巧，連原本因呼吸道過敏而不想養貓的媽媽，都願意將約翰的姊姊小乖領養回家，是約翰將我們彼此的緣分連結在一起，感謝約翰出現在我的生命裡！

第258期艾思 小乖 台中／Amy

我女兒從家裡搬出去住不久，我便去探訪她，就發現她養了隻玳瑁色的小花貓。之後我又去了幾次，常常跟小貓玩耍，也會買些好吃的東西給牠吃，沒想到自己在不知不覺間也變成大家口中的貓奴了！

後來從女兒那裡得知，約翰的姊姊一直被退回中途，她希望我可以領養；經過幾天的考慮，我帶回了牠，並取名為小乖。小乖在我的朋友圈裡引起一陣熱烈關注，甚至有朋友也願意領養，於是我帶著朋友到台中動物之家。朋友領養貓咪時顯得十分興奮，而我自己看到獨自依偎在角落的瘦弱白貓後感到於心不忍，因此又將巧巧領回家。

現在在我開的小店裡，我將巧巧任職為貓店長，而小乖是貓副店！一年後的今天，小乖和巧巧都成了店裡的開心果呢！看到這些毛孩子在有愛的家庭裡健康並快樂的生活著，一切真是太棒了！

第261期妞妞 屏東／中途邱小姐代筆

去年，妞妞突然出現在我家前的大馬路上四處穿梭尋找食物。有天，當我下班過馬路時，心裡默念著：「不要跟著我！不要看我！我不能養你，拜託。」沒想到才這麼想完，牠竟然就從馬路另一端向我衝了過來。

於是，我就餵牠吃罐頭和飼料，也發現牠會在固定時間、固定地方等著（似乎牠就是在那個地方被人棄養的）。因為沒有看到牠和其他狗狗一起結伴討食物吃，就只是孤單的在馬路上來來回回，瘦巴巴的身影看得好心疼，也好擔心牠會被車撞到，我試著上網貼文好幾天，可是都沒有人來詢問。

後來，我和朋友帶妞妞去做結紮，也將認養訊息貼了出去。過了一段時間，很多有愛心的人都表示願意認養；經過考量，讓一位住在四林的女生認養了妞妞，我們感到非常的開心，因為妞妞終於有個新主人疼愛牠啦！目前妞妞被接去飼主親戚舅舅的農場餐廳幫他們顧綿羊去囉～～

等你為他亮1盞幸福的燈……

259期 派克＆QQ

在尋找可愛的小虎斑喵喵當家人嗎？溫柔體貼男的派克，還有溫和又有點小貪吃的個性男QQ是最佳選擇！牠們都正等待著你喔～～（聯絡人：李小姐→cats4035@yahoo.com.tw）

264期 Jimmy

善良又帥氣的Jimmy有著開朗的個性，牠喜歡向人撒嬌，對小朋友也非常友善，除了喜歡跟其他狗狗一起玩耍，甚至還能跟貓咪和平相處喔！快寫信來並給牠一個溫暖的家～～

（聯絡人：Carol 咪寶麻→carolliao3@hotmail.com）

266期 Buddy

憨厚的Buddy擁有完全不會生氣的好脾氣，而且聰明的牠聽得懂基本的坐下、握手及拋接球指令，如果你願意當給予Buddy溫暖幸福的主人，趕緊來把牠帶回家吧！

（聯絡人：Carol 咪寶麻→carolliao3@hotmail.com
或許小姐→vickey620@hotmail.com）

267期 Countess（咘咘）

看起來大隻的Countess其實是膽小又害羞的小女生，雖然有點慢熟，但牠十分乖巧又親近人，也很愛撒嬌的！Countess一直在期待遇見給牠關愛的好主人喔！

（聯絡人：Carol 咪寶麻→carolliao3@hotmail.com）

268期 黃兒

黃兒除了喜愛親近人，和其他狗狗也相處得融洽，更重要的是牠十分地忠心。如果你正期盼著有個「專一」的好夥伴，那麼快寄信來找黃兒吧！

（聯絡人：Lulu Lan→summerkiss7@yahoo.com.tw
或Carol 咪寶麻→carolliao3@hotmail.com）

風文創 488

賢妻不簡單 1

國家圖書館出版品預行編目資料

賢妻不簡單 / 簡尋歡著. --
初版. -- 臺北市 : 狗屋, 2017.01
冊 ; 公分. --（文創風）
ISBN 978-986-328-685-1（第1冊：平裝）. --

857.7　　105021303

著作者　簡尋歡
編輯　張蕙芸
校對　沈毓萍　黃亭蓁
發行所　狗屋出版社有限公司
地址　台北市104中山區龍江路71巷15號1樓
電話　02-2776-5889～0
發行字號　局版台業字845號
法律顧問　蕭雄淋律師
總經銷　知遠文化事業有限公司
電話　02-2664-8800
初版　2017年1月
國際書碼　ISBN-13　978-986-328-685-1
原著書名　**《种田取夫养包子》**，由瀟湘書院（www.xxsy.net）授權出版

定價250元
狗屋劃撥帳號：19001626
網址：love.doghouse.com.tw　E-mail：love@doghouse.com.tw

文創風
286

掌上明珠 4 完

國家圖書館出版品預行編目資料

掌上明珠 / 月半彎著. --
初版. -- 臺北市 : 狗屋, 2015.04
冊 ; 公分. --（文創風）
ISBN 978-986-328-443-7（第4冊：平裝）. --

857.7　　104002901

著作者　月半彎
編輯　張蕙芸
校對　黃薇霓　周貝桂
發行所　狗屋出版社有限公司
地址　台北市104中山區龍江路71巷15號1樓
電話　02-2776-5889～0
發行字號　局版台業字845號
法律顧問　蕭雄淋律師
總經銷　知遠文化事業有限公司
電話　02-2664-8800
初版　2015年4月
國際書碼　ISBN-13　978-986-328-443-7
原著書名　《重生之掌上明珠》，由北京晉江原創網絡科技有限公司授權出版

定價250元
狗屋劃撥帳號：19001626
網址：love.doghouse.com.tw　E-mail：love@doghouse.com.tw